Der große Ausverkauf

Vicki Baum

Der große Ausverkauf

Roman

Kiepenheuer & Witsch

© 1983 by Verlag Kiepenheuer & Witsch, Köln
Schutzumschlag Hannes Jähn, Köln
Satzstudio Hülskötter, Burscheid
Druck und Bindearbeiten Bercker, Kevelaer
ISBN 3 462 01597 4

»Du lieber Gott, da ist die Frau wieder!« dachte Nina und schaute der Gestalt entgegen, die fünf Minuten vor sechs Uhr bei der Glastüre hereinkam, die das neue Gebäude vom alten und die Lebensmittelabteilung von den Porzellanwaren trennte. Was die Lebensmittel betraf, so war dort heute Fischtag gewesen, Einheitspreis, jede Sorte das Pfund zu 20 Cent; man roch es durch das ganze Stockwerk. Was die Frau anbelangt, so kam sie schon zum vierten Mal und immer gerade vor Geschäftsschluß. Es war jene Sorte Frau, die immer zu spät kommt; obwohl die fünf Stufen bei der Glastüre mit der Leuchtschrift »Achtung! Stufen!« versehen waren, stolperte sie herunter, verlor ein Paket, preßte die Handtasche an ihren haltlosen Busen, ihr Hut saß etwas schief, ihre Wangen waren erhitzt. Es war jene Sorte Kundschaft, die immer auf der Suche nach etwas noch Billigerem ist. Angeschmutzte Blusen, gesprungene Kaffeekannen, sonnengebleichte Ledertaschen, Ausverkauf in Kunstseidenersatzstrümpfen — das ist ihr Feld. Es sind die kleinen Beamtenfrauen, abgesorgt, abgehetzt, die Frauen, die nie im Leben etwas kriegen, das den vollen Preis wert wäre.

Dieser Frau nun hatte es das Porzellanservice mit dem Rosenmuster für zwölf Personen angetan. Es war auf dem zweiten Tisch ausgestellt, Schüsseln, Teller, Kaffeetassen und alles. Nicht ganz weißes Porzellan mit sehr rosa Rosen und sehr grünen Blättern. Die Ränder waren sanft gezackt und leicht vergoldet. $ 39,80 besagte das Preistäfelchen. Dieser Preis war ein Kunstwerk für sich. Es ging eine Suggestion von ihm aus, die das Service viel billiger erscheinen ließ als 40 Dollar. Von der Fabrik an bis zu diesem Warenhaustisch waren Hunderte von Leuten in ihrem Arbeitslohn gedrückt worden, damit dieses Service zwanzig Cent unter 40 Dollar auskalkuliert werden konnte. Da stand es nun mit allen seinen Rosen und seinem zweitklassigen Glanz und angelte Käufer heran.

Die Frau hielt vor dem Service an und man sah, wie sie überlegte und rechnete, während sie mit Blicken schon nach einer Verkäuferin angelte.

Nicht mich, lieber Gott, nicht mich — dachte Nina inständig und versuchte, unangenehm auszusehen. Soll Miß Drivot auch mal die letzte Kundschaft bedienen, dachte sie zornig. Drei Falten erschienen auf ihrer kleinen Stirn. Ihr Freund Erik behauptete, daß sie wie ein junger Dackel aussah, wenn sie Kummer hatte; er behauptete auch, sie sei so klein und jung, daß sie erst in ihre Haut hineinwachsen müsse, in diese lockere, glänzende und samtige Haut eines neunzehnjährigen Mädchens. Wenn Nina sich an solche Sachen erinnerte, die ihr Freund sagte, Sachen, die kein einziger anderer Mensch in der Welt aufbringen konnte, dann spürte sie immer ein kleines, saugendes, glückliches Ziehen in der Herzgrube; auch jetzt, mitten im Geschäft, fünf — nein, zweieinhalb Minuten vor Schluß und mit einer unangenehmen Kundschaft in Sicht, spürte sie es.

»Fräulein, sind sie frei?« fragte die Frau vor dem Porzellanservice, und Nina ergab sich in ihr Schicksal.

Es war nämlich wirklich ihr Schicksal, daß alle unangenehme Kundschaft an ihr hängen blieb. »Ich weiß nicht, was mit mir los ist — auf mich gehen sie wie die Fliegen«, klagte sie ihrem Freund Erik und ihrer Freundin Lilian.

»Ja, mit dir ist etwas los, Spatz, Spätzchen, Spätzlein«, sagte ihr Freund.

»Sie kotzt mich an, die Kundschaft«, sagte Lilian, ohne auf Ninas ratsuchende Klage einzugehen. »Ja — das tut sie«, sagte Nina ohne rechte Überzeugung.

Da stand sie in ihrer Abteilung, mit dem glänzenden Haselnußhaar und der ernsthaften Erwartung im Blick, und alles an ihr sah so sauber und menschenfreundlich aus, daß wenig Psychologie dazu gehörte, um sich beim Kauf eines Porzellanservices oder einer Fruchtschale aus Kristallglas lieber an sie zu wenden als an die säuerliche, eingetrocknete Miß Drivot.

»Neununddreißig Dollar?« sagte die Frau vor dem Rosenservice und es war indessen eine Minute über sechs geworden; die Glocke hatte schon zu schrillen aufgehört.

»Neununddreißig Dollar achtzig«, sagte Fanny höflich und holte mit dem Fingerknöchel einen feinen Ton aus der Porzellantasse heraus. »Feinstes Porzellan! Wirklich erstklassige Ware.«

Zwei Minuten nach sechs. Erik wartete schon bei Treppe fünf. Die Drivot natürlich war schon längst fertig, sie legte schon Tücher über die Tiere aus gesponnenem Glas und machte sich zum Abmarsch bereit.

»Aber so teuer. Kann man nicht — gibt es keinen Rabatt?«

»Nein, leider. Es ist handgemalt, wunderbare Ware.«

»Aber ich kann nicht so viel ausgeben. Handgemalt? Wenn dann ein Stück kaputtgeht, kann man es nicht nachbekommen.«

»Doch, doch, gnädige Frau«, sagte Nina. Sie führte dieses Gespräch nun doch zum vierten Mal, die Frau war versessen auf das Service und hatte einfach das Geld nicht. Vier Minuten nach sechs. Mitten in ihrer Wut und Ungeduld verspürte Nina etwas wie ein verständnisvolles Gefühl für die Frau, das Mitleid war, obwohl sie es nicht als Mitleid erkannte.

»Ich habe nämlich nächstens silberne Hochzeit«, teilte die Frau mit.

»Ach?« sagte Nina höflich. Ich heirate auch sehr bald, hätte sie gern erzählt, aber man war schließlich kein Privatmensch. Fünf nach sechs, die Uhr über der Glastür zeigte es an. Das letzte Grammophon in der Musikabteilung nebenan war verstummt. Erik wartete. Fräulein Drivot natürlich war abgezogen. Nur hinten bei der Ausgabe von Kasse 24 arbeiteten sie noch. Dort packte Mrs. Bradley Pakete ein, mechanisch wie eine Maschine. Frau Bradley war auch so ein Opfer, das immer als letztes aus der Bude rauskam.

»Sie sollten sich wirklich entschließen«, sagte Nina. »Es ist eine große Gelegenheit —.« Mr. Berg ging abschließend seine Abteilung durch, der Rayonchef. Nina warf ihm einen respektvoll flehenden Blick zu, ohne daß sie es wußte. Sie hatte für Herrn Berg ein Gefühl der Verehrung, wie ein junger Schriftsteller es für einen Nobelpreisdichter empfinden mag. Herr Berg hatte Herz, das hatte er. Seine Abteilung war sich einig darüber, Herz und Courage. Er kam ihr zu Hilfe.

»Der Lift ist schon eingestellt, Madame«, sagte er, höflich umschreibend. »Wir schließen um sechs. Madame wird sich gütigst über die Treppe bemühen müssen, wenn Madame ihren Kauf erledigt hat.«

»Ich kann mich heute nicht entschließen«, sagte die Dame. »Ich komme wieder«, sagte sie und stolperte von dannen. Nina mußte noch aufräumen, das Porzellan klirrte in ihrer Hand, so nervös war sie. Erik unten an Treppe fünf! Der Personallift ging auch nicht mehr. Ab über Treppe acht und hinunter in den langen Korridor im Souterrain, wo die Garderobenschränke standen, schmal und grade jeder, wie ein ausgerichtetes Regiment Soldaten. Nina schob sich nur für eine Sekunde vor den Spiegel in der Toilette, Händewaschen, ein Hauch Puder übers Gesicht, ein Strich Rot über die Lippen.

»Na, bei dir brennt's wieder«, sagte Lilian, die nebenan manikürte und an den Augenbrauen strichelte und sich Zeit ließ.

»Jawohl brennt es«, sagte Nina schon mit einem Arm in ihrem Mantel. »Mrs. Bradley schon fort?«

»Nicht gesehen«, erwiderte Lilian und malte aufmerksam ihre Lippen.

»Na, ich kann nicht warten«, sagte Nina und schob wieder hinaus.

»Warte, ich komme mit!« rief Lilian hinterher; aber Nina draußen bekam ihre drei Falten in die Stirn und tat, als hätte sie es nicht mehr gehört. Sie wollte Lilian nicht jeden Abend anhängen haben, wenn Lilian auch ihre Freundin war. Manchmal machte Lilian Späße mit Erik, über die Nina beim besten Willen nicht lachen konnte.

Sie galoppierte durch die Souterraingänge, schob sich in dem Rudel von Mädchen wieder hinauf; an der Kontrolle im alten Hof staute sich alles, im Durchgang zog es wie immer, jedesmal kriegte man hier eine Handvoll Staub gegen Augen und Gesicht, daß es tränte. Nina war ein bißchen blind, als sie an der Treppe fünf anlangte, aber da stand doch Erik und sah aus wie ein richtiger Herr, mit einem seidenen Schal und steifen Hut; neuerdings versuchte er, sich einen kleinen Schnurrbart wachsen zu lassen. Der Arm, mit dem er Nina unterfaßte, war ganz warm.

»Na, Spurv? Lille Spurv?« sagte er, und sie setzten sich in Bewegung. Das war dänisch und hieß: Spatz — Spätzchen. Erik war eigentlich Däne — Erik Bengtson. Er war als Junge nach Amerika gekommen, und manchmal erinnerte er sich noch an die Birkenwälder und flachen Buchten seiner Heimat. Er war in vielen Dingen anders als die Sorte von jungen Männern, die ein Mädchen wie Nina sonst kennenlernte. Er kam ihr noch immer wie ein Fremder vor, wie einer, der eben erst mit dem letzten Dampfer in Amerika angekommen war und nicht ganz verstand, was New York bedeutete. Er war viel zu groß für Nina und hatte einen impertinenten Ausdruck im Gesicht, so als ob ihn alles, was er sah, übermäßig amüsieren würde.

Nina klemmte seinen Arm ein wenig fester unter ihren Ellbogen und sagte gar nichts. Es ließ sich einfach nicht ausdrücken, wie glücklich sie war, so oft dieser Erik mit seinem Arm bei ihrem Arm war, mit seiner Schulter bei ihrer Schläfe. Sie paßte ihren Schritt seinem an, so gut es ging, und hob das Gesicht zu ihm hinauf.

Es war das Abendgesicht all dieser Großstadtmädchen, das kleine, junge Gesicht, mit der überzarten Haut der Menschen, die zu wenig Luft und Sonne bekommen. Sehr jung, sehr süß, ein bißchen Übermut, ein bißchen Skepsis. Müde sein, aber nie zugeben, daß man müde ist. Ein bißchen Schatten um die Augen und das grelle Licht der Bogenlampen und Lichtreklamen voll auf den Flächen der Wangen und dem geöffneten Mund.

»Bißchen spät geworden, was?« sagte er.

»Da ist doch im letzten Augenblick noch so eine Ziege rangekommen —«

»Na, laß mal, wir können noch zehn Minuten zu Rivoldi's gehen«, sagte er und machte größere Schritte.

Man konnte nicht vorankommen; es war die Stunde, in der jede Großstadt irrsinnig wird, Menschen aus allen Geschäften, Menschen, Menschen, Jagd auf Autos, Untergrundbahnen, Straßenbahnen, gestoppte Autos, weiße Handschuhhände von Polizisten, Bettler, Blumenfrauen, die ihre letzten Blumensträuße zu verkaufen suchen, heimkehrende Obstkarren, Männer, die ein Mädchen für den Abend einfangen wollen, Mädchen, die einen Mann für den Abend einfangen wollen, Verheiratete, die nach Hause rasen, Verheiratete, die herumtrödeln, um nicht nach Hause zu müssen, Einsame, die an den Ecken stehen und den Verliebten nachstarren.

»Zu Rivoldi? Nicht nach Hause? Schade —« sagte Nina und senkte das Gesicht schnell in den Schatten.

»Jawohl, Essig mit nach Hause. Ich will froh sein, wenn ich morgen früh um sechs fertig bin.«

»Überstunden? Was mußt du denn machen?« fragte Nina.

»Eier legen. Die ganze Nacht lang Eier legen«, sagte Erik nicht ohne Würde. Er öffnete die Tür zu dem kleinen italienischen Restaurant. Drinnen roch es nach Zwiebeln und billigen Zigaretten, und die Luft war blau. Erik hatte ein Schwäche für dieses dunstige Lokal, er war einmal in Italien gewesen — das war, als er noch hoffte ein berühmter Maler zu werden — und er konnte italienisch sprechen.

»Eier legen? Wofür denn?« fragte Nina lachend. »Für die Osterdekoration«, sagte Erik und schob sie in eine Ecke. Sie klemmte sich hinter das kleine Marmortischchen und schaute ihn entzückt an. »Gib mir mal 'ne Zigarette«, sagte sie, um ihr Entzücken nicht offenkundig werden zu lassen. »Laß mein Knie in Ruhe«, sagte sie. »Mach hier kein Aufsehen«, sagte sie. Erik, dieser verrückte Bursche, benahm sich nämlich nicht. Alle Welt war sich darüber einig, daß Erik ein verrückter Bursche sei. »Raviolis, Kaffee, Aprikosentorte«, sagte er zum Kellner. »Auch«, sagte Nina, die nichts verstanden hatte. Erik hatte wieder mal einen Bleistift in der Hand und zeichnete etwas auf die Marmorplatte, mitten zwischen die nassen Kringel, die frühere Kaffeetassen zurückgelassen haten.

»Was ist das?« fragte Nina und zog ihren ersten Zug Zigarettenrauch tief in die Lunge; Erik schaute für einen Augenblick auf, als der Rauch wieder aus ihren geblähten, dünnen Nasenflügeln hervorkam. Er hatte sie entsetzlich gern. »Mach mal Ringe«, befahl er. Nina zog Rauch und machte Ringe. Erik betrachtete die Sache wie eine gelungene Theatervorstellung, dann fuhr er fort, zu zeichnen. »Ich hab da so eine Idee —« sagte er zerstreut.

»Ist es wegen der Eier?«

»Ja — es handelt sich doch um die Osterdekoration.«

»Der Teufel soll sie holen, wenn du jeden Abend in die Bude rein mußt deswegen. Hat der Alte dich rangeholt?«

»Ja, hat mich rangeholt, das alte Rhinozeros. Ihm fällt ja doch nichts anderes ein, als ein Osterhäschen und ein Birkenbäumchen in jedes Fenster, die ganze Front lang.«

»Und dir?«

»Mir! Mir wird schon etwas Netteres einfallen.«

»Na eben«, sagte Nina zufrieden. Seit sie diesen Erik kannte, wußte sie erst, was ein Genie ist. Ein Genie in Schaufensterdekoration und allem möglichen. Reklame und Zeichnen und Luftballons außen am neuen Haus, und Skizzen für die Inserate — überhaupt ein Genie in allem und jedem. Aber so jung ihre Erfahrung mit einem Genie auch war, so hatte sie doch schon herausbekommen, daß es nicht immer ganz leicht war, mit einem Genie zu leben.

»Da bin ich also heute abend wieder allein. Ich hab mich so auf dich gefreut«, sagte sie schüchtern.

»Geh du in dein Nest, und schlafe, lille Spurv«, sagte er. »Siehst bißchen müde aus um die Nasenspitze herum. Ich will schnell machen. Vielleicht komm ich dir morgen früh noch guten Tag sagen bevor du rein mußt.«

»Feine Ehe wird das werden«, sagte sie. »Wenn ich aus dem Geschäft rauskomme, mußt du rein; wenn du rauskommst, muß ich rein.«

»Eine erstklassige Ehe. Garantiert«, sagte er und verließ endlich seine Kritzelei. Nina schaute ihm zu, während er seine Portion Ravioli aß. Er sah wieder einmal aus, als wäre er nicht hier, nicht neben ihr an Rivoldi's schäbigem Marmortischchen, sondern Gott weiß wo.

»Du bist wohl nicht müde, wie?« fragte sie.

»Nicht die Bohne«, wurde geantwortet. Nina trank ihren Kaffee und aß ihren Kuchen. Sie war enttäuscht und traurig. Der Abend ohne Erik lag vor ihr weitgestreckt, endlos und leer wie die Wüste. »Ich könnte ja auch in ein Kino gehen —« sagte sie ungewiß.

»Das tust du nicht«, erklärte Erik. »Ins Kino gehen wir

zusammen. Ich will nicht, daß du alle guten Filme ohne mich siehst.«

»Egoist —« sagte Nina.

»Beträchtlich — wenn es sich um dich handelt —« stimmte Erik ein. Es war alles nur Spaß. »Wann gehen wir zusammen ins Kino?« fragte Nina, halb getröstet. »Morgen«, erwiderte er. Er rief den Kellner und rattelte etwas Italienisches daher. Die Rechnung erschien, und Erik bezahlte. Die Tischplatte war vollgekritzelt, aber Nina konnte nicht enträtseln, um was es sich dabei handelte. Jetzt brachte der Kellner ein feuchtes Tuch und wischte alles wieder weg.

»Komm, Kleines, los, ich muß zurück in die Bude«, sagte Erik und schob seinen Arm unter den ihren. Draußen stemmte sie ihren Kopf gegen den Frühlingswind, der um die Ecke kam. Erst jetzt spürte sie, wie müde sie war. Sie begann, sich auf ihr Bett zu freuen. Automatisch wanderte sie der nächsten Untergrundbahnstation zu. Erik hielt sie am Ellbogen fest, bevor sie über die Straße gehen konnte. »Komm«, sagte er, »wir nehmen ein Taxi — ich geb dir einen Taler dafür, und du fährst bis nach Hause.« Er sagte »Taler« und das klang wieder ganz fremd und dänisch.

»Mensch, bist du leichtsinnig! Und so was will heiraten.«

»Los, halten Sie erst beim Zentral-Warenhaus. Die Dame fährt dann weiter«, sagte er und schob sie in das Taxi, das er herbeigebracht hatte.

Von Rivoldi bis zum Zentral-Warenhaus braucht ein Taxi eineinhalb Minuten, zwei Autostops an den Ecken eingerechnet. Diese eineinhalb Minuten lang lag Eriks Mund auf dem ihren.

»Gute Nacht, lille Spurv«, sagte er, als er ausstieg. »Da hast du deinen Taler.«

»Grüß die Osterhasen«, sagte sie. »Und lege tüchtig Eier.«

An der nächsten Ecke ließ sie halten, zahlte dem Chauffeur dreißig Cent, steckte den Dollar, der in ihrer Hand warm geworden war, in ihr Täschchen, und dann schluckte die Schlucht der Untergrundbahn sie auf.

Das Zentral-Warenhaus nimmt einen ganzen Häuserblock im Innern der Stadt ein, mit je zwölf riesigen Schaufenstern an jeder der vier Fronten. Zwölf Stockwerke, gefüllt mit Waren und Geschäftigkeit. Im Zentrum ein Wolkenkratzer von achtzehn Stockwerken, in dem die Büros und Verwaltungsräume untergebracht sind.

Als Erik sich von der Ostseite dem Gebäude näherte, waren alle Schaufenster beleuchtet. In den Fenstern Nr. 1 bis 6 der Nordfront waren Vorhänge heruntergezogen, hinter denen sich Schatten bewegten, denn dort sollte während der Nacht dekoriert werden. Die riesige Leuchtuhr am Mittelgebäude zeigte auf zehn Minuten vor sieben. »Hallo, Joe,« sagte er, als er an der Loge des Nachtwächters vorbeikam, die sich im Personaleingang vier befand. »Nachtarbeit, Herr Bengtson?« fragte Joe, und trat auf den Gang heraus. Er hatte ein Glasauge. Nach dem Krieg war es eine fixe Idee von Mr. Crosby gewesen, dem unsichtbaren Gott, der über dem Warenhaus thronte, fünfzig Kriegsverletzte anzustellen. Die Zeitungen hatten viel darüber geschrieben und Mr. Crosby einen Mann genannt, der sich seiner patriotischen Pflicht bewußt war. Sieben oder acht dieser Veteranen hatten noch immer ihre Stellungen inne, man konnte sie da und dort im Haus herumschleichen sehen. Ein einarmiger Neger bediente den Personallift auf der Nordseite, ein apoplektischer Irländer mit einem künstlichen Bein war dafür verantwortlich, daß alle Bleistifte in den Büros gespitzt wurden.

»Osterdekoration«, sagte Bengtson, hielt dem Wächter sein Paketchen Zigaretten hin und wartete, bis er sich eine genommen hatte. »Bin so frei«, sagte Joe, und steckte die Zigarette in seine Brusttasche. »Ist der Alte schon gekommen?« fragte Bengtson noch. »Habe Mr. Sprague nicht gesehen«, antwortete Joe. Bengtson marschierte pfeifend davon. Er klapperte mit seinen Schlüsseln wie mit Kastagnetten, während er zum Aufzug ging. Die leeren Verkaufsräume lagen in einem halben Licht, und weiße Tücher waren über diejenigen Waren gebreitet, die offen auflagen. Da und dort stand eine Puppe, großartig angezogen und mit steifem Gesicht lächelnd. Bengtson klappste eine davon auf die wächserne Backe. Er war vergnügt. Ninas Kuß sang noch in seinem Blut. Er liebte das Warenhaus bei Nacht. Die Fülle der Welt — dachte er vage. Er dachte es auf dänisch.

Er öffnete den Lift mit seinem Schlüssel und war gerade daran hinaufzufahren, als Pusch atemlos erschien und mit einstieg. Pusch war der Lehrjunge im Atelier der Dekorateure, ein unausgewachsenes Geschöpf von achtzehn Jahren. Niemand wußte, wie er zu seinem Spitznamen gekommen war. Er hatte eine Säule von Chintzpaketen auf seinem Arm aufgebaut und schwankte unter der Last. »Mr. Sprague will die Farben sehen —« keuchte er atemlos, als der Lift mit ihnen hochfuhr. Erik pfiff ein wenig lauter. Es war seine feste Überzeugung, daß der Alte, Mr. Sprague, der Chef der Dekorateure, farbenblind geboren war. Pfeifend deutete er auf einen hellgrünen Chintz, brach ab, sagte: »Den nehmen wir —« und fuhr fort zu pfeifen. So erreichten sie das zwölfte Stockwerk, in dem das Atelier lag.
»Sag mal, ist es wahr, daß du dir eigentlich dein Haar färbst, Pusch?« fragte er, bevor er ausstieg. »Nein — wieso?« stotterte der Lehrling. Seine abstehenden Ohren wurden feuerrot. Er hatte so helles Haar wie Jean Harlow vor dem Protest der Zensoren. Er stand noch da mit seinem Paket Chintz und den roten Ohren, als Bengtson schon die Tür zum Atelier öffnete.

Gerade als Bengtson eintreten wollte, erblickte er eine Gestalt, die aus dem Büro des Hausdetektivs Philipp heraustrat. »Nanu —?« sagte er und nahm seine Hand von der Klinke. Das Mädchen, das auf ihn zukam, war Lilian, Ninas Freundin. »Nanu — Lilian —?« sagte er nochmals.

Lilian hatte ihren Mantel über dem Arm, und sie war damit beschäftigt, ihr Kleid zuzuknöpfen. »Hallo, Bengtson —« sagte sie mit ihrer etwas heiseren Stimme. »Können Sie mir schnell eine Zigarette geben?«

Er hielt ihr rasch sein Paketchen hin und zündete indessen schon das Streichholz an. Sie beobachtete die kleine höfliche Gebärde mit gehobenen Brauen. »Ist etwas passiert?« fragte er. »Warum?« fragte sie zurück. »Sehe ich aus, als ob der alte Philipp mich vergewaltigt hätte? Beruhigen Sie sich — es ist nichts passiert.«

»Es täte mir auch leid — um den alten Philipp —« sagte Bengtson unverschämt. Lilian stand vor ihm, ihr Kleid war jetzt zugeknöpft, aber ihre Hände zitterten. Sie rauchte heftig. Sie raucht ganz anders als Nina, dachte Erik. »Ich glaubte, Sie wären längst davon«, sagte er, nur um etwas zu sagen. Er konnte Lilian nicht leiden. Sie war immer da, wenn man sie nicht brauchen konnte. Sie stand jetzt dicht vor ihm und schaute ihn an mit einem spöttischen Lächeln.

»Ich wußte gar nicht, daß Nina einen Lippenstift hat —« sagte sie. Pusch, der Lehrling, war inzwischen herangekommen und stellte sich dazu. »Wieso — Nina —« fragte Erik unbehaglich. Lilian lacht und wendete sich zum Gehen. »Sie hat immer blasse Lippen und sie predigt, daß ich mich zu sehr herrichte —« sagte sie. »Ich weiß nicht, was Sie meinen«, sagte Erik und kam sich dumm vor. Pusch grinste und fuhr sich mit der Hand über die Backe. Erik nahm schnell sein Taschentuch heraus und wischte sich über die Wange, wischte schnell und verlegen Ninas Abschiedskuß fort. »Gute Nacht, also —« sagte Lilian. »Ich muß gehen.«

»Wer wartet denn?« fragte Erik. »Vanderbilt«, sagte Lilian und ging. Erik sah ihr nach. Sie hatte die schönsten Hüften im ganzen Warenhaus. »Ich fahre Sie hinunter — es ist niemand mehr beim Lift —« rief er hinter ihr her. Er hatte die Schlüssel zu allen Türen, weil er oft nachts arbeiten mußte. »Einmal ein Gentleman, immer ein Gentleman«, sagte Lilian, als er sie einsteigen ließ. Es ärgerte ihn. Sie hatte eine Art, ihn nervös zu machen wie ein Moskito, das man nicht fangen kann. Gleich war der Lift auch voll mit ihrem Parfum, billig, laut. »Wissen Sie, was ich jetzt möchte?« sagte sie, kurz bevor der Lift unten ankam. »Tanzen, bummeln, saufen — mit Ihnen —« sagte sie, als er sie anschaute. »Eine kleine Bombe in die Bude schmeißen —«

»Sie weinen ja —« sagte er, leicht erschreckt, als er ihre Augen ansah. »Das sieht nur so aus —« sagte sie. »Danke fürs Bringen —« Ihr Parfum hing noch immer da, als Bengtson wieder oben ankam und den Lift verließ.

Der Alte, Mr. Sprague, sah ungeduldig aus, als Erik eintrat. »Wenn Sie genug mit den Mädchen poussiert haben, dann können wir ja vielleicht auch bißchen an die Fenster denken —« sagte er sofort. Bengtson lachte nur. Mr. Sprague sah aus wie Mark Twain, altmodisch und schön, und er war stolz darauf. Er hatte ein Gehirn aus Kalk und ein Herz aus Gold.

»Eines von den Mannequins hat geheult — ich habe sie hinuntergebracht —« sagte Erik nebenbei.

»Sie Ritter der Damen«, sagte Mr. Sprague neidvoll. »Körperuntersuchung ist kein Spaß —«

»Wieso?« fragte Bengtson. »Was heißt das: Körperuntersuchung?«

»Haben Sie nichts davon gehört? Es ist etwas gestohlen worden, und Philipp hat so und so viele Mädels untersucht.«

»Es wird bißchen viel gestohlen in letzter Zeit, finden

Sie nicht, Mr. Sprague?« sagte Bengtson und spielte mit dem Chintz. Das Licht holte einen starken Glanz aus dem billigen Material. »Genau was Mr. Crosby gesagt hat: Es wird bißchen viel gestohlen in letzter Zeit. Diesmal wird es dem alten Philipp den Hals kosten.«

»Was ist denn passiert?« fragte Erik und verließ den Chintz.

»Die haben doch in der Kunstabteilung die Ausstellung von russischen Schätzen aus Privatbesitz, erinnern Sie sich?«

Bengtson erinnerte sich. Er hatte mit dem Alten einen erstklassigen Kampf wegen der Ausstattung gehabt und zuletzt gesiegt. Der Alte hatte etwas Buntes und Übertriebenes machen wollen, wie im russischen Ballett. Erik hatte Möbel aus dem Antiquitäten-Departement angefordert, hatte ein paar Wohnräume im Empire eingerichtet und die Schätze aus russischem Privatbesitz darin verteilt. »Was ist denn gemaust worden?« fragte er, mehr um den Alten zu erfreuen als aus Interesse.

»Eine kleine Ikone, ganz mit Edelsteinen besetzt. Zweitausend Dollar wert.«

»Versichert?« fragte Bengtson. »Na also. Da verliert doch niemand etwas.«

Plötzlich erinnerte er sich an Lilians brennende Augen, die ohne Tränen geweint hatten und wurde ärgerlich. »Wie die Mädels aus dem Kleiderdepartement dazu kommen sollen, das verstehe ich nicht. Der alte Philipp wird langsam idiotisch.«

Der Alte lachte in sich hinein. »Das werden wir alle, wenn wir nur lange genug hier angestellt sind«, sagte er. »Sie wissen es nur noch nicht, Sie junger Hund.«

Bengtson erhitzte sich erst jetzt. Er stellte sich vor, wie der alte Philipp Lilian durchsuchte. »Ich würde jeden niederschlagen, der versuchen sollte Nina zu durchsuchen«, sagte er heftig.

»Wer ist Nina?« fragte der Alte.

»Wir wollen am Ostersonntag heiraten — ich habe es Ihnen erzählt«, sagte Erik. Der Alte lachte wieder. »Es ist Zeit, daß man Sie an die Kette legt«, sagte er. Es war Bewunderung und Neid darin.

Plötzlich ließ Erik seine Privatangelegenheiten fallen und wandte sich dem Chintz zu. Pusch stand noch neben dem langen Zeichentisch, auf den er das Material deponiert hatte, und hielt ein Stück davon in der Hand. Er hatte eine fast weibliche Zuneigung zu Farben, Seiden, glänzenden Stoffen und schämte sich dessen in der Tiefe seiner Seele.

»Geh schlafen, Pusch«, sagte Bengtson. »Hier kann man keine Kinder brauchen.«

Der Alte kam jetzt auch zu dem Tisch und schaute aus seinen Augengläsern auf den Chintz.

»Wir brauchen 36 Yard pro Fenster«, sagte Erik geschäftsmäßig und steckte einen Zettel mit Zahlen und Notizen in Mr. Spragues Hand. »Sie wollten den grünen Chintz nehmen, aber ich bin für den gelben.«

Der Alte besah die beiden Farben, die Bengtson ihm unter die Augengläser hielt. »Sie verstehen das nicht, junger Mann«, sagte er. »Es bleibt beim grünen.«

Bengtson machte ein beleidigtes Gesicht, während sein Herz lachte. »Ich gehe dann gleich hinunter und wir fangen bei Fenster sieben an —« sagte er noch und raffte den grünen Chintz an sich. Seine Methode, den Alten tun zu machen, was er selber wollte, hatte sich als beinahe unfehlbar erwiesen.

»Sie fangen bei Fenster eins an, so wie ich es gesagt habe«, befahl der Alte denn auch mit Strenge.

Bengtson machte ein scheinheilig gekränktes Gesicht. »Herr, dein Wille geschehe —« sagte er, ergriff den Chintz und zog ab.

Im Lift war noch immer Lilians Parfum.

Lilian, das ist das Mädchen in dem französischen Salon der Kleiderabteilung, Lilian Smith. Sie heißt Smith, weil sie die Tochter des Kanalarbeiters Smith ist, und sie heißt Lilian, weil sie die Vulgarität ihrer Herkunft und ihres Namens auszubalancieren wünscht. Ihr schwebt unklar so etwas vor, als könnte dieser Name auf Plakate kommen: die Filmschauspielerin Lilian Smith, der Revuestar, die Schönheitskönigin Lilian Smith. Sie würde das »Lilian« dann beibehalten und das Smith ganz fallen lassen. Es ist ein Haß in ihr gegen alles das da unten, sie haßt den Küchengeruch, die Souterrainwohnung, an deren Fenster man immer nur Beine vorrübergehen sieht, die Schwaben, die nachts über die Dielen ziehen, den Sprung in ihrem Spiegel aus schlechtem Glas, sie haßt ihr Bett, ihr Kleid, ihre eigenen Eltern, ihre eigenen Hände, die zu viel gearbeitet haben, um jemals noch die Hände einer Dame zu werden. Lilian haßt auch die Kundschaft, sie tat das ein für allemal. Sie haßte diese vermögenden Frauen, die mit ihren Autos ankamen, mit Checks in den Brieftaschen, oder mit Männern, die für sie bezahlten. Sie lächelt ihnen ihr eingelerntes Mannequinlächeln über die Schulter hinweg zu und haßt sie dabei aus vollem Herzen.

Sie war ein Kind in den Slums gewesen, sie hatte in den großen Gasröhren Verstecken gespielt, die zutage kamen, als man die übelsten Häuser da draußen niederriß. Sie war ein kleines Lehrmädchen gewesen, zuerst in einem winzigen stickigen Schneiderladen, dann in einem Geschäft am Union Square und zuletzt im Zentral-Warenhaus. Mit ehrgeizigen Augen war sie in den Klassen der Schule gesessen, in denen das Warenhaus seine Verkäuferinnen ausbildete. Sie war vom Kurzwarenlager in die Wäscheabteilung gekommen, und dann hatte sie sich durchgedient und gestrebert bis in die verfeinerten Gebiete des Maß-Salons.

Hier war alles leise, die Lichter, die Stimmen, die Farben. Dicke Teppiche — das Mädchen Lilian liebte es, wenn ihr Fuß darin einsank. Dicke graurosa Teppiche, graurosa Wände, Lampen, die aus Chromiumschalen ihr Licht gegen die Decke warfen. Madame Chalon, die französische Direktrice, herrschte in diesen Gefilden. Sie war launenhaft und unberechenbar, und in sentimentalen Stunden erzählte sie den Verkäuferinnen von ihrer unglücklichen Liebe zu einem berühmten Modezeichner in Paris. Lilian ließ sich viel von Madame Chalon gefallen, denn sie wollte vorwärtskommen, weiter, hinauf. Seit zwei Monaten durfte sie nicht nur verkaufen, sondern zuweilen auch Kleider vorführen. Sie war im Übergang von der Sechzehn-Dollar-Stufe zum höhergestellten, höherbezahlten Stand der Mannequins.

Sie kam herein, in einem Hermelinmantel, oder in einem Abendkleid — Kopie eines Modells von Patou — oder in einem Dressinggown aus mitternachtsblauer Seide. Sie sah sich selber im Spiegel, sie kam sich entgegen, blieb stehen, drehte sich mit der Bewegung, die man ihr beigebracht hatte, breitete das Kleid um sich aus und blickte über ihre Schulter der Kundschaft entgegen — dieser Kundschaft, die sie haßte.

Das Mädchen Lilian hat eine perfekte Vierzehner-Figur, um es in der Sprache ihrer Branche auszudrücken. Das heißt, daß sie gebaut ist wie eine Königin, zart und lang, mit dünnen Gelenken und langen, sanften Hüften, alles an ihr ist hoch angesetzt und klein, Knie, Schenkel, Brüste. Diese Tochter des Kanalarbeiters Smith sah aus, als wenn ein Züchter nach vielen Bemühungen das Schönste herausgebracht hätte, was sich aus einer Frau machen läßt. Sie hatte einen wunderbaren Körper; sie hatte auch ein Gesicht, aber ihr Gesicht schaute niemand an; alle sehen auf ihre Figur, auf die Kleider, die diese Figur trug. Ihr Gesicht, nicht so schön wie ihr Körper, dazu war zuviel Härte darin, und um Mund und Kinn hatte sie Züge, in denen das Smithsche durchkam, das Von-unten-Stammen, das Nach-oben-Wollen.

Sie war verliebt in die Kleider, die sie trug, in all diese Seiden, Chiffons, Velours, Spitzen; Pelze machten sie verrückt. Ihre Haut war glücklich unter der Berührung von feinem Material. Erik hatte sie unlängst ein »kaltes Stück« genannt. Aber es war Leidenschaft in ihr, manchmal brannte es ganz unerträglich. Das Schlimme nämlich war es, die Kleider nachher wieder auszuziehen und in das eigene armselige Zwölf-Dollar-Kleidchen zu kriechen.

Eineinhalb bis zwei Minuten darf ein gutes Mannequin zum Umkleiden brauchen. Drinnen schwebt sie langsam und königlich vor der Kundschaft auf und ab; draußen, in der Umkleidekabine, zittern ihr die Hände, wenn sie zwischen den drei Spiegeln steht, Kleider abstreift, Kleider überzieht, schnell, schnell, mit der reizbaren Direktrice hinter sich, die hetzt und murrt. Das Schlimmste aber ist es, die Kleider, diese geliebten Kleider, an der Kundschaft zu sehen. Zu sehen, wie ein Modell die Linie verliert, wie alle diese zu Kurzen, zu Dicken, zu Plumpen, zu Alten, sich in die Kleider zwängen, wie sie vor den Spiegeln stehen und nörgeln, wie sie Kleider nicht tragen können und die schönsten Pelze vulgär machen — das ist es, was diesen Haß in dem Mädchen Lilian angezündet hat.

»Ja, wenn ich ihre Figur hätte!« sagt die Kundschaft manchmal, wenn das Mädchen Lilian sich ihr präsentiert.

Ja, wenn du meine Figur hättest! Denkt Lilian dann hochmütig. Na, und wenn du meine Figur hättest? denkt sie weiter, was wäre dann? Mit meiner Figur bekommt man sechzehn Dollar Wochenlohn und wohnt im Souterrain, ganz unten. Mit meiner Figur hat man nicht einmal einen Freund — denn für die meisten ist man sich zu gut, und den, für den man nicht zu gut wäre, den weht kein Wind in das große Warenhaus.

»Der Gürtel ist zu eng«, sagte Mrs. Thorpe mitten in Lilians abwandernde Gedanken. Mrs. Thorpe war eine Frau, die ihre Freunde stattlich nannten. Sie stand, eingezwängt in ein schwarzes Abendkleid, in der Anprobekabine und sah im Spiegel etwas besser aus als in Wirklichkeit. Die Spiegel im Maßsalon schmeichelten alle ein wenig. Man hatte bei ihrem Schliff ein bißchen, nur eine Winzigkeit, nachgeholfen, und nun sehen in den Spiegeln die Damen alle schlanker aus, als sie wirklich waren. — In der Konfektionsabteilung hat man sich diese Mühe nicht gemacht, da stehen die Vierziger-Figuren in Massen herum, und sind mit sich zufrieden, wie Gott sie geschaffen hat; und wenn sie ihre Einkäufe erledigt haben, dann gehen sie hinauf in den Erfrischungsraum und futtern noch belegte Brote und Apfelkuchen mit Schlagsahne.

»Der Gürtel ist zu eng«, sagte Mrs. Thorpe. »Hier sind mir immer die Gürtel zu eng. Ich habe eine französische Figur. In Paris passen mir alle Kleider.«

Lilian haßte diese Frau, Mrs. Thorpe, noch mehr als alle andern. Sie war der Typus der Frauen, die hierherkamen, weil sie sich langweilten. Stundenlang ließ sie sich Kleider vorführen, probierte stundenlang Kleider an, nervös, zerfahren, hysterisch. Vor dem Spiegel kriegte sie die depressiven Zustände einer Frau, die vierzig Jahre alt wird und zusehen muß, wie eine wunderbar gewachsene Zwanzigjährige ihren Körper zur Schau stellt. Manchmal war die heiße Luft der kleinen Kabine ganz geladen. Lilian beneidete die Kundschaft um das Geld. Die Kundschaft beneidete Lilian um die Schönheit. Neid schmeckte scharf unter dem gegenseitigen Lächeln, die Luft riecht nach Körpern, nach Parfum, nach Frau — jeden Moment kann ein Blitz einschlagen. Aber zuletzt kaufte Mrs. Thorpe doch den schwarzen Abendmantel mit echtem Hermelin, Modell Margot.

»Dieses Aas hat mich heute wieder gepiesackt bis zur letzten Sekunde«, sagte Lilian zu Mrs. Bradley, während sie in der Untergrundbahn heimfuhren. Sie haben bis zur 42. Straße den gleichen Weg, dann muß Mrs. Bradley umsteigen. Sie hingen beide an der gleichen Strippe und pendelten mit den Stößen des Zuges hin und her, es war fürchterlich voll, kein Gedanke an einen Sitzplatz.

»Wenn nur der Osterverkauf schon vorbei wäre —« sagte Mrs. Bradley.

»Was soll ich da erst sagen. Was meinen Sie, was da bei uns noch losgeht«, sagte Lilian.

»Sie? Sie sind ja jung«, sagte Mrs. Bradley. Ihr Gesicht war blaß und voll Sommersprossen.

»Ich möchte wissen, wann ich mal dazu kommen könnte, mir die Haare schneiden zu lassen«, sagte Lilian schließlich. Es war das ewige Problem all dieser Mädchen. Sie mußten gut aussehen, aber man schloß ihnen die Schönheitssalons vor der Nase zu, gerade wenn ihre freie Zeit begann.

»Na, jetzt muß ich umsteigen«, sagte Mrs. Bradley, und puffte sich durch bis an den Ausgang des Wagens.

»Danke, daß Sie auf mich gewartet haben«, sagte Lilian müde.

»Ich wollte doch wissen, wie die Sache ausging. Sie sollten sich die Körperuntersuchung nicht so einfach gefallen lassen, das sage ich«, sagte Mrs. Bradley noch und stieg aus. Der Zug fuhr weiter mit seinem lauten tobenden Rhythmus.

Ein Mann hängte sich neben Lilians Hand in die Strippe, einer von den hundert Männern, die Lilian angesprochen hatten und noch ansprechen würden. Er blies ihr seinen warmen Atem in den Nacken und bohrte sein Knie in ihre Kniekehle, als wenn das Gedränge ihn dazu zwingen würde. Lilian, während sie an der Strippe pendelte, fühlte ihren billigen Mantel in allen Gliedern, wie etwas, das weh tat. Das Ärmelfutter war zerrissen, sie wußte es. Der Ärmel, den sie vor ihren Augen hatte, begann zu glänzen, er wurde grau in den Nähten. Billige Sachen werden immer grau in den Nähten. Sie war gereizt. Sie hatte hart gearbeitet den ganzen Tag. Dann hatte man sie fast eine Stunde länger dabehalten und sie abgetastet und untersucht wie eine Diebin. Einmal werde ich euch das heimzahlen, dachte sie verzweifelt. Sie kam sich wehrlos und beleidigt vor, und sie spürte eine böse Kraft in sich.

»Lassen Sie mich in Ruhe, sonst gibt's Krach«, sagte sie leise zu dem Mann. Sie litt an der Sehnsucht nach dem Abendmantel, den Mrs. Thorpe gekauft hatte, wie an einer Krankheit. Wartet nur, dachte sie, während sie müde zwischen tausend andern müden Menschen unter der Stadt hinfuhr. Wartet nur. Wartet nur.

Der Zug hielt an der 125. Straße, und sie stieg mechanisch aus. Sie hatte drei Blocks zu gehen bis nach der 122. Straße, wo ihre Eltern wohnten. Es war ein Viertel voll mit Mexikanern und Italienern. Sie wußte nicht, wie sie dahin gekommen waren. Sie wußte nur, daß sie nicht dahin paßte und daß sie eines Tages, bald, sehr bald, da heraus mußte. Vor einem Kino mit spanischer Leuchtschrift stauten sich Leute. Aus einer Kneipe klang ein elektrisches Klavier. Auf der Straße spielten Kinder und Hunde, und der Rinnstein war voll von Abfall. Vor den Häusern hockten Männer in Hemdsärmeln und verschwommene, breite Frauen, obwohl der Abend kalt war mit der Frische des Vorfrühlings.

»So ganz allein, schöne Dame?« fragte ein Mann hinter ihr. Sie brauchte sich nicht einmal umzuwenden, um zu wissen, wie er aussah. Dunkelhäutig, mit engen Hosen und dem Knoblauchgeruch des Mexikaners. Sie ging schneller.

Er folgte ihr. »Soll ich den Polizeimann rufen —?« sagte sie halblaut und ohne sich umzusehen. »Kein Herz — kein Herz —« wurde wehmütig geantwortet. Die Schritte blieben hinter ihr zurück. Sie kam vor dem Haus an, in dem sie wohnte und zögerte eine Minute, bevor sie die drei Stufen hinunterging zur Türe. Sie wußte schon, daß sie es drinnen nicht aushalten konnte.

In dieser Minute, während sie nicht eintrat, zog plötzlich, unerwartet, Bengtsons Bild vor ihre Augen. Sie dachte nicht an ihn — er fiel ihr ein. Sie war nicht verliebt in ihn — sie konnte sich gar nicht verlieben. Er gefiel ihr nicht einmal, so wie er war. Verrückt, unverschämt, arrogant, leichtsinnig, zerstreut. Einer, der ihr gefallen sollte, müßte ganz etwas anderes sein. Reich zuerst, mit einem guten Auto, mit erstklassigen Anzügen und Geld und allem, was dazugehört. Einer der gewöhnt ist, Kaviar zu essen, dachte sie dumpf.

Eine gefleckte Katze kam und strich um ihre Füße. Lilian beugte sich nicht hinab, sondern stand aufgerichtet vor der Tür der Souterrainwohnung und starrte in das Licht der Straßenlaterne vor dem Haus. Er hatte ihr die Zigarette angezündet. Er hatte sie im Lift hinuntergebracht. Er sah anders aus und benahm sich anders als die Männer, die sie kannte. Schade, daß er kein Geld hat, dachte sie. Schade, daß er Nina heiratet. Sie konnte sich nicht vorstellen, warum er es tat. Schade, daß ich nicht wirklich gestohlen habe, dachte sie mit einem Male. Es war ein brennender und ätzender Gedanke, der gleich wieder zerlief. Lilian biß die Zähne zusammen und schloß die Haustür auf.

Lilian kam von unten und drängte nach oben. Als Mannequin in der Maßabteilung hatte sie schon ein hübsches Stück Karriere gemacht. Mit Mrs. Bradley war es umgekehrt: sie kam von oben und sank unaufhaltsam hinunter. Wer mit sechsundvierzig Jahren in der Ausgabe des Warenhauses steht und Pakete einwickelt, der hat keine Aussicht mehr im Leben. Aber Pakete einwickeln war das einzige, das Mrs. Bradley noch erlernte, nachdem sich ihr Mann, der Fabrikant, in der Depressionszeit erschossen hatte und ihr nur Schulden, Zusammenbruch und Auflösung hinterließ. Durch Protektion und Schiebung bekam Mrs. Bradley schließlich die Stellung bei der Paketausgabe, und es gab keine Stunde, in der sie nicht davor zitterte, auch diese Stellung zu verlieren.

Da steht sie nun zwischen den Sechzehnjährigen, die hier ihren Weg beginnen, und packt Pakete, immer mit dem gleichen Griff, Hunderte, Tausende Pakete. Wenn sie aufblickt, sieht sie immer nur Hände, die ihr den Ausgabeschein entgegenstrecken. Hände und Zettel, Hände und Zettel. Sie steht an einem Platz, wo jeder nervös ist und ungeduldig und niemand warten will. Sie packt und packt; manchmal denkt sie an Skimpy. Ob Skimpy nicht überfahren wird. Ob Skimpy nicht aus dem Fenster fällt. Ob Skimpy nicht mit dem Benzin an den Gaskocher kommt. Skimpy ist eine kleine Frau von acht Jahren, die zu Hause Wirtschaft führt, während Mrs. Bradley arbeitet.

Sie haben noch aus ihrer guten Zeit das kleine Haus in Fieldston, dieses Gespenst eines Hauses aus besseren Zeiten. Zu große Zimmer, zu viele Zimmer, zu volle Zimmer, zu teure Zimmer. Mrs. Bradley hatte alles versucht, um das Haus zu verkaufen. Es schien, daß niemand es wollte. Nun war sie dazu gekommen, Zimmer zu vermieten, einzelne Zimmer zu billigen Preisen, an nette Leute, das bezahlte wenigstens die Kosten.

In der Cafeteria des Warenhauses gab es eine Tafel, auf der die Anzeigen der Angestellten ausgehängt wurden. „Pianino gebraucht zu verkaufen.« Oder: »Suche Fahrrad in gutem Zustand zu kaufen.« »Wünsche mich an Sonntagsausflügen bei geteilten Kosten zu beteiligen.« Die Tafel hing sehr günstig, gerade dort, wo die Angestellten sich in langen Reihen zu den ausgestellten Speisen heranschieben mußten. Eines oder mehrere der Bradleyschen Zimmer waren immer auf dieser Tafel ausgeboten.

Durch diese Tafel hatte auch Nina Wohnung gefunden, als sie aus Texas nach New York kam, ein kleines, vollkommen familienloses Wesen wie sie war, ein hingewehtes Staubkörnchen in der großen Stadt. Durch diese Tafel war sie zur Zimmernachbarin von Erik Bengtson geworden, der schon drei Monate vor ihr dort gewohnt hatte und der abends auf schreckliche Weise in seinem Zimmer pfiff, sang und rumorte. Und ohne diese Tafel wäre Nina wahrscheinlich nie dazugekommen, diesen verrückten Erik, dieses Genie der Schaufensterdekoration, zu heiraten.

Was die Hochzeit am Ostersonntag betraf, so fiel sie vollkommen eins a aus, primaprima, einfach Klasse, wie Nina behauptete und Lilian, ihre Brautjungfer, zugab.

Erik hatte sich den Sonnabend freigekämpft und richtete zu Hause ein. Er schaffte sein Bett in Ninas Zimmer, das auf diese Weise wieder zum kompletten Bradleyschen Schlafzimmer wurde, Mahagoni poliert. Sodann begann er in dem anderen, in *seinem* Zimmer zu zaubern, das nun ihr Wohnzimmer werden sollte. Er arbeitete, als wenn es sich um einen Schaufensterwettbewerb handelte. Er strich die Wände an, er malte Palmen und Lianen hin und kleine

Affen, die daran schaukelten. Er sägte die Schnitzereien von den Möbeln und schleppte einen Gummibaum in einem chinesischen Blumentopf heran. Er färbte Kissenbezüge, nagelte Stoffe auf Kisten und tat tausend andere unerklärliche Dinge. Er schwitzte in seinem farbenbeklexten Arbeitskittel wie ein Sklave, wobei er schauerlich laut pfiff und sang, so daß Skimpy nicht lernen konnte. Zuletzt entstand wahrhaftig etwas, das wie ein schmissiges Atelier aussah. Nina war starr, als sie endlich hereinkam. »Ich bin ja starr, Mensch«, sagte sie und er mußte sie erst nach seiner eigenen Methode wiederauftauen. Sie hatte pünktlich aus der Bude kommen wollen, denn die Porzellanabteilung hatte wenig Ostergeschäft, das ging mehr die Konfektion und Putzwaren an. Aber wie immer war drei Minuten vor sechs Kundschaft gekommen und hatte sich Ninas bemächtigt. Diesmal war es ein junger Mann, der es sehr eilig hatte, ein Student oder so etwas, ein heillos aufgeregtes Wesen. Er benötigte — sieh mal an! — zwei Sektgläser und sonst nichts. Nina mußte darüber lachen. Sie sah die ganze Szene vor sich, in der diese Sektgläser mitspielen sollten. Sie nahm es als gutes Vorzeichen. »Gute Ostern!« sagte sie, als der junge Mann abzog. »Danke, auch für Sie!« sagte er. Wenn das nicht Glück brachte! Es wurden nicht häufig so herzliche Worte zwischen Kundschaft und Verkäuferin gewechselt.

Nachts half Lilian ihr so etwas wie ein Brautkleid zu machen. Erik saß dabei und kochte Kaffee, und Mrs. Bradley rührte Kuchenteig und schlief dabei immerfort ein. Skimpy hatte man zu Bett gebracht, aber sie redete immerfort aus dem Schlaf vor Aufregung. Lilian machte sich nützlich, indem sie Eriks Anzüge aus seinem Zimmer in den Wandschrank des künftigen Schlafzimmers übersiedelte. Als sie mit sauberen Bügelfalten neben der bescheidenen Ausstattung hingen, da verstand Nina eigentlich zum ersten Male, daß sie morgen verheiratet sein sollte.

Sie war so übermüdet und aufgeregt, daß sie alles wie im Traum sah, wie durch verschwommene grünliche Glasscheiben. Es war schon zwei Uhr nachts, als sie einen Koffer aus Büffelhaut heranschleppte. »Ich kann meine Sachen im Keller unterbringen«, sagte sie; Mrs. Bradley erwachte und nickte. »Was hast du denn da für Schätze?« fragte Erik. »Wir brauchen etwas zu trinken«, behauptete Lilian. »Das sind meine Sachen«, sagte Nina, etwas verlegen. »Alte Andenken und so.«

Erik nahm ihr den Koffer aus der Hand und trug ihn für sie in den Keller. Unten roch es nach der Warmwasserheizung und nach Staub, und große Spinnen schaukelten in ihren Netzen. Erik nahm Nina in die Arme und küßte sie. Sie blieb eine Weile so stehen, eingehüllt in die Umarmung, es war warm und gut, und sie wäre gern so eingeschlafen. Dunkel erinnerte es sie an ihre Kindheit, wenn sie auf Sonntagsausflügen müde wurde und ihr Vater sie nach Hause trug. Sie machte sich los und kniete neben dem alten Koffer nieder.

»Laß mich auch mal sehen, was du da hast«, sagte Erik und kniete sich neben sie. Sie lachte leise und verlegen, als er den Koffer öffnete. »Sieh mal an«, sagte er erfreut. Da war eine alte Puppe aus ihrer Kinderzeit, mit einer schlechtsitzenden Perücke. Dann war da eine neue, magere, schlenkrige Puppe mit großen Knopfaugen. Erik erinnerte sich, daß Nina sie gewonnen hatte, als er zum ersten Male mit ihr nach Coney Island gegangen war. Dann war da eine Fotografie, auf der vier Leute mit steifen Gesichtern versammelt waren. Erik schaute das Gebilde mit seinem impertinenten und amüsierten Ausdruck an.

»Das war mein Vater —« sagte Nina.

»Tot?« fragte Erik, wurde ernst und rückte näher zu ihr.

»Er ist erschossen worden bei einem Bankeinbruch. Er war bei der Polizei, habe ich dir das nicht erzählt?«

»Oh —« sagte Erik und dann schwiegen sie einen

Augenblick. Nina nahm ihm das Bild aus der Hand. »Das bin ich —« sagte sie. »Es sieht aus, als ob ich schielen würde, ich wollte nicht fotografiert werden. Das ist mein kleiner Bruder, das ist meine Mutter.«

Erik traute sich nichts zu fragen. Er schaute ihr Gesicht von der Seite an. Schließlich legte sie die Fotografie weg. »Alle tot — Grippe —« sagte sie und lächelte ihm tröstend zu. Er wartete einen Augenblick. »Jetzt fangen wir ganz von vorne an, lille Spurv«, sagte er dann. Als sie den Koffer schließen wollte, klemmte sich etwas darin. Erik wollte ihr helfen. »Was ist denn das für ein Ding?« sagte er.

»Nichts. Das ist Vaters Revolver«, sagte sie und legte die Waffe vorsichtig wieder in den Koffer.

»Geladen?« fragte Erik und ließ das Kofferschloß einschnappen.

»Ich weiß nicht recht. Wir haben ihn so gelassen, wie er bei Vaters Tod war.«

»Kannst du denn schießen?«

»Nein. Aber es ist doch ein Andenken.«

»Du schläfst ja schon«, sagte Erik und hob sie auf. »Komm, ich lege dich schlafen.«

»Wo denn?« fragte Nina. Er drehte das magere Kellerlicht ab und suchte im Finstern ihren Mund. Alles begann sich in großen Kreisen mit ihr zu drehen. »Ich bin wirklich müde«, sagte sie, als sie wiederauftauchte. Oben an der Kellertreppe erschien Lilian und klapperte mit Gläsern.

»Wollt ihr da unten heiraten?« rief sie, »oder wollt ihr heraufkommen und einen Whisky haben?«

Sie krochen schnell die Kellertreppe hinauf und nahmen Lilian die Gläser ab. Erik schnitt ein Gesicht, als er getrunken hatte. »Wo kommt der Segen her?« fragte er.

»Der alte Philipp hat genug«, sagte Lilian lakonisch. Der Hausdedektiv des Warenhauses, Mr. Philipp, wohnte auch bei Mrs. Bradley. Es schien, daß Lilian ihn aufgeweckt und eine Flasche Whisky von ihm extrahiert hatte.

Erik wollte etwas fragen, aber er unterdrückte es. Lilian schien es dem alten Philipp nicht mehr übelzunehmen, daß er sie einer Körperuntersuchung unterzogen hatte. »Skoal«, sagte er und trank sein Glas aus. Er haßte Whisky. »Wo ist Mrs. Bradley?« fragte er. »Schlafen gegangen«, erwiderte Lilian. Während der Nacht war die Schminke von ihrem Gesicht verflogen und ihre gespannte, überweiße Haut glänzte mit einem matten Schein. »Sind Sie schon mal gemalt worden?« fragte Erik unvermittelt.

»Ich zieh mich nicht nackt aus für diese Künstler«, antwortete Lilian prompt. Erik mußte laut heraus lachen.

»Es soll auch Portraits von angezogenen Damen geben«, sagte er höchlichst belustigt.

»Ach«, sagte Lilian, trank ihr zweites Glas aus und übertrieb jetzt ihre Unwissenheit. »Ich habe immer geglaubt, daß man keine Blinddarmnarbe haben darf, wenn man gemalt werden will.«

Erik blickte schnell auf Nina, denn er wußte, daß sie solche Späße nicht gern hatte. Aber Nina war im Lehnstuhl eingeschlafen, dicht unter einem der Lianen-Äffchen, die er an die Wand gezaubert hatte. Ihre Hand hing schlaff und willenlos hinunter. Er trat zu ihr und rührte sie sanft an. »Spurv, lille Spurv«, sagte er leise. Sie bewegte die Lippen, aber es kam nicht bis zum Sprechen. Er hob sie auf, sie schlang im Schlaf den Arm um seinen Hals, und so trug er sie auf ihr Bett. Lilian stand da, mit der Whiskyflasche in der Hand, und sah mit spöttischem Ausdruck zu, wie er Nina hinlegte und zurückkam. Er schloß die Tür zum Schlafzimmer und lächelte noch immer.

»Rührend«, sagte Lilian.

»Wie?« fragte er.

»Ich sage nur: rührend«, wiederholte sie.

»Sie müssen auch schön müde sein, Miß Smith«, sagte Erik und kam zu ihr herüber. »Soll ich Sie jetzt nicht nach Hause bringen?«

»Du lieber Gott, Mr. Bengtson«, sagte sie. »Ich bin nicht die Sorte, die man nach Hause bringen muß. Übrigens gehe ich gar nicht nach Hause. Ich habe meine Sachen mitgebracht und schlafe hier.«

»Wo denn, hier?« fragte er mit gerunzelten Brauen.

»Zum Beispiel bei Nina, in Ihrem zukünftigen Ehebett — oder haben Sie etwas dagegen?« sagte sie spöttisch.

»Es wird im Gegenteil meinem künftigen Ehebett eine Ehre sein«, erwiderte er ärgerlich. Er setzte sich in den Lehnstuhl, gähnte demonstrativ und wartete auf Weiteres. Er war verdammt müde, das spürte er erst jetzt, und um zehn Uhr wollten sie auf dem Standesamt sein.

»Gute Nacht also und gute Träume«, sagte Lilian. Sie schenkte sich nochmals aus der Flasche ein und trank schnell. Erik schaute auf ihren weißen Kehlkopf, als sie schluckte. »Warum können Sie mich eigentlich nicht leiden?« fragte sie, als sie fertig war.

»Schutzinstinkt gegen zu gefährliche Schönheit«, erwiderte er nach einem Moment Zögern. Sie verstand es nicht ganz, sie faßte nur den Ton davon auf.

»Besten Dank. Werde mir's merken«, sagte sie und öffnete die Tür. Erik stand höflichkeitshalber auf. Er spürte seine Beine, er war den ganzen Tag auf der Leiter gestanden. Lilian zog einen Handspiegel und Lippenstift hervor und malte sorgfältig ihre Lippen. Dann sagte sie nochmals »gute Nacht« und schloß die Tür hinter sich.

Erik fiel wieder in seinen Stuhl und begann verblüfft zu lachen. Er war übermüdet und es kam ihm unsagbar komisch vor, daß Lilian ihre Lippen schminkte, um schlafen zu gehen. Er holte seinen Mantel, warf sich auf die Couch, die er aus einer Matratze fabriziert hatte, deckte sich zu und beschloß, in den Kleidern zu schlafen. Es war ohnedies bald Morgen. Er drehte das Licht ab, und dann hörte er irgendwo die Hupe eines Autos tönen. Er schloß die Augen. Meine letzte Nacht als Junggeselle, dachte er mit einem kleinen Frösteln in der Herzgrube. Das ganze Zimmer war voll von Lilians verwünschtem billigen Parfum.

Früh um sieben ertönte die Hausklingel, und es gab eine Überraschung. Eine Dame stand vor dem Haus und sagte mit energischer Stimme: »Ich bin Gräfin Bengtson. Ich komme zur Hochzeit meines Sohnes.«

Mrs. Bradley, die früher einmal selbst eine Dame der Gesellschaft gewesen war, raffte ihren Flanell-Morgenrock und ihre Fassung zusammen, und erwiderte: »Treten Sie ein, Gräfin. Wir sind noch im Negligé, aber das Frühstück wird schon gemacht.«

Gräfin Bengtson folgte der Einladung und trat ein. Sie trug ein schwarzes Schneiderkleid und weiße Handschuhe. Vor dem Haus hatte sie einen jämmerlichen, alten Ford warten. Sie ging in den neubemalten Raum, dessen Tür Mrs. Bradley für sie öffnete, warf einen kurzen amüsierten Blick auf die Äffchen an den Wänden und blieb dann vor der Couch stehen, auf der Erik unter seinem Mantel schlief.

»Mr. Bengtson hat Sie nicht erwartet — ich meine Graf Bengtson —« stotterte Mrs. Bradley.

»Ich wußte selbst nicht, ob ich mich würde freimachen können«, sagte die Gräfin. »Ich arbeite im Irrenhaus in Lansdale.«

Jetzt machte Mr. Bengtson sich daran, zu erwachen. Er streckte sich, gab ein paar Jammertöne von sich, öffnete die Augen und setzte sich auf. »Hallo, Mutz«, sagte er ohne Erstaunen. Mrs. Bradley zog sich diskret zurück. Gleich darauf hörte man ein helles Gespräch in dänisch aus dem Zimmer. Mrs. Bradley lief durch die Küche, wo Skimpy schon Kaffee kochte und schoß durch den Hintereingang zu dem Zimmer, in dem die Mädchen schliefen. »Steht auf«, rief sie, »zieht euch schnell an. Seine Mutter ist gekommen — sie ist eine Gräfin — und er ist ein Graf.«

Lilian setzte sich kerzengerade im Bett auf. Nina brauchte ein paar Minuten, um aufzuwachen und auch dann hielt sie ihre Augen noch geschlossen. »Wer?« fragte sie. »Menschenskind«, schrie Lilian und schüttelte sie. »Du wirst eine Gräfin, wenn du ihn heiratest. Ich lache mich tot.«

Jetzt gingen alle Wasserleitungen im Haus, in allen drei Badezimmern liefen die Brausen. Der alte Philipp war als erster fertig und erschien am Frühstückstisch, den Skimpy gedeckt hatte.

»Ich bin der Trauzeuge«, sagte er und machte eine steife Verbeugung zu der Gräfin. Er roch nach dem Whisky von gestern und dem von heute. »Ich freue mich, Sie kennenzulernen«, sagte die Gräfin und rieb ihre Hände. »Ich bin noch immer steif von der verdammten Fahrt bei Nacht«, setzte sie hinzu. Der alte Philipp überlegte das. »Wenn ich Ihnen etwas zu trinken rate, dann werden sie es ablehnen«, sagte er nachdenklich. Die Gräfin belebte sich. »Das werde ich nicht«, erwiderte sie energisch. Philipp ging um seine Whiskyflasche, während Mrs. Bardley mit dem Kaffee erschien. In ihrem Fahrwasser kamen die beiden Mädchen herein. Erik war noch unter der Brause. Die Gräfin schaute die beiden Gesichter eine Sekunde an, dann erhob sie sich und ging auf Nina zu, die schüchtern dastand und nicht wußte, was sie sagen sollte.

»Guten Morgen, Nina«, sagte sie. »Ich platze da so herein. Aber ich wollte doch gern sehen, was der Junge heiratet.« Sie legte beide Hände auf Ninas Schultern und schüttelte sie gutmütig. »Sie werden viel Ärger mit ihm haben.«

Nina suchte nach Worten. »Man nennt mich Mutz«, sagte die Gräfin. »Ich freue mich, daß Sie gekommen sind«, sagte Nina. »Das ist meine Freundin, Lilian. Das ist Skimpy — sie ist eine feine Köchin. Sie hat mir einen Kuchen zur Hochzeit gebacken.« Die Gräfin zog Nina neben sich auf das Sofa und trank zugleich das Gläschen Whisky, das der alte Philipp vor sie hingestellt hatte. »Das ist ein Herzenstrost«, sagte sie und man wußte nicht, meinte sie die Braut oder das Getränk.

Lilian saß in der Ecke und redete kein Wort. Dies war soweit die erste Gräfin, die sie in ihrem Leben gesehen hatte. Es machte ihr Eindruck — mehr als sie zugeben wollte. Sie sah Erik mit einer neuen Neugierde an, als er hereinkam, sein helles Haar glatt mit Wasser zurückgekämmt. Da kam einer von oben in ihren Kreis. Der wußte, was Kaviar war. Er behandelte seine Mutter wie ein nette, ältere Schwester, und die Gräfin balgte sich mit ihm herum. Während des Frühstücks bekamen sie ein gutes Stück aus der Bengtsonschen Familiengeschichte zu hören. Wie es schien, war die Gräfin Oberschwester im Irrenhaus zu Lansdale geworden, nachdem ihr Mann, der Graf Bengtson, sich sozusagen zu Tode getrunken hatte. Die Gräfin hatte eine erfrischende Art, alles beim rechten Namen zu nennen. Das Sanatorium für Luxuskranke, in dem sie arbeitete, nannte sie einen Klappskasten, und sie bemerkte, daß sie sich die Übung in der Behandlung von D. T. bei ihrem eigenen Mann geholt hatte. Erik bestätigte dies mit gutem Humor. Es trat zutage, daß sein Vater auf merkwürdige Weise ums Leben gekommen war. Nach einer königlichen Jagd, bei dem alle Herren in roten Fräcken geritten waren, betrank er sich sternhagelvoll, legte eine Wette auf, daß er in seinem roten Frack auf die Weide mit den jungen Stieren gehen würde, gewann die Wette (zweihundert Flaschen 79er Pommard) und wurde von den wütenden Tieren aufgespießt. Die Bengtsons, Mutter und Sohn, lachten herzlich, als sie diese Begebenheit erzählten.

Nina war still. Mehr als zuvor spürte sie, daß sie einen

Fremden heiratete, einen, der nicht in Amerika geboren, sondern der mit dem Dampfer angekommen war. Auf dem Standesamt stellte es sich heraus, daß sie Gräfin Bengtson wurde. Sie konnte das nicht recht verdauen. »Warum hast du mir nie davon erzählt?« fragte sie Erik, als sie im Taxi zurückfuhren nach Fieldston.

»Was ist da zu erzählen?« sagte er. »Soll ich mich vielleicht mit einer Grafenkrone auf meinem Anzug ins Schaufenster stellen und Fahnentuch annageln?«

»Ich mag deine Mutter«, sagte Nina schüchtern. »Sie mag dich auch, kleiner Spatz«, sagte er und hielt ihre Hand fest.

Es war herrliches Wetter, gelber Sonnenschein auf dem Asphalt, und der Hartriegel hatte zu blühen begonnen. Als sie nach Hause kamen, hatten sich einige Gäste eingefunden, Miß Drivot und Mr. Berg, der Lehrjunge Pusch und eine Abordnung von Verkäuferinnen, die ein Radio als Hochzeitsgeschenk brachten. Der alte Philipp hielt eine humoristische Rede, er war ganz nüchtern, vielleicht hatten ihn die Schilderungen der Entziehungskuren verschreckt, welche die Gräfin zum besten gab. Sie aßen den Kuchen, den Skimpy gebacken hatte, und lobten ihn übermäßig. Herr Berg wurde ein wenig zudringlich zu Lilian, und sie sagte: »Hände weg — Sie sind nicht gut genug für mich.« Er nahm es nicht übel.

Lilian war von einer erregten und bitteren Lustigkeit. Sie bestand darauf, Nina als »Frau Gräfin« anzusprechen, und wenn sie es sagte, klang es fast wie eine Beleidigung.

Um zwei Uhr nachmittags kündigte die Gräfin an, daß sie losgehen müsse. Sie lud das junge Ehepaar ein, die Hochzeitsreise in ihrem Wagen anzutreten, Erik küßte alle zum Abschied. Er hatte nichts getrunken, aber er machte einen leise beschwipsten Eindruck. Lilian wich an die Wand zurück, als er zu ihr kam. Miß Divot kicherte noch glückselig und wischte sich den Mund ab. Alle riefen, daß die Brautjungfer dem Bräutigam einen Kuß zu geben habe. Lilian runzelte die Stirn und strich mit ihren Lippen flüchtig über die Luft, die zwischen ihr und Erik lag. Er packte sie und zog sie an sich. »Das ist nichts«, rief er, während alle lachten und ihn umringten. »Ich will einen richtigen Kuß.«

Lilian sah böse aus. »Einen richtigen —?« fragte sie leise. Plötzlich legte sie ihre Hände um Eriks Nacken und küßte ihn. »Donnerwetter —« sagte er etwas atemlos, als sie ihn losließ. Nina stand daneben, mit einem kleinen, gefrorenen Lächeln um den Mund. Die andern hatten aufgehört zu lachen. Das neue Radio, an dem der Lehrling Pusch herumdrehte, gab greuliche Töne von sich.

Mit viel Zureden und Schmeicheln gelang es der Gräfin, ihren Ford zum Starten zu bringen. Erik und Nina krochen in den Rumpelsitz, mit ihrem Wochenendköfferchen, und es ging los. Die Luft war kühl, und sie saßen dicht beieinander in ihren Mänteln.

In der Dämmerung hielt die Gräfin vor einem alten Gasthof, irgendwo in Connecticut, sie ließ den Motor laufen, während die beiden ausstiegen. »Gute Nacht, Junge«, sagte sie. »Gute Nacht, Mutz«, sagte Erik. Der Ford ratterte davon mit dem Geräusch einer überanstrengten Nähmaschine, dann war es still. Nina sah um sich. Sie war ein wenig enttäuscht. Als sie sich einen freien Tag erwirkte für ihre Hochzeitsreise, da hatte sie sich etwas anderes vorgestellt. Lärm, Menschen, Unterhaltung. Atlantic City oder wenigstens Long Beach. Hier standen uralte Bäume, an denen eben das erste Laub herauskam, und eine Herde Schafe wanderte über den Weg und wirbelte Staub auf in großen blauen Wolken. Zwischen den Bäumen sah man in einem schmalen Streifen das Meer. »Schön ist es hier — wie zu Hause in Dänemark«, sagte Erik und reckte seine Arme. Nina schämte sich, weil es ihr nicht gefallen hatte.

Abends hörten sie entfernte Musik, der sie nachgingen, und zuletzt fanden sie eine Diele, in der getanzt wurde. Spät gingen sie heim, erst am Meer entlang und dann durch das Dorf, und Nina hatte kein Pflaster unter den Füßen, sondern Wolken. So schwebte sie zurück zu dem alten Gasthof.

Mitten in der Nacht streckte Nina die Hand aus dem Schlaf. Ja, er war da, der geliebte Mensch. Und am Dienstagmorgen läutete der Wecker wie gewöhnlich.

Wie gewöhnlich schlief Nina noch, während sie aufstand und ein paar Turnübungen machte — sie hatte irgendwo gelesen, daß es jung erhielt —, sie schlief, während sie den Kaffee kochte, und sogar beim Frühstück. Sie erwachte erst ganz, als sie schon in der Untergrundbahn saßen und zum Zentral fuhren. Wie gewöhnlich zog Erik bei Treppe fünf ab und Nina rannte zu den Kontrolluhren im Gebäude sechs.

Und wie gewöhnlich bemerkte Miß Drivot: »Beeilen Sie sich, Nina. Sie sind wieder spät dran.«

Obwohl Nina jetzt, alles in allem genommen, verheiratet war und zu Recht den Titel einer Gräfin Bengtson führte.

»Ich habe eine Entfettungskur gemacht. Sehen Sie her — ich habe elf Pfund abgenommen«, sagte Mrs. Thorpe zu Lilian.

»Gnädige Frau sehen fabelhaft aus«, sagte Lilian und überblickte die Kurven der Käuferin.

»Eine Figur wie ein Schulmädchen. Was darf es heute sein? Wir haben da ein lindengrünes Complet bekommen mit Cape—Lavin—. Sie werden bezaubernd darin aussehen«, assistierte Madame Chalon, die Direktrice.

Mrs. Thorpe sah diesmal wirklich scheußlich aus. Tatsächlich war sie etwas magerer geworden, und davon waren vier neue, harte Falten in ihrem Gesicht erschienen. Sie hatte ihr Haar mit Henna bearbeiten lassen, sie rauchte ununterbrochen und war rasend nervös. Der Schmuck an ihren Fingern und Armgelenken klirrte, so zapplig war sie. Sie hatte einen jungen Mann mit sich gebracht, der auf einem Sofa lümmelte, seine Bügelfalten glattstrich und seine mauven Seidensocken betrachtete.

»Cherie, laß mich nur einen Zug aus deiner Zigarette machen«, sagte Mrs. Thorpe, nahm ihm mit spitzen Fingern die Zigarette aus seinem Mund, tat einen tiefen Zug daran und gab sie ihm wieder zurück. Es sah aus wie eine krasse Unanständigkeit. Der junge Mann nahm gleich nachher die Zigarette wieder aus seinem Mund, besah den Abdruck roter Lippenschminke auf dem Mundstück, er blickte schläfrig um sich und warf schließlich die Zigarette in den nächsten Chromium-Aschenbecher.

Mrs. Thorpe hatte nicht davon bemerkt, aber Lilian überwachte den jungen Mann und schätzte ihn ab. Gigolo

— dachte sie, und damit war der Fall erledigt. Mrs. Thorpe schien völlig besessen zu sein von dem Burschen, der viel zu gut aussah, mit zu glatten schwarzen Haaren, zu schönen Zähnen und einem zu gut geschnittenen Anzug.

»Ich bin rasend nervös«. seufzte sie, an allen Gliedern klirrend. »Es ist zu viel für mich auf einmal. Ich brauche eine Ausstattung für die Reise. Ich reise weg — eine Tour rund um die Welt. Palmen, verstehen Sie — weißes Leinen für die Tropen. Haben Sie so etwas? Ich lasse mich nämlich scheiden — Sie glauben nicht, wieviel Nerven das kostet —«

»Darf ich Ihnen unsere neue Kollektion für den Süden vorführen?« fragte Madame Chalon und gab Lilian einen Wink mit den Augen. »EZ 24 bis 32«, murmelte sie ihr zu. Lilian schwebte gehorsam davon, mit dem wiegenden Gang, den man ihr in der Mannequin-Schule beigebracht hatte. Kaum war sie im Umkleideraum angelangt, als sie mit hastigen Händen ihr schwarzes Verkäuferinnen-Kleidchen von sich zu reißen begann. »EZ Nummer 24 bis 32«, rief sie den beiden Lehrmädchen zu. »Schnell, das hellgrüne zuerst, die Alte will groß einkaufen.«

Das Mädchen trabte davon, das andere stand noch mit dummem Gesicht da. »Das grüne Abendkleid?« fragte sie. »Sei nicht so blödsinnig, das Hellgraue mit dem Cape, lauf, mach, steh nicht da und glotze mich an —« schrie Lilian. Sie bekam noch immer Lampenfieber, so oft sie Kleider vorzuführen hatte. Wenn wir die Kollektion verkaufen, dann verlange ich Prozente, diesmal gehe ich durch dick und dünn, so dachte sie, während sie schnell ihr Gesicht puderte und ihr Haar in die Stirn zog. Zwischen ihr und Madame Chalon ging ein stiller und harter Kampf. Lilian beanspruchte Verkaufsprozente, wenn ein Kleid, das sie vorführte, gekauft wurde. Madame Chalon ihrerseits bestand darauf, daß sie und sie allein das Kleid verkaufte — so als ob Lilian nicht viel mehr als ein Kleiderständer wäre. Lilian war schon zweimal, frisch mit Parfum besprengt, wegen dieser Angelegenheit zum Abteilungschef gezogen. Er hatte sie freundschaftlich beim Nacken geschüttelt wie einen jungen Hund, hatte ihr gesagt, daß ein Mädel mit ihrer Figur nicht auf die lausigen Prozente angewiesen sein sollte, und damit war die Angelegenheit in der Luft hängengeblieben.

Die Lehrmädchen kamen zurückgetrabt, mit ihrer Ladung Kleider über dem Arm. In dem engen Umkleideraum, genannt der Affenkasten, roch es nach neuen Stoffen, nach Schneiderwerkstätte, nach billiger Seife. In der Ecke saß die alte Schneiderin, die die Umänderungen anprobierte, und kaute an einem hausgemachten Sandwich.

»Langsamer könnt ihr es wohl nicht machen«, fauchte Lilian und riß dem Mädchen das lindengrüne Complet aus der Hand. Als Lehrmädchen war sie geschunden worden, jetzt war es an ihr, zu schinden. Erst als der sanfte Stoff an ihren Hüften entlangglitt, beruhigte sich etwas in ihr. Ihre Nerven glätteten sich, ihre Haut wurde zufriedener. Sie warf das Cape über, sah sich im Spiegel noch einmal an und schritt zufrieden in den Salon hinaus.

Als Mrs. Thorpe sie erblickte, machte sie ein Gesicht, als hätte sie Zahnweh. »Was fällt Ihnen ein, das ist nicht meine Farbe«, sagte sie unfreundlich. Lilian drehte und wiegte sich vor ihr, schlug das Cape zurück und führte die dünne gefaltete Bluse zur Schau. Der junge Mann auf dem Sofa bewegte sich nicht, aber er ließ seinen schläfrigen Blick unter gesenkten Wimpern auf dieser Bluse spazierengehen.

»Grün ist überhaupt ideal mit den roten Haaren von Madame —« beschwor Madame Chalon.

»Quälen Sie mich nicht, ich bin schon nervös genug«, klagte Mrs. Thorpe. »Ich kann diese Farbe nicht ausstehen.« Madame Chalon gab Lilian ein Zeichen, und Lilian schwebte davon. »Halt, bleiben Sie doch«, rief Mrs. Thorpe, »Sie wissen ja noch gar nicht, was ich will. Haben Sie denn nichts wirklich Tropisches? Abendkleider für Hawaii, verstehen Sie?«

»Das Maisgelbe«, rief Madame Chalon strahlend, als wäre ihr eben eine große Erleuchtung gekommen. »Miß Smith — zeigen Sie das Maisgelbe — ein Gedicht, gnädige Frau, ein Traum, Musik —« Lilian hörte noch das enthusiastische Gerede der Direktrice, die ihre Schlagworte dem blütenreichen Stil der Inserate entnahm, als sie dabei war, sich wieder umzukleiden. Aus irgendeinem Grund war der Umkleideraum immer überheizt, wahrscheinlich weil die alte Schneiderin an einer chronischen Erkältung litt. Lilian hatte feine Schweißperlen auf der Stirn, während sie die Lehrmädchen herumhetzte und in das maisgelbe Abendkleid fuhr. Dies war ein Gebilde aus vielen Lagen Tüll, mit einem Rock, den am Saum acht Meter Weite bauschte. Als Lilian angekleidet war, paßte ihre Frisur nicht zum Stil des Kleides. Sie holte ihren Kamm hervor, und puderte ihre feuchte Stirn. »Wo bleiben Sie so lang, die Kundschaft wird ungeduldig«, rief Madame Chalon scharf und steckte ihren Kopf in die Tür. »Ich komme — ich kann auch nicht zaubern —« erwiderte Lilian gereizt. Sie versuchte es jeden Tag neu, sich auf guten Fuß mit der Direktrice zu stellen, und jeden Tag wurde die Spannung zwischen ihnen größer. »Steh mir nicht im Weg«, schrie sie leise das Lehrmädchen an, das neben der Tür stand. Beinahe hätte sie nach dem unschuldig glotzenden Opfer getreten. Trotzdem lächelte sie ihr süßestes Mannequin-Lächeln, als sie wieder vor Mrs. Thorpe erschien.

»Nun?« sagte die Direktrice stolz, während Lilian sich drehte, auf und ab schwebte und den weiten Rock mit beiden Händen hochhob in ein paar angedeuteten Tanzschritten.

»Nicht schlecht —« sagte Mrs. Thorpe nach einer Pause. »Nicht schlecht, Madame? Ein Traum — dieses Kleid — und der Mond von Hawaii — wir haben einen maisgelben Überwurf dazu, mit einer Kapuze — wenn Sie abends auf Deck spazierengehen wollen —«

Madame Chalon kannte ihre Kundinnen. Ein träumerischer Ausdruck überkam für einen Augenblick Mrs. Thorpes hartes, unruhiges Gesicht. »Können Sie nicht einen Augenblick stillstehen?« fragte sie Lilian ungeduldig. Lilian blieb sofort stehen. Ihr tief ausgeschnittener Rücken war den Beschauern zugekehrt. Um nicht unhöflich zu sein, wandte sie den Kopf über die Schulter und lächelte Mrs. Thorpe so zu.

Der junge Mann war aufgewacht, wie es schien, er saß jetzt senkrecht da und hörte sogar zu rauchen auf. Lilian verachtete ihn so tief, wie nur ein Mädchen, das sich noch nicht verkauft hat, einen Mann verachten kann, der sich verkauft. Plötzlich sah sie, wie er ganz langsam ein Augenlid sinken ließ, während seine schönen Zähne glänzten. Es war ein deutliches und unverschämtes Zeichen hinter dem Rücken von Mrs. Thorpe. Lilian starrte ihn verblüfft an. Sie war Frechheiten gewöhnt, aber dies ging doch zu weit. Jetzt zog der junge Mann eine Karte hervor und ließ sie zwischen die Kissen des Sofas gleiten, auf dem er saß. Er gab ihr seine Adresse. Lilian begann schnell wieder auf und ab zu gehen, sonst hätte sie lachen müssen.

»Bleiben Sie doch stehen — kommen Sie her«, rief Mrs. Thorpe ihr zu. Sie ging mit ihrem wiegenden Gang zu der Käuferin hinüber. Von so nahe gesehen, machte Mrs. Thorpe einen ziemlich jämmerlichen Eindruck. Plötzlich wurde Lilian wieder von jenem Haß erfaßt, den sie so oft gegen die Käuferinnen des Maßsalons empfand. Sie spürte sich selbst in dem Kleid, schlank und leicht und wohlgewachsen. Es war eine Schande, daß diese Alte, Plumpe es tragen sollte. Während ihr langsam die Hitze in die Wangen stieg, wurde Lilian behandelt wie ein Gegenstand. Madame Chalon und Mrs. Thorpe umkreisten sie, befühlten sie, oder vielmehr das Kleid — und wechselten fachmännische Bemerkungen. »Man müßte es etwas kürzer machen«, sagte Mrs. Thorpe. »Es würde dadurch nur mehr Schwung bekommen«, erwiderte die Direktrice. In diesem Moment spürte Lilian einen scharfen Schmerz an ihrem bloßen Rücken. »Auhh —« rief sie leise und drehte sich um. »Was gibt's?« fragte Madame Chalon tadelnd. »Ich weiß nicht — ich bitte um Entschuldigung —« murmelte Lilian. Sie wischte mit zwei Fingern über die schmerzende Stelle und brachte sie blutig zurück. Mrs. Thorpe schrie plötzlich auf: »Mein Ring — wo ist mein Ring?«

Der junge Mann war aufgestanden, als Lilian ihre Fingerspitzen betrachtete. Er bückte sich und löste einen Ring von dem Tüll des weiten Rockes, in dem er sich verfangen hatte. Es war ein pompöser Ring mit einem viereckig geschliffenen Smaragd, von kleinen Diamanten eingefaßt. »Hier ist dein Ring, Chérie«, sagte er süßlich und streifte ihn wieder auf Mrs. Thorpes Finger.

»Sehen Sie, wie ich abgenommen habe«, rief sie triumphierend, »sogar meine Ringe werden mir zu weit.« Sie hielt ihre Hand dem jungen Mann unter die Nase wie einen Beweis. Es war eine faule, weiße Hand mit langen spitzen Nägeln. Der Ring schlotterte an dem abgemagerten Finger. Der junge Mann überlegte einen Moment, was wohl von ihm erwartet wurde, dann bückte er sich und küßte Mrs. Thorpes Hand. »Diese Europäer — sind sie nicht reizend —« sagte sie entzückt und wechselte einen Frauenblick mit Madame Chalon, die aus Paris kam. Um Lilian kümmerte sich niemand.

Vielleicht wäre nichts von allem Kommenden passiert, wenn Mrs. Thorpe sich bei Lilian entschuldigt hätte für die Kratzwunde, aus der mit leichtem Brennen ein Tropfen Blut nach dem andern sickerte. Aber das tat sie nicht.

Wahrscheinlich dachte sie gar nicht, daß ein Mannequin auch ein lebendiges Wesen ist, mit Wünschen und Sehnsüchten und einem heißen Zorn. »Geben Sie acht, daß das Kleid nicht schmutzig wird, Miß Smith«, sagte Madame Chalon, um das Maß voll zu machen. Sie mußte irgend etwas in Lilians Gesicht gesehen haben, das sie erschreckte, denn sie wurde plötzlich süß und fügte hinzu: »Jetzt können Sie jedem erzählen, daß Sie mit einem echten Smaragd verletzt worden sind.«

Nun nahm der junge Mann sein dünnes Batisttaschentuch aus der Brusttasche und tupfte damit die Blutstropfen von Lilians Rücken. »Es wäre schade um das schöne Kleid«, sagte er und Lilian wußte nicht, ob es Hohn war oder Dummheit.

»Gefällt dir das Kleid, Cherie? Glaubst du, ich soll es kaufen?«

Der junge Mann richtete sich auf, sah Mrs. Thorpe an. Gott weiß, was Mrs. Thorpe in dem Ausdruck seines Gesichtes entdeckte — irgend etwas, das sein glänzendes Lächeln und seine mandelförmigen Augen nicht schnell genug verbergen konnten. Mit einem Male schlug ihre Laune um. »Mir gefällt es nicht«, sagte sie brüsk. »Ich will es nicht haben. Der Rock ist zu weit. Gehen Sie, zeigen Sie mir etwas anderes.«

Sie drehte nervös den lockeren Ring an ihrem Finger. »Ich will etwas ganz Einfaches — weißes Leinen — etwas, womit man in Singapore zum Polo gehen kann, ohne daß die Engländer mit den Fingern auf einen zeigen.«

Lilian schaute die Direktrice an. »Führen Sie Nummer 34 vor«, sagte Madame Chalon etwas ermattet. Mrs. Thorpe protestierte heftig. »Führen Sie nichts mehr vor, ich danke«, rief sie aus. »Ich will die Sachen selber probieren. Es hat gar keinen Zweck, zu sehen, wie gut Sie dem Mannequin stehen. Ich bin diejenige, die sie tragen muß.«

»Das ist auch richtig«, stimmte Madame Chalon geschmeidig bei. Hinter dem Rücken der Kundschaft warf sie einen flehenden Blick zum Himmel. »Bringen Sie Nummer 34, Miß Smith — das weiße Leinen Tailleur.«

Lilian schwebte davon, zurück in den Affenkasten. »Was ist los?« fragte die alte Schneiderin, als sie ungeduldig das Maisgelbe auszog und in ihr schwarzes Verkäuferinnen-Kleid schlüpfte.

»Die Alte stirbt vor Angst, daß ich ihrem Gigolo gefallen könnte«, sagte Lilian. »Die Idee. So einen spuckt unsereiner nicht einmal an.«

Mrs. Thorpe war eifersüchtiger, als sogar Lilian dachte. Als sie mit dem weißen Tailleur, Nummer 34, zurückkam und Madame Chalon die Kundschaft in eine der Probierzellen geleitete, gab es einen kleinen Aufenthalt.

»Bitte, kommen Sie mit zur Anprobe«, sagte nämlich Mrs. Thorpe in einem Ton, der keinen Widerspruch zuließ. »Mit Vergnügen«, erwiderte Lilian so höflich, daß es beinahe eine Frechheit war. In letzter Zeit spürte sie, wie sie öfters die Nerven verlor. Das hatte kurz vor Ninas Hochzeit angefangen, vielleicht an dem Abend, da man sie verdächtigt hatte, die russische Ikone gestohlen zu haben. Das war seitdem stärker und stärker geworden und erfüllte sie mit dem sonderbaren Gefühl einer drohenden Explosion. Als wenn das ganze Warenhaus eines schönen Tages auffliegen könnte, oder niederbrennen, zu nichts als einem kalten, kleinen Häufchen Asche. Die dünne Kratzwunde an ihrem Rücken brannte unverhältnismäßig stark, und sie verspürte eine heftige Lust, Mrs. Thorpe an ihren aufgefärbten Haaren zu reißen. Die Kundschaft schien die Spannung zu spüren, oder sie war noch immer eifersüchtig, obwohl sie das Mannequin von ihrem Liebhaber weggenommen hatte. Sie quälte und quengelte. Sie zog Kleider an und aus, schickte die Direktrice um neue Auswahl, die Lehrmädchen schossen hin und her, die abgelehnten Modelle bauschten sich an den Kleiderbügeln.

Lilian ließ Mrs. Thorpe nicht für eine Sekunde von ihrer Seite. Es war heiß in der Kabine, die Figuren der drei Frauen verdreifachten sich noch einmal in dem hohen geteilten Ankleidespiegel. Es sah so aus, als ob eine Menschenmenge sich in der engen Zelle drehte und drängte, und Mrs. Thorpe klagte über Schwindel. Madame Chalon lief eilfertig davon, um ihr ein Glas Wasser zu holen. Lilian tat ihr Bestes, um ihren eigenen Gesichtsausdruck zu kontrollieren, so daß die Kundschaft nicht merken sollte, mit welchem Widerwillen das Mannequin sie betrachtete. Mrs. Thorpe war jetzt in ein schwarzes Spitzenkleid eingezwängt, aus dem ihre Schultern viel zu nackt und fleischig herauswuchsen.

Es geschah, als Mrs. Thorpe mit der Hand nach der Gürtelschleife an ihrem Rücken faßte. Der Smaragdring glitt von ihrem abgemagerten Finger und fiel lautlos auf den dicken graurosa Teppich, der den Boden der Anprobierzelle bedeckte, so wie er alle Räume des Maßsalons verschönte.

Lilian überlegte gar nicht. Sie wußte vielleicht nicht einmal, was sie tat. Es war spontan und instinktiv, daß sie ihren Fuß auf den Ring setzte, und ihn so verbarg, anstatt ihn aufzuheben und mit einer höflichen Bemerkung zurückzugeben.

Madame Chalon kam mit dem Glas Wasser, Mrs. Thorpe trank dankbar. Sie hatte nichts bemerkt. Lilian stand auf dem Ring und fühlte den Smaragd wie einen brennenden, glühenden Punkt unter ihrer Fußsohle. Leise jammernd, zog Mrs. Thorpe sich das enge Kleid über den Kopf. Plötzlich hatte sie die Lust verloren. Nachdem sie Direktrice und Verkäuferin für mehr als eine Stunde gequält hatte, beschloß sie plötzlich, nichts von allem zu kaufen. »Es sieht alles zu billig aus. Ich werde meine Reiseausstattung in Paris machen lassen — ich habe dort eine glänzende kleine Schneiderin«, sagte sie. Es klang ungemein unfreundlich und versnobt. Madame Chalon war plötzlich Lilians Verbündete geworden. »Wie Madame meint —« sagte sie spitz. Sie warf Lilian einen Blick zu, der sagte: Der Teufel soll die alte Kuh holen. Sie machte sich nicht einmal mehr viel daraus, ob Mrs. Thorpe aus einem Augenwinkel diesen Blick im Spiegel gewahrte oder nicht. »Wollen Sie dann so freundlich sein und hier Ordnung machen —« sagte die Direktrice, als sie die Kundschaft hinausbegleitete. Die Zelle war angefüllt mit Tüll, Taft, Chiffon, mit Rüschen und Volants und geblümten Schneiderträumen für die Nächte in Hawai.

Als Lilian den Ring in die Hand nahm, ihn überstreifte und ansah, überfiel sie ein Zittern. Es war nicht nur Angst und Erregung — es war diese Leidenschaft, dieses unbeherrschbare Brennen tief innen, das sie immer vor kostbaren Dingen verspürte. Sie streifte den Ring wieder ab, gerade früh genug, um ihn verschwinden zu lassen, als die beiden Lehrmädchen hereinkamen. »Kein Geschäft gemacht«, sagte die eine schadenfroh.

»Kümmere du dich um deine eigenen Angelegenheiten«, schnappte Lilian zurück. Sie hielt den Ring in der geballten Faust und wußte nicht, was sie damit anfangen sollte. Sie griff nach dem Tailleur aus weißem Leinen, Nummer 34, Modell Emily, und hielt es fest. »Ich mache schon Ordnung«, sagte sie und las ein paar Stecknadeln vom Teppich auf. Die Mädchen gingen.

Lilian steckte den Ring in die rechte Jackentasche des weißen Leinen-Modells, hing Rock und Jacke sorgfältig über den Kleiderbügel und trug das Ganze zurück in den Kleiderraum. Sie streifte den Sack aus Cellophan darüber, der das helle Tailleur vor Schmutz schützen sollte, atmete tief und ließ es da hängen, zwischen hundert andern Sommermodellen, die zum Verkauf bereit waren.

Eine halbe Stunde später schwirrte Mrs. Thorpe wieder an, es war inzwischen halb sechs geworden und die müden

Verkäuferinnen bedienten die ungeduldigen letzten Käufer. Es gab eine heftige, aber unterdrückte Aufregung, als sich die Nachricht von dem Verlust des Ringes verbreitete. Der alte Philipp wurde gerufen, und die Wellen schlugen bis an das Sanktuarium von Mr. Crosby im achtzehnten Stock des Mittelturmes. Obwohl Mrs. Thorpe großen Lärm schlug, konnte sie doch keineswegs behaupten, daß sie den Ring im Maßsalon und nicht irgendwo anders verloren habe. Im Gegenteil, Madame Chalon erinnerte sich genau, den Ring gesehen zu haben, ja ihn selber an Mrs. Thorpe zurückgegeben zu haben. Der Gigolo, als Zeuge angerufen, machte schläfrige Bemerkungen, die nichts besagten. Der alte Philipp hielt seinen spähenden und verdächtigenden Blick auf den jungen Mann gerichtet. Er gefiel ihm nicht. Zwei Mann der Hauspolizei hielten sich unbemerkt im Hintergrund auf — aber sie wurden nicht benötigt. Man suchte alles ab und fand nichts. Zuletzt mußte Mrs. Thorpe zugeben, daß sie das Warenhaus in einem Taxi verlassen hatte, dessen Nummer sie nicht wußte. Sie war noch in der Olympia-Bar gewesen, hatte zwei Cocktails getrunken, hatte einige Minuten bei ihrer Modistin in Madison Avenue verbracht, und hatte erst in einem zweiten Taxi den Verlust bemerkt.

Man bedauerte, versprach weiter nachzuforschen und komplimentierte die nervöse Dame hinaus, da es Zeit war, den Laden zu schließen. Übrigens war Mrs. Thorpe versichert — es war bloß peinlich, sich wegen der Versicherung an Mr. Thorpe zu wenden, von dem sie eben im Begriff war, sich scheiden zu lassen. Als die Schlußglocke ausgeklingelt hatte, lud der alte Philipp eine kleine Gruppe von Angestellten in sein Büro ein — zur Untersuchung. Madame Chalon war darunter, was sie so aufregte, daß sie anfing französisch zu sprechen und ihre Entlassung verlangte. Die beiden kleinen Lehrmädchen weinten. Lilian blieb kalt und ruhig. »Man gewöhnt sich langsam daran«, sagte sie spöttisch, als die Krankenschwester sie beim Ausziehen überwachte — denn wenn eine Körperuntersuchung auch eine rauhe Angelegenheit war, so wurde sie doch mit Delikatesse gehandhabt. »Tut mir leid, Kind«, murrte der alte Philipp nachher. Sein gutmütiges Seehundgesicht sah betrübt aus. Er roch nach Whisky wie gewöhnlich. Seit er an Ninas Hochzeitstag mit Lilian besser bekannt geworden war, hatte er eine schwache Stelle für sie.

»Was haben sie denn da?« fragte die Krankenschwester, als wieder ein Tropfen Blut aus der Kratzwunde an Lilians Rücken zu sickern begann.

»Da hat mich Mrs. Thorpe mit ihrem berühmten Ring verletzt«, sagte Lilian voll Hohn. Sie hatte ein tollkühnes Gefühl, wie ein Seiltänzer auf einem dünnen, dünnen Seil, hoch oben. »Warten Sie — ich tue Jod drauf«, sagte die Schwester. Lilian empfing das leichte Brennen wie ein Versprechen.

Vier Tage lang blieb der Ring in der Tasche des weißen Schneiderkleides, Modell Emily, Nummer 34. Niemand kaufte es, denn es hatte zu regnen begonnen und die Leute wollten Gummimäntel und Regenschirme.

Am fünften Tag klärte sich das Wetter und am Nachmittag führte Lilian das Modell einer Dame vor, die eine gute Figur hatte und es ohne weiteres kaufte. Im letzten Moment gelang es Lilian, den Ring aus der Tasche zu nehmen und in ihrem Strumpf zu verstecken.

Sie war krank vor Erregung. Wenn ein Arzt ihren Puls gemessen hätte, dann hätte er gefunden, daß sie fieberte. Wenn es dem alten Philipp heute einfiele, sie zu untersuchen, dann war sie verloren. Aber der alte Philipp hatte andere Sorgen.

Nachts, in ihrem Verschlag in der Souterrainwohnung ihrer Eltern, sitzt sie wach, dreht das Licht an, macht

dunkel, dreht wieder an. Nebenan murrt ihr Vater. Sie kann nicht schlafen, sie muß den Ring ansehen.
Sie hat jetzt einen Smaragdring, Lilian; einen eigenen Ring, ein eigenes Geheimnis, eine eigene Gefahr.

Vom fünfzehnten Stockwerk des Mittelturms aufwärts hingen überall Tafeln mit der Aufschrift: Es wird um Ruhe ersucht. Wer aus dem Aufzug trat, der konnte diese Bitte, die mehr ein Befehl war, nicht übersehen. Sie hingen an den Türen der Konferenzräume, wo über das Schicksal der Zentral-Warenhaus-Gesellschaft beraten wurde, und neben den Eingängen zu den Privatbüros der obersten Chefs.

Mr. Crosby thronte ganz oben, im achtzehnten Stockwerk, in einem Büro, das nach allen vier Seiten hohe Fenster hatte und mehr wie der Raum eines Leuchtturmwächters aussah. An klaren Tagen konnte man von hier die beiden Flüsse sehen, Hudson und East River, und die Hügelketten weit drüben in New Jersey. Aber Mr. Crosby interessierte sich nicht für die Aussicht. Er hatte andere Sorgen. Die Aktien der Kompanie standen schlecht, und er besaß 51 Prozent davon, gerade genug, um ihm in den Versammlungen der Aktionäre die Überhand zu sichern.

Über der Generalversammlung hatte ein Schleier von Depression und Unzufriedenheit gelegen. Obwohl es aussah, als wenn das Warenhaus viel umsetzte, hatte es doch im letzten Jahr mit einem Defizit abgeschlossen. Mr. Crosby wälzte endlose Zahlenreihen in seinem Kopf und konnte nicht finden, wie der Kalamität abzuhelfen sei. Die Steuern, meine Herren, die Steuern — man soll es gar nicht laut aussprechen, aber was neuerdings in unserm Land geschieht, das ist ja beinahe verkleideter Kommunismus...

Mr. Crosby hatte ein mathematisches Gedächtnis, er

war zuverlässig wie ein Ticker, soweit es Zahlen, Aktien und Kurse anging. Die Gesichter seiner Enkelkinder und die Geburtstage seiner Freunde freilich vergaß er immerfort. Er war ein zuckerkranker Mann, Mr. Crosby, und das saugte eine Menge Lebensfreude in ihm auf. Er trank ungezuckerten Tee und aß dazu sein trockenes Diabetiker-Biskuit, das wie Papier schmeckte. Seine Zähne waren ausgefallen, einer nach dem andern. Neuerdings machte eine kleine Wunde an seiner großen Zehe ihm Sorgen. Ein Nichts von einer Wunde, wahrhaftig — aber sie konnte bei einem Zuckerkranken das Schlimmste bedeuten. Mr. Crosby hatte kalte, müde Hände mit hohen Adern; am Morgen hatte er eine Entschließung unterzeichnet, wonach zweihundert Leute im Personal abgebaut werden sollten. Niemand hatte ihn gern, und er machte sich aus keinem Menschen auf der Welt etwas. Manchmal schien es ihm, als fühle er, wie der Wolkenkratzer hin und her schwankte, hin und her, in einer leisen Vibration. Die Ingenieure hatten ausgerechnet, daß sich die Spitze des Mittelturmes täglich ungefähr vier Zoll hin und her schwang. Man schätzte Crosbys Vermögen allgemein auf 34 Millionen.

Der Hausdetektiv Philipp sah seinen obersten Chef zum ersten Male, nachdem Mrs. Thorpes Ring verschwunden war. Er hatte an diesem Morgen einen größeren Schluck Whisky zu sich genommen als gewöhnlich, denn er hatte Trost nötig. Nun stand er vor seinem Herrn und hatte ein unsicheres Gefühl, als ob man den leichten Alkoholperzent in seinem Blut merken könnte.

Mr. Crosby betrachtete seinen Untergebenen eine längere Zeit, bevor er sich äußerte.

»Sie heißen Philipp? Philipp Philipp?« fragte er schließlich, den Namen von einem Notizblock ablesend, den sein Sekretär ihm zuschob.

»Jawohl, Mr. Crosby. Ein kleiner Scherz meines Vaters —« murmelte der alte Philipp bereitwillig.

»Wie alt sind Sie?«

»Etwas über achtundfünfzig —« flüsterte Philipp. Es war drei Tage bis zu seinem sechzigsten Geburtstag und er empfand das wie eine Schande.

Mr. Crosby sah seinen Detektiv aufmerksam an. »Sie trinken«, sagte er. Es war keine Frage, sondern eine Mitteilung.

»Manchmal einen Schluck — um mich wach zu halten — ich arbeite auch nachts — manchmal komme ich zwanzig Stunden nicht aus dem Haus —«

»Sie haben einen Stab unter sich, nicht? Wird nicht in Schichten gearbeitet?«

»Ja — aber ich verlasse mich nicht auf die jungen Detektive. Besonders seit — seit — wir ein paarmal Pech hatten, läßt es mir keine Ruhe — ich kann nicht schlafen. Da gehe ich lieber selber nachts die Runde —«

»Viel Zweck scheint Ihr Eifer nicht zu haben«, sagte Mr. Crosby etwas versöhnlicher. Daß ein Mann lieber im Warenhaus wachte, als in seinem Bett zu schlafen, das verstand er. Er selbst verbrachte sein Leben in diesem Turm, und konnte nicht verstehen, daß andere Leute nach Florida gingen oder Enten jagten.

»Mr. Crosby«, sagte Philipp dringend und trat näher an den Schreibtisch heran. »Ich gebe zu, wir haben eine Pechsträhne gehabt. So etwas kommt vor. Ich versichere Sie, daß ich meine Bemühungen verdoppeln werde — ich werde es nicht zulassen, daß noch etwas passiert — und wenn ich —«

»Redensarten nützen mir nichts«, sagte Mr. Crosby. Er war etwas zurückgewichen, als Philipp mit seinem Whiskyatem auf ihn zukam und wurde neu gereizt. »Ich habe Sie nicht hergerufen, um mir ihre Ausreden anzuhören, sondern um Ihnen zu sagen, daß wir Sie entlassen müssen, sobald nur mehr der kleinste Diebstahl vorkommt.«

Daraufhin blieb es eine Weile still, nur der Sekretär

raschelte mit einem Blatt Papier, um seine Betroffenheit zu vertuschen.

»Entlassen — das meinen Sie doch nicht im Ernst, Mr. Crosby —« sagte der alte Philipp zuletzt. »Ich habe im Zentral gearbeitet, seit es besteht. Das sind bald siebenundzwanzig Jahre — Mr. Crosby —«

»Es tut mir leid, Philipp«, sagte Mr. Crosby. »Aber Sie spüren doch selbst, daß Sie Ihrem Posten nicht mehr gewachsen sind. Das passiert jedem von uns eines Tages. Sogar ich werde eines Tages abdanken müssen, und ich werde genau wissen, wann meine Zeit gekommen ist. Das gleiche verlange ich von meinen Angestellten.«

»Sie haben noch keinen Bessern gefunden, Chef«, sagte Philipp, von der Aufrichtigkeit im Ton seines Herrn getroffen. »Ich — für mich bedeutet das Zentral alles. Das ist nicht bloß eine Stellung für mich — oder mein Gehalt — ich kann immer noch einen Job kriegen — aber das Zentral — das ist wie mein eigenes Haus — ich habe kein Haus — ich bin ein alter Junggeselle — ich habe mein ganzes Leben im Zentral verbracht — man kann mich da nicht einfach wegschicken, weil ein paar Diebstähle vorkommen. Ich gehöre zum Zentral — entschuldigen Sie, Mr. Crosby, daß ich das alles so heraussage —«

Mr. Crosby überlegte dies. Er schwenkte vom Hauptpunkt ab. »Hat die Polizei irgend etwas wegen Mrs. Thorpes Ring herausgefunden?« fragte er sachlich.

»Nein — die Angelegenheit ist fallengelassen worden. Das ist auch so eine Sache, die an uns hängenbleibt, obwohl es fast sicher ist, daß der Ring nicht bei uns wegkam. Aber mit diesen Weibern kann man ja nichts anfangen.«

»Ich mache Sie aufmerksam, daß Mrs. Thorpe eine unserer besten Kunden ist, eine Dame der Gesellschaft. Ihr Mann ist mein Freund.«

»Ich bitte um Entschuldigung, Mr. Crosby. Auf jeden

Fall hat Mrs. Thorpe selbst alle Untersuchungen niedergeschlagen — und wenn Sie mich fragen würden, warum, dann könnte ich Ihnen auch den Grund sagen.«

Mr. Crosby sah seinen Detektiv an. Er hatte Mrs. Thorpe nur zweimal gesprochen, denn seine Freundschaft mit dem Rechtsanwalt Mr. Thorpe war nicht mehr als eine Klubangelegenheit. Im Grund teilte er Philipps Aversion gegen die Dame.

»Sie wissen, daß solche angedeuteten Insinuationen sehr unfair sind«, sagte er. Philipp warf einen Blick auf den jungen Sekretär. Er verlangte inständig nach einem einzigen Schluck Whisky, er fühlte sich sehr miserabel.

»Mrs. Thorpe hat alles unterdrückt, weil sie sich fürchtet zu entdecken, daß ihr — Freund den Ring gestohlen hat. Das ist alles«, sagte er mit einem tiefen Atemzug.

»Hat sie das gesagt?« fragte Mr. Crosby. Der alte Philipp konnte nur lächeln über so viel Weltfremdheit im Verstand eines Warenhausbesitzers.

»Gesagt? Sie kennen die Frauen nicht, Mr. Crosby«, rief er aus. »So etwas würde sie sich nicht einmal selbst, ganz allein mit sich, eingestehen. Aber es macht es nicht leichter für mich, das können Sie mir glauben —«

Das leichte Prickeln der Neugierde, das Mr. Crosby für einen Augenblick verspürt hatte, war vergangen. Er fühlte nur mehr Ungeduld und Unzufriedenheit mit diesem halb betrunkenen Angestellten, der sich nicht kündigen lassen wollte. Er griff in die Mittellade seines Schreibtisches und holte ein kleines Medizinfläschchen hervor. Der Sekretär hielt ihm eilfertig ein Glas Wasser hin und er zählte zwanzig Tropfen hinein. Das Zeug schmeckte elend und bitter. Manchmal ekelte der kranke Mr. Crosby sich vor sich selber. Sein Arm war bedeckt mit den Einstichen der Insulinspritze, die neuerdings eine unheilvolle Tendenz zeigten, sich zu entzünden.

»Sie wissen es also, Mr. Philipp«, sagte er abschließend,

»bei der nächsten Geschichte sind Sie entlassen. Ich danke Ihnen.«

Dies klang endgültig. Da war nichts in der Welt, das sich darauf erwidern ließ.

»Danke auch, Mr. Crosby«, sagte Philipp und zog sich zurück. Draußen lehnte er erst einmal für ein paar Minuten erschöpft an der Wand, dicht neben der Tafel, die Ruhe befahl. Dann machte er sich daran, die Treppe hinabzugehen, die vom achtzehnten Stockwerk zum zwölften führte. Es war eine sonderbare Gewohnheit, die mit seinem Beruf zu tun hatte, daß Philipp lieber die Treppen benutzte als den Lift. Dreimal in seiner Karriere hatte er Verbrecher auf der Treppe eingefangen, die sich dort unbemerkt glaubten. Er langte zehn Minuten später in seinem Büro an, rief seinen Stab von Hilfsdetektiven zusammen, rauhen einfachen Burschen ohne psychologischen Tiefblick, und schärfte ihnen größte Wachsamkeit ein. Als sie gegangen waren, trank er seine Whiskyflasche leer, ohne von Glas oder Sodawasser Gebrauch zu machen, und dann begann er den Kampf gegen seine drohende Entlassung.

Die Menschen, die im Warenhaus angestellt sind, sehen immer nur einen winzigen Ausschnitt; sie sind in ihrer Abteilung festgewachsen wie Korallen am Meeresgrund. Aber wer ruhelos durch alle seine Teile wandert wie der alte Philipp, der sieht das Ganze, die ganze Welt. Tausend Dinge sieht er, während er mit seinem harmlosen Seehundsgesicht und mit zwar alkoholgetrübten, aber wachsamen Augen im Warenhaus herumstreicht. Er geht und geht, über die Rolltreppen, durch die überdeckten Glashöfe, die endlosen Verkaufsräume entlang. In der Wäscheabteilung tobt eine Frauenschlacht, denn dort ist Dollartag. Im Teeraum spielen drei Musiker die neuen Schlager, und in der Musikalienabteilung hört man sie noch einmal, dort sitzt ein blutarmes Mädchen am Klavier und spielt wie im Schlaf jedes Notenstück, das man vor sie hinlegt; ein bißchen gespenstisch klingen die Synkopen. Immerfort rollen Lastwagen in Hof fünf herein, und Warenballen werden abgeladen, gebucht, registriert und bereitgestellt. Da sind die Käuferinnen, die hemmungslosen, die keine Widerstandskraft haben, und die andern, die mit zusammengepreßten Mundwinkeln rechnend in den Ecken stehen und zuletzt doch nicht kaufen. Da sind die jungen Neger, die die Aufzüge bedienen und im Gedränge der Frauen die Stockwerke ausrufen, als wenn sie sprechende und leblose Maschinen wären, blind, taub und ohne Gefühl.

Im Morgengrauen sind da die Kolonnen der Scheuerfrauen, die das Linoleum polieren. Nachts gehen die Wächter durchs Halbdunkel und stechen die Kontrolluhren. Im Keller ist der Aufbewahrungsraum der Schaufensterpuppen — nackt und mit geziertem Lächeln stehen sie in langen Reihen an der Wand. Ein paar Arme und Beine liegen neben ihnen auf dem Boden und alle sehen wunderlich erwartungsvoll aus. Im vierzehnten Stock sind die Kassenräume, die eingemauerten Geldschränke, durch ein verwickeltes Geheimsystem geschützt und Tag und Nacht bewacht. Am Lohntag stehen die Angestellten in langen Reihen und warten auf ihr Kuvert. Hinter Gittern sind die Kassierer, ganz eingemauert zwischen Eisenstangen und Alarmklingeln leben sie und tragen Gummiringe an ihren Daumen, sonst würde ihre Haut wund werden von all dem Geldzählen.

Da sind die Ticker im Verwaltungsgebäude, und das Klingeln und Hämmern von hundert Schreibmaschinen. Da ist der kleine Blumenstrauß auf dem Tisch einer Stenotypistin, und da ist der einzelne Sonnenstrahl, der Punkt zwölf Uhr Mittag in den dunklen Packraum fällt. Die Gespräche in der Damentoilette, wo die Mädchen schnell eine Zigarette rauchen, wenn sie müde sind — und die Witze, die sich die Rayonschefs auf ihrer Toilette erzählen. Da sind Schreibtische mit sechs Telephonen, mit vier Telephonen, mit zwei Telephonen. Da sind Schreibtische mit zwanzig Klingeln, und da sind Leute, die springen müssen, wann immer geklingelt wird. Da ist ein ganzer Block voll mit dem Fieber von Kaufen und Verkaufen, das Haus vibriert davon, und alles ist für Geld zu haben.

An langen Tischen werden Preiszettel geschrieben und an die Waren befestigt. Die Preise werden ausgestrichen, heruntergesetzt, wieder ausgestrichen. Das interessiert den alten Philipp. Er kann lange dastehen und zusehen und darüber brüten, wie es kommt, daß ein elegantes Modell zum Ausverkaufsplunder herabsinkt, wie ein feines Möbelstück ins Souterrain degradiert wird, wo der Schund verkauft wird. »Was geschieht mit den Ladenhütern?« fragte er. Niemand weiß es. »Was geschieht mit den Sachen, die sich überhaupt nicht verkaufen lassen?« fragt er immer wieder. Da gibt es eine Firma, die alles Unbrauchbare aufkauft, so scheint es. Sie nehmen dem Warenhaus die ganz unbrauchbar gewordenen Rückstände ab und verschiffen sie irgendwohin, nach Neu-Guinea oder in sonstwelche menschenfresserische Gegenden der Welt. Das gibt dem alten Philipp lange zu denken. Er gehört zu diesem Plunder. Er auch. Er ist unbrauchbar geworden, siebenundzwanzig Jahre im Zentral haben ihn unbrauchbar gemacht. Gegen Abend, nachdem er noch eine halbe Flasche Whisky in sich hineingeschüttet hat, kommt es ihm geradezu so vor, als wenn er mit einem riesigen, ausgestrichenen, herabgesetzten Preiszettel auf dem Rücken herumgehen würde.

Durch das Warenhaus ging in diesen Tagen ein Flüstern, eine versteckte Angst. Es war irgendwie durchgesickert, daß man beschlossen hatte, Angestellte abzubauen. Viele Frauen wie Mrs. Bradley zitterten vor dem Abbau. Mit allen Mitteln suchten sie sich hochzuhalten zwischen all dem Nachwuchs, zwischen den Schlanken, Jungen, Unverbrauchten, Leichtsinnigen. Mrs. Bradley hatte einen sonderbaren Schmerz in der Seite, den sie sich selbst nicht einzugestehen wagte. Skimpy legte ihr abends ein Heizkissen auf, und Mrs. Bradley entschuldigte sich und ging zu Bett, während Skimpy noch aufblieb und mit dem alten Philipp und dem Ehepaar Bengtson Rummy spielte. Sie spielten um Schokoladennüsse, kleine schwarze Bonbons, die die Konditorei des Zentral in großen Massen eingekauft hatte und die sie nicht loswerden konnte. Man hatte sie schließlich in der Kantine an die Angestellten verschleudert. Skimpy mogelte schamlos und gewann unter hellem Jubel. Philipp verlor regelmäßig, er konnte nicht im Kopf behalten, welche Karten im Spiel waren, trotzdem er ein guter Schachspieler war. Nina sah ihn zuweilen besorgt und mitleidig an, wenn er es nicht bemerkte.

Das Schlimmste war, daß er aufgegeben hatte, zu trinken und daß er abends nicht mehr ins Zentral ging. Er hatte Angst vor dem nächtlichen Warenhaus und Angst vor sich selber. Er hatte manchmal ein Gefühl, als wäre er imstande, mit eigenen Händen eine Flasche Whisky aus der Lebensmittelabteilung zu stehlen. Für einen Trinker ist Enthaltsamkeit eine schwere Krankheit mit Schüttelfrösten und Schmerzen in allen Gliedern. In der Zeit, da er sich nüchtern hielt, hatte der alte Philipp einen kleinen Erfolg und einen großen Fehlschlag zu verzeichnen.

Eines Abends hatte er einen Jungen entdeckt, der sich während der Geschäftsstunden hinter einer der hohen Teppichrollen versteckt hatte, die an den Wänden des Teppichlagers standen. Ein reiner Instinkt brachte den alten Philipp dazu, hinter diesen Rollen nachzusehen und den jungen Verbrecher an den Ohren herauszuholen. Die Polizei nahm den Bengel mit, der noch nicht sechzehn war. Er schwor, er habe nichts stehlen wollen, nur mal allein mit den Dingern in der Sportabteilung spielen. Es war ein etwas versalzener Triumph, das fühlte Philipp selbst.

Drei Tage später aber war ihm das Folgende passiert: Während er durch das Lager beim West-Eingang strich, wo man alles und jedes in kleineren Mengen ausstellte, waren ihm zwei Leute aufgefallen, die verdächtig aussahen. Er wußte, daß er diese beiden schon zuvor gesehen und verdächtigt hatte, aber sein durch Enthaltsamkeit und Nüchternheit verwirrtes Gehirn gab keine weitere Auskunft her. Der Mann war der Typus des schönen Verbrechers, die Frau war älter als er, sie war aufgefärbt und zurechtgemacht und sah aufgeregt aus. Philipp folgte den beiden unbemerkt durch den Strom von Kundschaft, der um diese Nachmittagszeit durch das Geschäft brandete.

Er hatte sich mit Mantel und Hut bekleidet, um selber wie ein Käufer auszusehen, und während er an einer Säule lehnte und die beiden bewachte, fühlte er sich schwindlig und jämmerlich ausgeblasen. Trotzdem war da ein wenig von dem alten Jagdfieber des Detektives, geschärft durch den Wunsch, Mr. Crosby zu beweisen, daß man sich noch immer auf ihn verlassen konnte.

Die beiden verdächtigten Leute schoben sich von den Lederwaren zu den Parfums, sie trennten sich und standen an verschiedenen Tischen, — er bei den Handschuhen und sie bei den Taschentüchern — und Philipp sah jetzt deutlich, wie sie verstohlene Zeichen wechselten. Sein Herz begann schwach zu schlagen. Er schob sich um die Säule herum, als sie weitergingen und hielt sie im Auge. Auf einem Tisch waren versilberte Gegenstände ausgestellt, nichts Besonderes, Dinge, die nach mehr aussahen, als sie wert waren, Cocktailschaker, Teekannen und Dessertkörbe. Wieder schwamm Philipp für ein paar Augenblicke auf einer Welle von Schwindel. Trotzdem bemerkte er deutlich, wie die Frau etwas in ihrer Handtasche verschwinden ließ, dem Mann ein Zeichen gab, und wie sie beide sich darauf mit nonchalanter Miene dem Ausgang zuschoben.

Ein paar Schritte von der Tür holte er sie ein, legte seine Hand auf die Tasche der Frau und sagte leise: »Kommen Sie mit mir, bitte, ohne Aufsehen.«

»Was gibt's denn, Mr. Philipp?« fragte die Dame, und als er die Stimme hörte, überkam ihn ein unangenehmes Gefühl. Alles wäre noch gutgegangen, wenn nicht im gleichen Augenblick ein junger Assistent von seiner Detektiv-Staffel ihm zu Hilfe gekommen wäre. Dieser Anfänger hielt die Hände des Mannes mit einem Polizeigriff fest und sagte: »Mach keine Geschichten, Junge. Du hast genug gestohlen.«

Schon war das Aufsehen fertig. Der Mann wehrte sich,

die Frau begann zu schreien, Käufer stauten sich, die Hauspolizei eilte auf schweren Stiefeln herbei. Das Ganze rollte ab, unaufhaltsam wie eine griechische Tragödie.

Die Frau war Mrs. Thorpe. Der Inhalt ihrer Tasche erwies sich als einwandfrei. Ihr Begleiter drohte mit einer Ehrenbeleidigungsklage. Die Szene kam im weißlackierten Zimmer der Ambulanzstation zu Ende, nachdem Mrs. Thorpe einen hysterischen Anfall gekriegt hatte. Die Krankenschwester rührte Brom in Wasser, und der Lehrjunge Pusch, der überall dabei war, wo es etwas Interessantes gab, holte den Wagen für die beiden.

»Wenn ich betrunken gewesen wäre, hätte mir so etwas nicht passieren können«, sagte Philipp. Er wußte schon, daß er jetzt seine Entlassung bekam.

Mr. Crosby gab ihm drei Monate Gehalt, eine Gnadenfrist, Zeit, um sich eine andere Stellung zu suchen. Er wurde bedeutet, daß man ihn schon jetzt entbehren konnte. Ein neuer, junger tatkräftiger Chefdetektiv wurde angestellt. Er hieß Richard Cromwell, hatte in der Navy gedient und wurde bald von allen »Toughy« genannt. Die Verkäuferinnen beteten ihn vom ersten Tag an und er ging herum wie ein Pascha, der dreihundert Frauen besitzt.

Der alte Philipp saß zu Hause, spielte Rummy um Schokoladennüsse und versuchte, nicht zu trinken. Das Zentral konnte ihn entbehren, er wußte es — aber, Gott im Himmel — wie sollte er ohne das Zentral auskommen . . .?

»Jemand müßte eine Eingebung haben, wie wir den neuen Strumpfhalter herausbringen sollen«, sagte Mr. Sprague, der Alte, der Herr der Dekorateure. »Scheint, das Zentral hat Geld in das Patent gesteckt. Patent Fidelia. Schweinezeug. Unser Patent. Zerreißt die Strümpfe nicht. Wir sollen ein ganzes Schaufenster damit dekorieren. Ich bitte Sie — ich kann doch nicht sechstausend Strumpfhalter ins Schaufenster hängen. Oder sollen wir einen Baum machen, auf dem Strumpfhalter wachsen?«

»Wir haben doch erst einen Baum gehabt, auf dem Krawatten wuchsen«, sagte Erik Bengtson, der auf einer Leiter saß und ein überlebensgroßes Bild einer Dame mit viel sichtbarem Bein malte. Es sollte außen an die Front kommen. »Ich muß mal ernsthaft nachdenken«, sagte er und dann dachte er nach und pfiff dazu. Mit dir möcht ich nach Bali gehn und unter Palmen liegen. Mit dir möcht ich Australien sehen und bis zum Monde fliegen. Mit dir — mit dir —

»Halt. Ich habe eine Idee«, sagte er. »Sechzehn Puppen, die alle ihr Knie zeigen, mit dem Strumpfhalter dran. Man muß sehen können, daß er den Strumpf nicht zerreißt.«

»Wie soll man denn das sehen können?« fragte der Alte mitleidig. Erik auf seiner Leiter verfiel erneut in tiefes Brüten. »Ein wirkliches Mädel brauchen wir«, teilte er etwas später mit.

»Wie?«

»Ein wirkliches Mädel. Sechzehn Puppen und ein wirkliches Mädel, genau so angezogen. Sie zeigt ihr Knie und demonstriert, daß der Strumpf nicht reißt. Großartig. Das ist die Lösung.«

Der Alte sagte nichts für eine Weile. Er verarbeitete die Idee in seinem schwungvollen Kopf. »Nicht ganz schlecht«, murrte er zuletzt.

»Sie muß schöne Beine haben«, meldete Erik von seiner Leiter. Der Alte schien aufzuwachen. »Schöne Beine haben sie alle«, sagte er. Erik kam von seiner Leiter herunter und begann schon das Kleid zu skizzieren, in dem die sechzehn Puppen und das eine wirkliche Mädel sich präsentieren sollten.

»Man muß ein Mädel aussuchen — wir haben genug schöne Mädels im Zentral«, sagte er vertieft.

»Das Aussuchen ist meine Angelegenheit«, erwiderte der Alte.

Er ging noch am gleichen Tag los, strich wie unabsichtlich durch das Haus und guckte den Mädchen nach, wenn sie auf Treppen und Leitern herumkrabbelten. Er zog aus der Sache viel Vergnügen, aber er konnte zu keinem Resultat kommen. Am nächsten Tag nahm der Personalchef das Problem in die Hand. Es wurde bestimmt, daß der Strumpfhalter für eine Woche in Schaufenster sieben, Nordseite, ausgestellt werden sollte. Erik begann schon, den Hintergrund zu entwerfen. Das Mädchen im Schaufenster sollte zehn Dollar Zulage täglich bekommen, eine außerordentliche Summe, verglichen mit dem kleinen Wochengehalt, das sie bezogen, solange ihre Beine nicht in Frage kamen. Sodann wurden die schönsten Mädchen des Zentral in das Dekorations-Atelier bestellt und in einer Reihe aufgestellt. Die schönsten Mädchen — das heißt, die Mannequins und die Schülerinnen der Mannequinschule. Flüsternd und lachend präsentierten sie sich den Blicken von Mr. Sprague, und obwohl es sich nur um die Beine handelte, hatten sie ihre Gesichter auf den äußersten Glanz zurechtgemacht. Sie alle hatten Ehrgeiz und eine Woche lang im Schaufenster zu stehen, das sah aus wie ein aufregendes Abenteuer und eine große Chance.

Die schönsten Beine hatte ohne Zweifel Lilian Smith, sie kam erst in die engere Wahl und zuletzt blieb sie allein übrig. Der Alte marschierte die Reihe der Mädchen ab wie ein General seine Regimenter, mit Erik als Adjutanten hinter sich. Er verhandelte ganz laut über die Mädchen, denn der jahrelange Umgang mit Schaufenster-Puppen hatte ihn gegen menschliche Reaktionen abgestumpft. Erik Bengtson seinerseits schnitt hinter dem Rücken des Alten Gesichter, über welche die Mädchen lachen mußten. Zuletzt schickte Mr. Sprague sie alle fort, auch Lilian.

»Was ist denn falsch mit ihren Beinen?« fragte Erik verwundert, als er wieder mit seinem Chef allein war.

»Wir können sie nicht brauchen. Sie ist nicht der richtige Typ. Sie hat etwas von einer Kokotte.«

»Na und?« fragte Erik, dem Lilian nichts Neues war.

»Junger Hund«, sagte Mr. Sprague, »Sie mögen ganz nette kleine Ideen für die Dekoration haben, aber sie verstehen nichts vom Verkaufen. Wir wollen verkaufen, sehen Sie, wir wollen verdammte sechzigtausend Stück Strumpfhalter Fidelia verkaufen. Und an wen, frage ich Sie? An die kleinen Leute, an die Hausfrauen, die mit Strümpfen sparen müssen, an die zwei Millionen Frauen, die wütend werden, wenn sie so ein Mädel sehen wie diese Smith. Wenn wir die ins Fenster stellen, dann kriegen wir einen Auflauf von Männern vor unsrer Nordfront und das Patent bleibt uns liegen.«

»Was sollen wir also tun?« fragte Erik, der sich zu langweilen begann.

»Wir müssen den richtigen Typus finden«, erklärte der Alte. »Es muß doch Mädels geben, die schöne Beine haben und trotzdem einen netten Charakter haben. Ich werde selber nochmals suchen. Der Personalchef ist ein Ochse. Wir müssen uns selbständig machen.«

Im Kielwasser seines Vorgesetzten wanderte Erik durch das Warenhaus. Es hatte sich inzwischen herumgesprochen, was sie suchten, und alle Mädels richteten es irgendwie so ein, daß man ihre Beine nicht übersehen konnte. Sogar die ältere Garde, wie Miß Drivot in der Glas- und Porzellanwaren-Abteilung, war hoffnungsvoll, da es diesmal doch nicht aufs Gesicht ankommen sollte.

»Halt. Die nehmen wir«, sagte Mr. Sprague plötzlich. »Das ist der Typus, nach dem ich gesucht habe wie nach einem Stück Gold. Etwas ganz Seltenes. Ein Mädel, das schön und zugleich anständig aussieht. Die ist richtig, glauben Sie mir. Die wird unsern Strumpfhalter an die Frauen verkaufen.«

»Ich glaube, Sie irren sich —« sagte Erik schwach. Das Mädchen, das auf einer Leiter stand und Mr. Spragues Entzücken erregt hatte, war niemand anderer als Nina. »Die ist zu schüchtern fürs Schaufenster —« sagte er noch und versuchte den Alten fortzuschleppen.

»Woher wissen Sie denn, daß sie schüchtern ist? Haben Sie ihr einen Antrag gemacht und sind abgeblitzt? Das ist gerade das Richtige — ein Mädchen wie die.«

»Sie können Sie nicht ins Schaufenster stellen. Schluß«, sagte Erik grob. Aber da er seit Monaten den Alten mit viel Diplomatie dazu gebracht hatte, immer das zu tun, wovon er ihm abriet und das zu vermeiden, was er vorschlug, machte sein Widerspruch die Angelegenheit nur fester.

»Wie heißen Sie, Miß?« rief Mr. Sprague die Leiter hinauf, ohne sich mehr um seinen Assistenten zu kümmern.

»Nina«, sagte Nina. Sie bemerkte ihren Mann erst jetzt, und ihr Gesicht begann zu leuchten und zu glühen. »Kommen Sie mal runter, ich habe etwas mit Ihnen zu besprechen«, sagte der Alte.

»Du kannst ruhig oben bleiben, Nina«, sagte Erik. »Ich wünsche nämlich nicht, daß meine Frau sich ins Schaufenster stellt und ihre Knie zeigt.«

Mr. Sprague schnappte erst einmal nach Luft. »Richtig, Sie haben ja geheiratet, nicht wahr? Gratuliere nochmals. Aber hören Sie mal, Sie sollten Ihre Frau nicht so beeinflussen. Vielleicht macht es ihr Spaß, die Zulage zu verdienen.«

Nina war von ihrer Leiter geklettert und stellte sich neben Erik auf, nicht so dicht, daß es wie eine private Handlung aussehen konnte, aber doch auch nicht sehr entfernt von ihm. »Was für Zulage?« fragte sie.

»Siebzig Dollar die Woche«, sagte der Alte patzig. »Abgesehen davon, daß es Ihnen auch sonst weiterhelfen kann.«

Mr. Berg, der Rayonchef, gesellte sich dazu, und Miß Drivot strich vorbei, mit säuerlicher Miene. Schon wußten alle, daß Nina fürs Schaufenster gewählt worden war. Alle gratulierten ihr, alle schienen es für eine Ehre und eine Auszeichnung zu halten. In den Damentoiletten schwirrte es von neidvollen Ausrufen, und die zwölf Stockwerke füllten sich mit der Neuigkeit.

»Ich wünsche nicht, daß meine Frau ins Schaufenster gestellt wird«, wiederholte Erik, eiskalt vor Wut.

»Ihnen würde es doch Spaß machen, Geld zu verdienen und außerdem täten Sie uns, dem Zentral, einen großen Gefallen. Ich bin überzeugt, daß sogar Mr. Crosby davon Kenntnis nehmen wird«, sagte Mr. Sprague hinterlistig — und Erik versprach sich, daß er ihn bei guter Gelegenheit verprügeln würde. Man konnte auch beim Dekorieren einen kleinen Hammer auf seinen verdammten intriganten Schädel fallen lassen.

Abends, bei der Heimfahrt in der Untergrundbahn, gab es Krach. Erik bestand darauf, daß Nina ihre Hände von dieser Unternehmung lassen sollte. Nina begriff ihn nicht recht. Immer war er leichtsinnig und nahm nichts ernst, weil er ein Künstler war, und bei der unrichtigsten Gelegenheit steckte er den Grafen heraus. In ihrem kleinen nachgiebigen Kopf hatte sie sich diesmal etwas Eigenes vorgenommen. Siebzig Dollar, damit konnte man einen kleinen Ford anzahlen — und dann würde man weitersehen. Erik wünschte sich einen kleinen Ford wie nichts auf der Welt und nächstens war sein Geburtstag.

»Ob es dir gefällt oder nicht — ich tue es«, sagte sie. »Wir müssen weiterkommen, wir können es uns nicht erlauben, so ein Angebot abzuweisen. Überhaupt paßt es gar nicht zu dir, aus so etwas so eine große Angelegenheit zu machen. Im Schaufenster muß ich mir viel weniger unangenehme Sachen gefallen lassen, als wenn ich verkaufe.«

Mrs. Bradley nahm Ninas Partei. »Sie hat recht«, sagte sie. »Man würde es ihr übelnehmen, wenn sie es nicht täte.«

Erik murrte nur noch. »Deine Mutter würde auch nichts dagegen haben«, schoß Nina als letzten Trumpf ab.

»Nein, da kannst du dich drauf verlassen, meine Mutter würde Hurra schreien vor Vergnügen«, antwortete Erik erbittert.

»Na also«, beschloß Mrs. Bradley. Sie hielt sich fest an der Strippe an, denn sie wurde in letzter Zeit oft schwindlig. Es mußte mit den Schmerzen in der Seite zusammenhängen. Zuweilen drehten sich Pakete, Zettel, Hände vor ihren Augen, und sie dachte, sie würde umfallen. Aber von solchen Dingen sprach man nicht, wenn man seine Stellung im Zentral behalten wollte. »Na also —« sagte sie und pendelte müde auf und ab. Lilian stand dabei und sagte kein Wort. In ihr brannte Wut und Eifersucht. Daß man sie zurückwies und Nina ins Fenster stellte. Daß Nina verheiratet war und sie jeden Abend mutterseelenallein in die Slums zurück mußte. Daß dieser Affe Erik dann noch so tat, als wäre Nina zu gut, um sich auszustellen — all dies machte sie rasend wie ein bohrender Schmerz.

»Es wäre noch viel effektvoller, wenn die Leute wüßten,

daß sie die Knie von einer Gräfin Bengtson zu sehen kriegen«, sagte sie. Es traf Erik, das konnte sie sehen, aber das war ein schwacher Trost. Die drei stiegen an der 42. Straße um, und sie fuhr allein weiter nach der 125.

Nicht daß es Nina Freude gemacht hätte, sich hinauszustellen. Im Gegenteil, sie hatte ziemliche Angst davor. Siebzig Dollar, dachte sie, während sie mit Skimpy Rummy spielten, siebzig Dollar. Erik war noch nicht ganz versöhnt, aber er ließ ihr den Willen. Nina war in Gedanken schon dabei, den kleinen Ford mit ihm auszusuchen. Sie konnte nicht einschlafen. Im Finstern lag sie da, fürchtete sich vor ihrer Aufgabe und baute Luftschlösser.

»Dann wirst du dich nicht mehr langweilen«, sagte sie viel später. Sie hörte an Eriks Atem, daß auch er noch nicht schlief. »Wann?« fragte er. Nina streckte ihre Hand hinüber zum andern Bett. »Nachher — wenn wir — zum Beispiel, wenn wir einen kleinen Wagen hätten. Wir könnten abends hinausfahren —«

Das andere Bett schien dies zu überlegen. Sie hielt noch immer ihre Hand hinüber, aber wahrscheinlich wußte er das nicht.

»Ich langweile mich doch nicht —« sagte Erik etwas nachher.

»O doch«, sagte Nina leise. »Ich weiß es — du brauchst es gar nicht zu erzählen. Du langweilst dich. Jeden Abend Rummy spielen mit Skimpy und dem alten Philipp — das ist natürlich nicht genug für dich. Aber warte nur —«

Sie schwieg eine Weile und dann kam Eriks Hand aus dem andern Bett zu ihrer Hand. »Guter gescheiter lille Spurv —« sagte er. »Jetzt sind wir erst drei Wochen verheiratet, und schon hast du Angst um mich —«

Nina wollte widersprechen, aber sie tat es nicht. Erik erwischte sie immer, wenn sie log. Noch im finstern Schlafzimmer würde er merken, daß sie log. Sie hatte Angst um ihn, ja. Er war fremd und zerstreut und höflich, und er wurde von Abend zu Abend ungeduldiger mit der Rummypartie und dem Leben im Hause Bradley. Einen Wagen für ihn — Luft — Bewegung — Geschwindigkeit —

»Es ist nur, daß ich mir nichts aus Schokoladennüssen mache —« sagte Erik drüben.

Nina lachte leise und dann schliefen sie auch bald ein.

Am nächsten Tag wurde Nina für das Schaufenster abgerichtet, während der nächsten Nacht kam Erik nicht heim, sondern sie aßen zusammen bei Rivoldi und dann ging er zurück in die Bude und dekorierte das Strumpfhalter-Fenster.

An einem Mittwoch trat Nina ihren Posten im Fenster an. Gekleidet in ein hellblaues Leinenkleidchen stand sie zwischen den sechzehn idiotisch lächelnden Puppen und demonstrierte das Patent Fidelia. Sie wunderte sich die ganze Zeit, daß ihre Strümpfe tatsächlich ganz blieben. Dreimal im Lauf des Morgens erschien Erik draußen auf der Straße und patrouillierte auf und ab, um seine Frau im Schaufenster zu besehen. Sie wagte es so wenig ihm zuzulächeln, als wenn sie eine Schauspielerin in einem Drama von Shakespeare gewesen wäre. Mittags hatte sie eine Pause von einer halben Stunde, sie ließ die sechzehn Puppen allein und traf Erik in der Kantine. Er sagte kein Wort darüber, daß sie es nun doch tat und sie sagte auch nichts. Lilian kam vorbei, aber sie setzte sich nicht zu ihnen wie sonst. An Treppe fünf trennten sie sich, und Nina ging zurück ins Fenster.

Es war anstrengend, entsetzlich anstrengend und aufregend. Aber nach zwei Tagen gewöhnte sie sich daran. Manchmal kam es ihr so vor, als wenn sie selber zu einer Puppe würde, mit einem steifen, gebeugten Rücken und einem Lächeln aus Holz.

Man sagt immer, daß die New-Yorker keine Zeit haben. Aber wenn ein hübsches Mädchen in einem Schaufenster steht und an ihren eigenen Beinen demonstriert, daß ihre Strümpfe nicht zerreißen, dann haben alle diese eiligen New-Yorker plötzlich doch Zeit. Von früh bis abend hatten sie ein Gedränge vor der Nordfront, so daß ein Polizist dabeistehen und Ordnung schaffen mußte. Manche Leute standen fünf Minuten lang da und schauten zu, immer mit diesem erwartungsvollen Lächeln, als hofften sie auf die Pointe zu einem guten Witz. Sogar der Bettler von der nächsten Ecke mit dem Täfelchen: »Ich bin blind« ließ sich von seinem Hund herüberführen und riskierte einen Blick auf Nina. Nach einer Weile vergaß sie ganz, daß sie angestarrt wurde, sie machte ihre Sache so gut sie konnte und kümmerte sich nicht um die Leute draußen.

»Aus dir wäre im Leben kein Mannequin geworden«, sagte Lilian am Abend, als sie müde und ausgeleert Schluß machten.

»Nein — aus mir nicht«, sagte Nina zufrieden. Erik mußte schon wieder in der Bude bleiben, die Konferenz über die Sommerkampagne war noch lange nicht zu Ende. »Mensch — ich glaube, du weißt gar nicht, was für eine Chance das ist, so hinausgestellt zu werden ...«

»Wieso denn?« fragte Nina. Ihr tat der Rücken weh.

»Alle die Leute, die dich sehen — alle die Gelegenheiten. Da könnte einer sein Glück machen.«

»Was für Glück denn?« fragte Nina. Sie freute sich auf die siebzig Dollar und auf den kleinen Ford. Aber Glück war vielleicht doch noch etwas anderes.

»Bißchen dumm, wie?« sagte Lilian. Sie standen in der Damengarderobe und puderten ihre Gesichter. Nina tat es nur so obenhin und Lilian mit gespannter Aufmerksamkeit.

»Bekommst du denn keine Anträge? Liebesbriefe und so was?« fragte sie.

»Ich bin doch verheiratet«, erwiderte Nina. Lilian schaute sie an, mit einem abmessenden, wägenden, geringschätzigen Blick.

»Ich sollte da draußen stehen«, sagte sie. Es war alles mögliche in diesem Gedanken.

Neid, Eifersucht, Ehrgeiz, Kränkung, sogar Haß und Verachtung gegen die kleine, hübsche, einfache Nina. Ein Gedanke, der brannte und alles verdarb: Ich sollte da draußen stehen.

Es ist sonderbar, aber eigentlich kennt jeder Großstädter nur einen kleinen Ausschnitt seiner Stadt. Er sieht immer denselben Weg, zu der gleichen Zeit, in der gleichen Beleuchtung. Steve Thorpe, zum Beispiel, kannte eigentlich nur den Weg von seinem Haus in White Plains zu seinem Office in Fifth Avenue, und von dort noch zwei Blocks zu seinem Klub — und auch diesen Ausschnitt kannte er nur vom Fenster seines Wagens aus.

Daß er an einem Freitagmittag kurz nach zwölf an der Nordfront des Zentral-Warenhauses vorbeikam, das war ein reiner Zufall und hing mit einem Brief zusammen, den er erhalten hatte. Dieser Brief, ein zugleich verworrenes und feierliches Schriftstück, war mit Philipp Philipp unterzeichnet, und Thorpe hätte sich nicht weiter drum gekümmert, wenn in den konfusen Sätzen nicht so viel von seiner Frau die Rede gewesen wäre. Der Schreiber, Philipp, bat um Verzeihung für die Beleidigungen, die er mißverständlicherweise Mrs. Thorpe zugefügt hatte. Zugleich mit seinen Selbstvorwürfen brachte er die inständige Bitte vor, der Gatte, Mr. Thorpe, möge ihm helfen. »Ihrer Frau halber habe ich die Stellung verloren, die ich mein ganzes Leben lang nach besten Kräften ausfüllte. Seien Sie, Mr. Thorpe, großmütig, und helfen Sie mir, diese Stellung wiederzugewinnen. Ich weiß, daß Sie ein Freund von Mr. Crosby sind. Ein Wort von Ihnen kann mir mein Glück wiedergeben«, so schloß das verwickelte Schreiben.

Mr. Thorpe entnahm ihm so viel, daß dieser Philipp Philipp nichts davon wußte, daß seine Frau die Scheidung gegen ihn eingeleitet hatte. Er war ihm dankbar dafür, denn seit sich seine Frau von ihm getrennt hatte, ging er mit dem Gefühl herum, daß die ganze Stadt mit Fingern auf ihn zeigte. Obwohl alle Schuld auf Lucies Seite lag, hatte er ein schlechtes Gewissen. Er war in vielen Prozessen auf dem Standpunkt gestanden, daß es immer die Schuld des Mannes war, wenn die Frau Seitensprünge machte. Wenn in dem Brief nicht von seiner Frau die Rede gewesen wäre, dann hätte er ihn sofort weggeworfen. Aber Steve Thorpe hing mit einer zähen Zuneigung an der Frau, die ihn aufgegeben hatte, und alles, was mit ihr zusammenhing, regte ihn übermäßig auf. Er hatte sich in sein Haus zurückgezogen und niemanden gesehen, und die Leute, die in sein Office kamen, waren zu taktvoll, um über Lucie zu reden. Eigentlich hatte er angenommen, sie wäre längst nach Europa gereist, wie sie es angezeigt hatte, als sie sich trennten. Erst dieser Brief ließ ihn wissen, daß sie noch in New York war. Philipp Philipp war ein Wahnsinniger oder ein Schwätzer. Thorpe konnte nichts aus dem Brief herauslesen, aber es wurde ihm heiß, wenn er dachte, daß irgendein unbekannter Kerl Lucie beleidigt haben sollte. Er nahm den Hörer auf, um Crosby anzurufen, den er aus dem Klub kannte. Er legte den Hörer wieder hin, als er die dienstbereiten Augen seiner alten Sekretärin sah. Miß Tackle hatte das Aussehen und die Wachsamkeit jener Stein-Hunde, die in China vor den Tempeln stehen und böse Geister abschrecken. Er schämte sich vor ihr, vor der Telephonistin und vor dem Laufburschen. Er stand auf und ging zum Fenster. Die Sonne schien. Zum Zentral-Warenhaus war es nur drei Blocks. Die große Uhr auf dem Mittelturm blinkte, und gleich darauf schlug es zwölf. Thorpe war seit Jahren gewohnt, seine Zeit von dieser Uhr abzulesen. »Ich esse auswärts —« murmelte er, nahm seinen Hut, aber keinen Mantel und entzog sich den aufgestörten Blicken von Miß Tackle.

Als er auf die Straße kam, atmete er tief und schaute zum Himmel hinauf. Er wartete aufgeregt auf das grüne Licht, um die Fahrbahn zu überqueren, denn er hatte Angst vor Automobilen, wie alle Leute, die immer fahren. Die Sonne schien warm auf seinen Rücken, und an der nächsten Ecke roch es nach Nelken. Eine Frau bot Blumen aus, ein Mann schob einen Popcornwagen daher. Thorpe fühlte sich angenehm dahingetrieben im Strom der Fußgänger. Man müßte viel mehr laufen, dachte er. Das bißchen Golf am Samstag macht es auch nicht.

Thorpe war ein großer, schwerer Mann von zweiundfünfzig. Seit vier Jahren hatte er eine Glatze und neuerdings war sein Blutdruck nicht das, was er sein sollte. Die Maschine nützt sich ab, klagte er manchmal. Er war ein Arbeiter von entsetzenerregender Ausdauer und Konzentration. Er hatte gutes Geld verdient und seiner Frau allen Luxus geschenkt, den sie beanspruchen mochte. Er war einer von den Millionen amerikanischer Ehemänner, die so viel Zeit brauchen, um Geld für ihre Frauen zu verdienen, daß keine Zeit mehr für die Frauen selber übrigbleibt. Nun hat sie ihn verlassen. Davongerannt mit einem Gigolo, nennt er es. Daß der Gigolo sich Conte di Perugi nennt und Lucia ihn heiraten will, ändert nichts daran.

Steve Thorpe ist in dem Alter, in dem es verteufelt kränkt und schmerzt, wenn die Frau einen wegen eines Gigolos verläßt. Aber hol's der Teufel — sie wieder ist in dem Alter, in dem die Frauen die Tendenz haben, mit Gigolos durchzubrennen. Torschlußpanik — der Wunsch, das Leben noch bei einem letzten Zipfel zu fassen. Manchmal hat er eine heiße Wut auf Lucia, und manchmal tut sie ihm sehr leid. Er hat zu viel solche Dinge in Prozessen, die er führte, kennengelernt, um unversöhnlich zu sein. Und so macht er sich auf den Weg, um, wenn möglich, von diesem Philipp etwas Neues über seine Frau zu hören.

Er kommt vor dem Zentral-Warenhaus an, bleibt vor den Auslagen stehen und sieht sich alles an. Das ist neu für ihn, es lenkt ihn etwas ab von dem drehenden bohrenden Perpetuum mobile seiner Gedanken. Im Strom der Menschen schiebt er sich weiter, biegt um die Ecke, schlendert die Nordfront entlang — und so kommt er zu dem Fenster, in dem der Patentstrumpfhalter Fidelia vorgeführt wird.

Thorpe blieb stehen und begann zu lächeln. Hübsch, dachte er. Sehr hübsch. Sehr nett.

Jede der sechzehn Puppen hatte ein kleines Schild mit dem Preis von ihrem Knie baumeln. Preis $ 2.80. Auch das lebendige Mädchen, das im Zentrum des Fensters stand, in regelmäßigen Abständen ihren Rock hob und an dem Strumpfhalter zerrte — auch sie hatte das Preistäfelchen am Knie baumeln.

Reizend, dachte Thorpe, schaute Nina an und die Puppen. Das Mädchen ist reizend, dachte er, viel hübscher als sie auf den ersten Blick aussieht. Er stand ein bißchen und schaute, dann schlenderte er weiter. Nach einer Weile kam er wieder an das Fenster — er war inzwischen um den ganzen Block gegangen, die Sonne schien, es tat ihm gut, zu gehen.

Man müßte sich so etwas anschaffen — eine kleine Freundin, dachte er. Es war das Allheilmittel aller geschiedenen Männer, die er kannte. Eine kleine Freundin, etwas zum Herumzeigen, etwas, daran man sich ein bißchen Wärme und den Reflex von Jugend ausborgen konnte.

Es war ein ziemlicher Fonds von Gutmütigkeit in Thorpe, er hatte Hunde gern, Kinder, alles, was klein war und beschützt werden mußte. Eigentlich würde er gern zärtlich sein, aber er hat nicht gelernt, wie man das macht. Zu Hause in White Plains hat er zwei Hunde, na ja. Das Haus ist zu groß für einen alleinstehenden Mann, das Radio und die Whiskyflasche sind eine ungenügende

Gesellschaft. Er stand noch etwa fünf Minuten da, schaute das Mädchen an, und dann betrat er das Warenhaus durch das Nordportal.

Am Auskunftsschalter saß eine grauhaarige Dame, die aussah, als wenn sie Mitglied vieler Reformvereine wäre. Thorpe, in einer Attacke guter Laune, wendete sich an sie. »Ich möchte das Mädchen kaufen, das in ihrem Schaufenster ausgestellt ist«, sagte er und nahm den Hut ab.

»Wie bitte?« fragte die Auskunft.

»Das Mädchen im Schaufenster. Der Preis steht dran. $ 2.80. Ich halte das für einen guten Einkauf. Wo kann ich sie bekommen?«

»Der Herr machen Spaß —« sagte die Auskunft erleichtert. »Womit kann ich dienen.«

Thorpes Anfall war schon vorüber. Er erinnerte sich, weshalb er hier war. »Ich möchte einen Mann namens Philipp sprechen«, sagte er.

»Philipp? Der Detektiv? Moment mal«, sagte die Auskunft. »Ich werde Mr. Cromwell fragen.«

Sie telephonierte einiges in ihren Apparat, und als Resultat erschien nach einiger Zeit ein großer, breitschultriger, junger Mann, der wie ein Fußballchampion aussah und den die Auskunft mit sichtlichem Wohlgefallen betrachtete und als Mr. Cromwell vorstellte.

»Der Herr wünscht Mr. Philipp zu sprechen«, sagte sie. »Das ist Mr. Cromwell — er wird Ihnen Auskunft geben.«

»Ich heiße Thorpe«, sagte der Anwalt. »Ich habe da einen Brief von einem gewissen Mr. Philipp bekommen — ich möchte ihn gern darüber sprechen.«

»Philipp ist grade in der Pelzaufbewahrung, Mr. Thorpe. Ich bin der neue Hausdetektiv — wenn es sich um etwas handeln sollte, daß —«

»Nein, durchaus nicht«, sagte Thorpe hastig. »Wenn Sie mir nur den Weg zur Pelzaufbewahrung zeigen —«

Cromwell lachte, als wollte er sagen: Das könnte dir so passen, Freundchen.

»In den Pelzraum kann natürlich niemand gelassen werden«, sagte er mit einem mitleidigen Lächeln.

»Na, dann könnten Sie vielleicht Mr. Philipp hierherrufen«, schlug Thorpe vor. Cromwell musterte ihn durchdringend. »Vielleicht handelt es sich um eine Stellung für den alten Philipp?« mischte die Auskunft sich zaghaft drein. Der neue Detektiv zwinkerte ihr zu. »Handelt es sich um eine neue Stellung?« fragte er. Jetzt verlor Thorpe die Geduld. »Kann ich ihn also sehen oder nicht?« fragte er zurück.

»Nicht in der nächsten halben Stunde. Aber wenn Sie warten wollen, bis er unten die Runde gemacht hat . . .«

»Besten Dank. So wichtig ist mir das nicht«, sagte Thorpe, setzte wütend seinen Hut auf und ging davon. Er kam sich wie ein lächerlicher Narr vor, daß er auf das Gefasel in dem Brief hin sich alle diese Mühe gegeben hatte. Sonderbarerweise war ihm so, als wäre es ihm plötzlich verwünscht gleichgültig, was seine ehemalige Frau tat oder nicht tat. Mochte sie beleidigt werden — es geschah ihr recht. Der kurze Spaziergang in der Aprilsonne hatte ihn mit einem ungewohnten Gefühl von Frische erfüllt. Es konnte auch der Anblick der Kleinen im Schaufenster gewesen sein. Wenn er aufrichtig sein sollte, so war er ungeduldig, sie nochmals anzuschauen.

Aber als Steve Thorpe wieder auf der Straße anlangte, da war das Fenster leer. Oder vielmehr, es war angefüllt mit sechzehn lächelnden Puppen, aber es kam ihm leer vor, weil das Mädchen daraus verschwunden war. Er grübelte ein wenig über das Phänomen nach, zögerte, entschloß sich, ging um das ganze Zentral-Warenhaus herum, bis er zum Südportal kam und trat von dieser Seite wieder ein.

Hier war die Parfumerie-Abteilung, es roch heftig nach Maiglöckchenseife, und er fühlte sich verlegen in dieser Atmosphäre von weiblichen Toilettenartikeln. Richtig war auch hier eine Auskunft, eine ungeheuer tüchtig aussehende Dame mittleren Alters.

»Entschuldigen Sie«, sagte Thorpe. »Können Sie mir sagen, wer das Mädchen aus ihrem Fenster fortgenommen hat?«

Diese Auskunft war von rascheren Begriffen und begann sogleich zu lächeln. »Das Mädchen hat wahrscheinlich Mittagspause«, sagte sie mit einem Blick auf ihre Armbanduhr.

»Können Sie mir ihren Namen sagen — und wo ich sie sprechen kann?«

Das Lächeln der Auskunft gefror. »Ich bedaure, mein Herr — es ist uns strengstens untersagt, derartige Auskünfte zu geben«, sagte sie eisig. Der Teufel hole alle vierzigjährigen Weiber, dachte Thorpe und verließ das Warenhaus.

Hätte Steve Thorpe Nina an diesem Mittag noch einmal gesehen, dann wäre damit für ihn wahrscheinlich der flüchtig angenehme Eindruck erledigt gewesen. Aber da er sie nicht mehr sah, blieb eine sonderbare Unruhe in ihm zurück, etwas Erwartungsvolles und Ungelöstes. Er hatte sich lange nicht so lebendig gespürt, wie mit diesem kleinen Prickeln der Unzufriedenheit in den Adern. Es war wie ein Teil von diesem Apriltag, der eine warme Sonne hatte, vermischt mit einer kalten Frische in der Luft, die von irgendwelchen entfernten Bergzügen zu kommen schien.

Da es Mittag war, standen überall an den Häusermauern der Straßen junge Leute aus den Büros und Geschäften und rauchten ihre Zigaretten. Thorpe ging mit aufmerksamen Blicken zwischen ihnen durch. Er suchte das Mädchen aus dem Schaufenster. An der nächsten Ecke war ein großer Drugstore, drinnen saßen die Leute gedrängt und verzehrten ihren schnellen Imbiß. Plötzlich hatte Thorpe eine Eingebung, die fast eine Gewißheit war, das Mädchen müsse da drinnen zu finden sein. Er trat ein, schob sich auf den nächsten Stuhl, der leer wurde und bestellte ein Sandwich mit Schinken. Es waren viele Jahre vergangen, seit der Anwalt aufgehört hatte, in Drugstores zu frühstücken. Die Jahre seines Erfolges, die Jahre seiner mißglückten Ehe, die Jahre, in denen ihm die Haare ausgegangen und der Bauch gewachsen war. Zwischen den jungen Leuten kam er sich mit einemmal auch wieder jung vor, zurückversetzt in die Zeiten, da er ein Anfänger gewesen war.

Das Mädchen war nicht zu sehen, obwohl ein ganzes Bündel junger Geschöpfe rund um den Counter saß und kaute. Der Anwalt sah sie der Reihe nach an. Keine gefiel ihm auch nur halb so gut, wie das Mädchen im Fenster. Er stand auf, erstaunt über sich selber, zahlte und ging zurück in die Fifth Avenue zu seiner Kanzlei.

Eine Menge Leute warteten dort schon auf ihn, und er arbeitete konzentriert bis in den späten Nachmittag. Um fünf Uhr war er mit einer anstrengenden Konferenz fertig und bat Miß Tackle, ihm Kaffee zu brauen. Das Summen des elektrischen Kochers und der feine bittere Durft machten sich im Zimmer breit und erfüllten es mit Behaglichkeit. »Können Sie mich mit Mr. Crosby im Zentral-Warenhaus verbinden?« sagte er plötzlich, es kam als eine Überraschung für ihn selbst. Er wußte nicht, woher diese »Was-kümmert's-mich«-Stimmung über ihn gekommen war. Es scherte ihn den Teufel, ob Miß Tackle zuhörte und seine Absichten mißbilligte oder nicht.

Zwischen der Kanzlei und dem Warenhaus gab es das übliche Gehechel von untergeordneten Instanzen, bis Miß Tackle zum obersten Chef vorgedrungen war. »Mr. Crosby am Telephon«, meldete sie zuletzt triumphierend und reichte Thorpe den Hörer. Er warf ihr einen schnellen Blick zu, und sie verließ den Raum, ein Muster an Diskretion. Er wußte, daß sie ohnehin sein Gespräch vom Vorraum aus am andern Telephon mit anhören würde.

»Tag, Crosby, wie geht's? Hier Thorpe —«
»Tag, Thorpe — wie geht's selbst?«

»Ein wunderbarer Tag heute.«
»So? Ich habe noch keine Zeit gehabt —«
»Und wie geht's den Perzenten?«

Dies bezog sich ausnahmsweise nicht auf den Ertrag von Aktien, sondern auf den Zuckergehalt in Mr. Crosbys Blut. Es war als Freundlichkeit gemeint und wurde auch so aufgefaßt.

»Danke — nur 0.5 bei der letzten Untersuchung.«
»Na, das freut mich. Da sind Sie wohl in der Laune, einem Freund ein paar Gefälligkeiten zu erweisen.«
»Wenn's nichts kostet —?«
»Erst einmal handelt es sich um einen gewissen — Philipp Philipp —« sagte Thorpe und schob den konfusen Brief näher an sich heran, denn er hatte den Namen schon wieder vergessen. »Ich erfahre, daß der Mann durch meine Frau um seine Stellung gekommen ist. Ich möchte mich für ihn einsetzen — das heißt, ich möchte Sie bitten, ihn doch zu behalten. Er scheint lange für Sie gearbeitet zu haben — und ich kann die Idee nicht vertragen — daß er wegen meiner Frau herausgeschmissen werden soll —«

Mr. Crosby am Telephon schwieg eine Weile. »Hallo —?« sagte Thorpe.

»Hallo — ich spreche —« sagte Crosby. »Ich überlege nur gerade den Fall. Es tut mir leid, Thorpe, aber da wird nichts zu machen sein. Es hat nichts mit Ihrer Frau zu tun. Der Mann ist ein schwerer Säufer — er ist alt — er ist einfach seinem Posten nicht mehr gewachsen.«

»Nichts zu machen?« fragte Thorpe.
»Leider, nein«, wurde geantwortet.
»Na, ich habe jedenfalls mein Bestes versucht, dem Mann zu helfen. Kommen Sie heute abend in den Klub?«
»Glaube nicht. Ich fühle mich so schlapp.«
»Das ist der Frühling«, sagte Thorpe, in dessen Adern eine neue Unruhe prickelte. »Übrigens, hören Sie — ich will noch etwas von Ihnen — ganz leicht zu erfüllen.«

»Ja?« sagte Crosby übelgelaunt. Ihn verdroß die Vitalität des Anwalts.

»Sie haben da ein Mädel in einem Schaufenster stehen — Strümpfe oder so was — ich möchte gern ihren Namen und Adresse haben und so weiter — wo kann ich die Auskunft bekommen?«

Crosby lachte ein wenig. »Brauchen Sie auch eine Verkäuferin für Strümpfe?« fragte er. Thorpe antwortete: »Ja — ungefähr.«

»Na, dann viel Vergnügen«, sagte das Telephon. »Mein Sekretär wird Ihnen die Auskunft verschaffen.«

»Besten Dank, Crosby. Auf Wiedersehen im Klub.«

Thorpe machte sich summend daran, seinen Kaffee zu trinken, Miß Tackle erschien und versuchte so zu tun, als hätte sie nichts gehört, und zehn Minuten später klingelte Mr. Crosbys Sekretär an. Trocken und dienstlich teilte er mit, daß die Dame, nach der Mr. Thorpe sich erkundigt hatte, Nina Bengtson hieß, aus Houston, Texas, neunzehn Jahre alt, Verkäuferin in der Glas- und Porzellanwaren-Abteilung seit sechs Monaten.

»Besten Dank.« — »Bitte sehr, keine Ursache.«

Thorpe überlas eine Ladung Briefe, die Miß Tackle ihm hinhielt, unterschrieb, nahm Hut und Mantel und verließ sein Büro.

»Vergnügten Sonntag, Miß Tackle«, sagte er.

»Danke, gleichfalls«, erwiderte Miß Tackle, und es war eine kleine, ununterdrückbare Schärfe darin.

Er hatte eigentlich Lust, noch einmal zu Fuß bis zum Zentral zu gehen, aber vor dem Haus wartete sein Chauffeur mit dem Wagen und auf der Leuchtuhr war es fünf Minuten vor sechs. Er stieg ein, dirigierte seinen Chauffeur zum Zentral und verließ den Wagen im Abendgewühl von Menschen und Lichtern. Man war eben dabei, die Portale zu schließen. Als er vor dem Schaufenster ankam, war ein übermäßig blonder Junge eben damit beschäftigt, cremefarbene Vorhänge herunterzulassen, die den Beschauer auf der Straße ausschlossen.

»Nach Hause, Tony«, sagte Thorpe einsilbig, als er wieder einstieg.

Er hatte zwei Dackel zu Hause, Max und Moritz. Er konnte am Sonntag Golf spielen oder seinen Freund Dr. Back in Rye besuchen. Er war dankbar für alles, was ihn davon ablenkte, an seine Frau zu denken. Das Mädchen im Schaufenster schien diese Qualität in großem Maß zu besitzen.

Als Thorpe am Montag zur Lunchzeit vor das Warenhaus kam, da konnte er das Fenster nicht finden. Es dauerte ein paar Minuten, bis er begriffen hatte, daß die Dekoration geändert worden war. Wo Nina Bengtson gestanden hatte, da waren jetzt Gartenmöbel ausgestellt, in grellen Farben gestrichen und voll Sommer-Verheißung. Am Dienstag und Mittwoch versuchte Thorpe, sich die Angelegenheit aus dem Kopf zu schlagen. Warum eigentlich? fragte er sich am Donnerstagmorgen, als er in sein Büro fuhr. Tief drinnen saß in ihm der maskuline Wunsch, heimzuzahlen, es seiner Frau heimzuzahlen, was sie ihm getan hatte. Er war Lucie fast immer treu gewesen, meistens aus Mangel an Zeit und Interesse. Er hatte dunkel das Gefühl, daß diese nachträgliche, flotte Eskapade ihn anziehender für seine Frau machen könnte.

Es mag verwunderlich scheinen, daß Mrs. Thorpe, die in der Maßabteilung einen so üblen Eindruck machte, einem guten Mann wie Thorpe das Herz brechen konnte. Aber Menschen haben so viele Facetten wie Insektenaugen — und jeder kennt vom andern nur die wenigen Flächen, die ihm zugewendet sind. Thorpe kannte Lucie, er wußte, wie sie gewesen war und was sie geworden war. Das zarte und behütete Mädchen, das er geheiratet hatte, die junge Frau, die dreimal eine Fehlgeburt erlitt, bis sie den Wunsch aufgeben mußte, Kinder zu haben. Der nette Kamerad, der sie gewesen war, als er noch in den mageren Anfängen steckte. Mit dem Geld, das er heimbrachte, hatte die Veränderung angefangen. sie hatte ihn oft gebeten, sich mehr um sie zu kümmern, er erinnerte sich daran. »Später, später ist noch Zeit genug«, hatte er geantwortet. »Das Leben vergeht, und wir haben nichts davon gehabt«, sagte sie. Er hielt es für hysterische Ungerechtigkeit. Er schenkte ihr Pelze, Schmuck, einen Smaragdring zu ihrem vierzigsten Geburtstag. Anstatt sich zu freuen, hatte sie darüber geweint. »Du glaubst, das Leben besteht aus Sicherheit und einer ständigen Bridgepartie«, hatte sie gesagt. Damals hatte ihn das verwundert und geärgert. Erst jetzt begann er es zu verstehen. Ein trüber Nachgeschmack war alles, was ihm von seiner verpatzten Ehe geblieben war.

Warum eigentlich? dachte er wieder. Warum soll ich nicht eine Ablenkung mitnehmen, wenn sie mir über den Weg läuft?

Zur Mittagszeit entzog er sich der Tackleschen Fürsorge und ging die drei Blocks bis zum Zentral. Heute schien keine Sonne, aber es war schwül unter einer Decke von Wolken, die den Himmel verhängte. Thorpe fuhr zum sechsten Stockwerk hinauf und wanderte mit ziellosem Blick durch die Glas- und Porzellan-Abteilung. Ein säuerlich aussehendes Fräulein erbot sich, ihn zu bedienen, aber das war es nicht, was er wollte.

»Ist Miß Bengtson nicht hier?« fragte er direkt. Der Rayonchef kam hinzu und rief gedämpft: »Nina — Nina, ein Kunde für Sie.« Thorpe konnte sich plötzlich einer komischen und ätzenden Erinnerung nicht erwehren, die mit einem verrufenen Haus in New Orleans zu tun hatte. Nina, ein Käufer für Sie — in der Tat. Aber als Nina erschien, wurde er verlegen und wußte nicht recht, was zu sagen. »Ein Freund hat mir geraten, mich an Sie zu wenden — es handelt sich um ein Likörservice — schwedisches Glas —« stammelte er. »Schwedisches Glas —« sagte Nina nachdenklich, und drei Falten erschienen auf ihrer Stirn. Sie hatte das Gesicht eines Kindes und den Körper einer jungen Frau. Ihre Haut glänzte und leuchtete von innen her und strahlte Jugend und Gesundheit aus. Thorpe wurde warm ums Herz, als er hinter ihr herging zu den Likörgläsern.

Während sie ihn bediente, versuchte er ein Gespräch anzuknüpfen, aber er kam nicht weit damit. Er war aus der Übung, und sie schien voll Ernst auf ihre Pflicht konzentriert. Es war etwas anderes, eine hartgesottene Jury zum Schmelzen zu bringen, als mit einer kleinen Verkäuferin im Warenhaus den richtigen Anfang zu finden. Um sie zu erfreuen, kaufte er einen Satz von zwölf teuren Gläsern von ihr, und hoffte im stillen, daß sie davon Prozente bekam.

»Sie passen ausgezeichnet in diese Abteilung«, sagte er, als sie an jedes Glas mit dem Finger klopfte, um zu versichern, daß es heil und ohne Sprung war.

»Wieso?« fragte sie.

»Wenn man an sie antupfen würde — dann würde es auch so einen Ton geben — ganz klar und fein —« sagte Thorpe. Sie errötete. »Nein, so etwas —« sagte sie mit erstauntem Lächeln. Sie konnte doch der Kundschaft nicht erzählen, daß nur ihr Mann noch imstande war, eine solche Beobachtung zu machen. Thorpe trödelte noch ein wenig herum, schaute Blumenvasen und Obstschalen an, lobte alles, versprach wiederzukommen und empfahl sich schließlich, wobei er den Hut abnahm, was zugleich seine guten Manieren wie seine Glatze zu Ninas Kenntnis brachte.

Nina nahm sich vor, Erik von dem netten Kunden zu erzählen, aber es kam nicht dazu. Sie wartete nach Geschäftsschluß an Treppe fünf wie gewöhnlich, aber Erik kam nicht. Das Warenhaus leerte sich, sie hörte das Getrappel, mit dem die Angestellten es verließen, und das unaufhörliche Pong-Pong-Pong der Kontrolluhren im alten Hof. Dann wurde es still, die Aufzüge standen still, und die Lichter wurden abgedreht. Endlich kamen Schritte von oben, aber es war nur Pusch, der ihr einen Brief überbrachte, und neugierig dabei stehenblieb, während sie ihn las.

»Süßer Spatz«, schrieb Erik, »ich hänge in einer endlosen Sitzung fest, bitte warte nicht auf mich, es ist hoffnungslos. Geh in ein Kino oder suche dir sonst etwas Amüsantes für den Abend. Sorge dich nicht um mein Nachtessen, ich gehe dann zu Rivoldi. Dreihundert Küsse auf Vorrat.« Überall an den Rand hatte Erik sich selbst gezeichnet, weinend, ein gebrochenes Herz vorzeigend und den alten Sprague mit einem Tapeziererhammer ermordend. Nina mußte lachen, obwohl sie traurig war.

»Da läßt sich nichts machen, Pusch«, sagte sie, klapste den Jungen auf seine unwahrscheinlichen Locken und ging.

»Mein Gott —« sagte Nina, als sie aus dem Angestellten-Ausgang auf die Straße treten wollte. »Ja, das sieht übel aus, junge Frau«, sagte der Wächter Joe und stellte sich neben sie. Im Warenhaus merkt man nicht viel von Luft und Wetter, aber Nina hatte ein paarmal ein Rauschen vernommen wie von Regen. Doch war sie nicht auf einen Wolkenbruch gefaßt gewesen wie den, der da vom Himmel goß. Die Straße war menschenleer, und dicke Bäche flossen den Abzugsgittern zu. Riesige Tropfen klatschten auf den Asphalt und zerbarsten zu Millionen winziger Fontänen. Nina hatte weder Mantel noch Schirm; betrübt sah sie an ihrem netten Kleid hinab. Die vier Blocks bis zur Untergrundbahn bedeuteten Katastrophe und Ruin. Sie wartete eine Weile, ließ mehrere überfüllte Autobusse an sich vorbeirollen, und da es gar nicht aufhören zu wollen schien, kam sie zu einem Entschluß. Ich fahre mit einem Taxis bis zur Station, dachte sie und winkte. Aber die Taxichauffeure waren hochmütig und ironisch, wie immer bei Regenwetter. Sie fuhren vorbei, und alles, was sie taten, war, daß sie Ladungen grauen Regenwassers gegen Ninas Beine spritzten.

Gerade als sie es aufgeben wollte, kam ein Privatwagen angerollt, hielt genau vor dem Angestellten-Ausgang, und der Herr drinnen öffnete das Fenster und sagte: »Kann ich Sie mitnehmen?«

Obwohl eine solche Einladung die harmloseste und alltäglichste Sache in New York ist, antwortete Nina, so wie ihre Mutter in Houston, Texas, es sie gelehrt hatte: »Besten Dank, mein Herr, ich warte auf einen Bus.«

»Da werden sie sehr naß werden, Miß Bengtson«, sagte der Herr im Auto, und erst jetzt erkannte Nina, daß es ihr freundlicher Kunde vom Nachmittag war. Er steckte seinen kahlen Kopf zum Fenster hinaus und lächelte sie ermunternd an. »Wir sind doch alte Bekannte —« sagte er. »Ich weiß nicht —« sagte Nina ungewiß. Es war kalt, ihre rechte Seite war schon jetzt durchnäßt, der Weg durch den Regen zur Untergrundbahn schien etwas unüberwindlich Schwieriges. Was sie zum Entschluß brachte, war der Umstand, daß der Herr den Schutz seines Wagens verließ, bloßköpfig in den Regen trat und die Wagentür für sie offenhielt. »Steigen Sie ein — das ist kein Wetter, um tugendhaft zu sein«, sagte er, und Nina stieg ein.

Drinnen war es warm, und das erste, was Nina ins Auge fiel, war ein Strauß von frischen Maiglöckchen in einer Vase neben dem Fenster. Der Geruch fiel über sie her mit seiner vollen, schweren Süße. »Wohin sollen wir Sie bringen?« fragte Thorpe. »Zur nächsten Untergrundstation«, sagte Nina. »Wo wohnen Sie denn?« fragte Thorpe. Nina gab ihm ihre Adresse. »Da ist es doch einfacher, ich liefere Sie bei Ihrer Wohnung ab, ich fahre doch dort vorbei«, sagte Thorpe. Der Chauffeur jonglierte durch das Gedränge von Wagen, der Regen klopfte ungeduldig auf das Dach, und die Maiglöckchen dufteten.

»Es ist sehr freundlich von Ihnen —« sagte Nina, und Thorpe erwiderte: »Durchaus nicht, durchaus nicht.«

Jetzt, da er das Mädchen so nahe neben sich hatte, wußte er nicht, wie er ihr näherkommen sollte. Sie sah lieb und unverdorben aus, und er spürte, daß man mit ihr vorsichtig umgehen mußte. »Sind Sie naß geworden?« fragte er und befühlte die Schulter ihres Kleides. Sie rückte sogleich in ihre Ecke. »Nein — danke —« sagte sie. bis zum Zentral-Park wurde geschwiegen, und die Stille wurde dick und bedrückend. »Wo haben Sie die schönen Gläser, die Sie gekauft haben?« fragte Nina. Thorpe hatte das Likörservice in seinem Office gelassen. »In meinem Office —« sagte er. »Ich bin Anwalt. Steve Thorpe ist mein Name.« Nina deutete eine kleine Verbeugung an. Der Wagen steuerte durch die 72. Straße und nach Riverside Drive. Es regnete jetzt stark und gleichmäßig, und der Asphalt war ein See voll von Lichtern. »Wollen Sie wirklich nach Hause fahren?« fragte Thorpe. »Wohin denn sonst?« fragte Nina erstaunt zurück.

»Da sind hundert nettere Sachen, die man an einem Regenabend anfangen kann. Eine Bar, ein Kino, ein Konzert. Oder wartet jemand auf Sie?«

Als Thorpe dies fragte, wurde Nina mit einem Male traurig. Es war der vierte Abend ohne Erik. »Auf mich wartet niemand«, sagte sie einsilbig. »Da sind wir im gleichen Boot«, warf Thorpe ein. Sie sah ihn verstohlen von der Seite an. Er kam ihr sehr alt vor mit seinem kahlen Kopf und den vergrämten Falten um den Mund.

»In so einer großen Stadt sind viele Menschen allein«, sagte sie unwillkürlich. Thorpe stimmte ihr mit Heftigkeit bei, und so gab ein Wort das andere, bis sie in die Gartenstraßen von Fieldston einbogen.

»Sie sehen, ich bringe Sie sicher heim«, sagte Thorpe. »Aber es ist eine Schande. Sie werden zu Hause sitzen und Trübsal blasen, und wie melancholisch ich sein werde, das ist gar nicht zu beschreiben. wollen wir nicht zusammen essen und in ein Kino gehen? Was sagen Sie dazu? Mögen Sie Garry Cooper?«

Nina war verrückt mit Garry Cooper wie Millionen ihrer Schwestern im Lande, überdies kam es ihr immer so vor, als wenn Garry und Erik einander ähnlich sähen. Erik war auch so groß und schlank, und er hatte auch zwei Furchen die Wangen entlang, und er konnte hochmütig aussehen, wenn er glaubte, daß niemand ihn beobachtete.

»Garry Cooper ist mein Traum«, sagte sie naiv. Thorpe mißverstand den träumerischen und nachgebenden Ausdruck auf ihrem Gesicht, das er im Licht einer Straßenlaterne erspähte, als sie an einer Kreuzung warten mußten. Er schob sich näher an sie heran und suchte ihre Hand. Seine Schulter preßte die ihre. »Abgemacht — wir gehen zusammen aus«, sagte er beklommen. Nina schrak zurück. Gleich darauf begann sie zu lachen. Sie wies ihn zurück, nicht so, daß es weh tat, aber doch deutlich.

»Was fällt Ihnen ein«, sagte sie. »Ich bin ja verheiratet.«

Thorpe war nicht in der Stimmung, Schwierigkeiten anzuerkennen.

»Das macht nichts«, erwiderte er denn auch. »Jeder von uns ist mehr oder weniger verheiratet — so lange es hält —«

Ohne daß er es wollte, war sein Ton bitter geworden, und Nina bemerkte es. »Ich wollte Sie nicht kränken — Sie sind sehr freundlich zu mir gewesen —« sagte sie und überlegte, ob sie wohl aussteigen könnte.

»Wir sind beide verheiratet — und wir sind beide allein heute abend — da ist doch irgend etwas nicht in Ordnung —« sagte Thorpe jetzt. Es traf den empfindlichen Punkt in Ninas Herzen, die Stelle, wo es schmerzte und unruhig war.

»Mein Mann hat Nachtarbeit —« sagte sie schnell. Thorpe schwieg mit einem Gesicht, als wüßte er es besser.

Plötzlich, er wußte selbst nicht wie es kam, fing er zu reden an. »Kind«, sagte er, »Kind, Sie sind jung, Sie glauben noch, Ehe ist etwas Heiliges, etwas Großartiges und all diesen Zimt aus der Sonntagschule. Sehen Sie sich doch um? Welche Ehe wird denn nicht getrennt oder gebrochen oder geht sonstwie zum Teufel. Ehe — eine schöne Angelegenheit, die wir in unsrer gesegneten Zivilisation herumschleppen. Ich könnte Ihnen erzählen, wie so eine Ehe abbröckelt und vor die Hunde geht, mit der besten Absicht der Beteiligten, o ja. Ich war auch einmal jung verheiratet, und meine Frau war auch einmal so frisch und süß, wie Sie jetzt sind. Und ich könnte Ihnen erzählen, was draus geworden ist — aus der Ehe — und aus der Frau —«

Nina hörte ganz still zu. Ihr tat der Mann leid und daß sie ihn gleich schlecht behandelt hatte. Er redete immer weiter, von seinem leeren Haus und den zwei Hunden, und daß er nicht schlafen konnte, und wie lange die Wochenenden waren, so allein und daß er auf der Suche war — nach nichts Schlimmem — nur nach ein wenig Gesellschaft.

Steve Thorpe konnte Jurys weinen machen und aus harten Gegnern günstigere Vertragspunkte heraushämmern — aber er war kein geübter Verführer der Frauen. Ein solcher hätte seine Ehe ängstlich verheimlicht, er hätte Nina einen Diamantring und eine Reise nach Florida versprochen und sie betrunken zu machen versucht. Daß er es nicht tat, daß alles, was er sagte, nach Wahrheit klang und ihr Mitleid erregte, das machte Nina zutraulich. Schon waren sie bei Mrs. Bradleys Haus vorbeigefahren, und Nina hatte nicht halten lassen. Es schien ihr unzart und unmöglich, die Bekenntnisse des einsamen Mannes zu unterbrechen und zu sagen: »Besten Dank, hier bin ich zu Hause.« Der Regen hörte auf, und die Maiglöckchen begannen einzuschlafen. Als Thorpe aufhörte zu reden, nahm er sein Taschentuch heraus und wischte sich über die Stirne. Er sah müde und unglücklich aus. Nina schaute ihn an. »Sollen wir also zusammen essen und nachher ins Kino gehen?« hörte sie sich plötzlich sagen. Sie war erstaunt über sich selbst. Aber sie hatte ein warmes Gefühl, weil jemand an ihre Hilfe appellierte, und wirklich überzog ein Ausdruck von übermäßiger Freude das Gesicht des Anwalts.

Er ließ den Wagen umdrehen und zurückfahren, sie aßen in einem feinen und altmodischen Restaurant nahe von Grants Grab, und nachher gingen sie in das Kino am Broadway, wo Garry Cooper zu sehen war. Thorpe benahm sich tadellos, und er war den ganzen Abend zufrieden. Glücklich zu sein, ist eine Sache, und das Gefühl, daß Zahnschmerzen nachlassen, eine andere. Ihm war es so, als wenn der bohrende Schmerz um seine ruinierte Ehe mit einem Male nachgelassen habe — es ließ ihn ein bißchen müde zurück, aber leicht und frei.

Als er Nina nachher noch in eine Bar einladen wollte, dankte sie höflich. Wieder fuhren sie Riverside Drive hinaus und nach Fieldston. »Würde es Ihrer Hand Schaden tun, wenn ich sie halte?« fragte er lächelnd. Und Nina, gleichfalls lächelnd, sagte nein, sie glaube nicht. So fuhren sie schweigend, Nina dachte an Erik und an Garry Cooper, und er dachte an gar nichts, auch nicht an Lucie, er fühlte nur seinen eigenen Puls sacht gegen Ninas Handschuh schlagen.

Als Nina heimkam, erwartete sie eine Überraschung. Erik war zu Hause. Er saß in ihrem Zimmer unter einem der Äffchen und sah gekränkt aus. »Du bist da —?« sagte sie töricht. »Es könnte diesen Eindruck erwecken —« erwiderte er ohne aufzublicken. Er legte eine verwickelte Patience. »Ich habe nicht geglaubt, daß du vor Mitternacht kommst«, sagte Nina und traute sich nicht recht, ihn zu küssen.

»Ich habe Mr. Sprague ermordet und seine Leiche im Keller versteckt, nur damit ich früher heimgehen kann, und dann bist du nicht da«, sagte er. Jetzt konnte sie sehen, daß er nicht böse war. »Wo warst du, Weib?« fragte er im Ton der französischen Komödien. »Im Kino — du hast geschrieben, ich soll ins Kino gehen —«

»Gehorsame Ehegattin«, sagte er und kam zu ihr. »Bist du mit einem Taxi gekommen? Ich habe draußen einen Wagen gehört.«

»Ich bin in einem Wagen mitgenommen worden — wegen des Regens — von einer Dame —« sagte Nina. Die erste Lüge in ihrer Ehe glitt ganz schmerzlos heraus, fast merkte sie nicht, daß sie gelogen hatte. Eine Stunde später hatte sie Mr. Thorpe vergessen, und er kam erst wieder in ihren Sinn, als sie am nächsten Tag ins Zentral kam und Joe ihr einen Topf blühender Maiglöckchen und einen Brief überreichte. »Danke für den guten Abend und auf bald.« Nina brannte vor Verlegenheit. Erik stand neben ihr, roch an den Maiglöckchen, sah den Brief an, sah sie an. »Von einem, der mich im Schaufenster gesehen hat«, stotterte sie.

»Er muß eine zarte Seele haben«, sagte Erik, den dies köstlich zu amüsieren schien. Und mehr wurde über die Angelegenheit nicht gesprochen.

Jedes Jahr im Mai mietet der Zentral-Klub eines der Boote, die für solche Vergnügungszwecke ausgestattet am East River liegen, und ein großer Ball wird veranstaltet, bei Vollmond und gutem Wetter, während das Schiff langsam, langsam den East River hinauffährt, an den Wolkenkratzern von Manhattan vorbei, bis zum Schiffs-Kanal und wieder zurück, den Hudson entlang bis hinter die George Washington Bridge und zuletzt zurück nach Downtown.

Wochen vorher beginnt das Warenhaus zu kochen und zu brodeln, denn dieser Abend ist keine Kleinigkeit im Leben der Angestellten. Vollmond und Mai und gutes Wetter. Musik und Tanz. Flirt und Verlobungen und die Hoffnung auf irgend etwas ganz Unerwartetes und Wundervolles, die tief in den Herzen der kleinen Leute vergraben liegt.

Der Lehrling Pusch zum Beispiel schickte 35 Cent ein und eine Bestellung, die er aus einem Magazin ausschnitt, und erhielt dafür einen Kurs in Athletik, der verhieß in sechs Wochen einen Riesen Goliath aus ihm zu machen. Außerdem gebrauchte er eine Creme, der ein Garantieschein beilag, Geld zurück, wenn die Sommersprossen nicht wie durch ein Wunder verschwinden.

Madame Chalon ließ sich ihre Fußnägel dunkelrot färben, Gott allein mochte wissen, mit welchen Hoffnungen. Mr. Berg hatte vor, auf dem Schiff seine Verlobung mit einer jungen Dame aus Brooklyn, Tochter eines jüdischen Zahnarztes, zu feiern. Leider ging die Verlobung vorher zurück, und Mr. Berg mußte sich mit einer Verkäuferin aus dem Parfümerie-Lager schadlos halten. Es war sein Prinzip, nie etwas Derartiges im eigenen Lager anzufangen. Toughy, der neue Chefdetektiv, wurde schon vier Wochen im voraus um Tänze bestürmt, er versprach zwölf verschiedenen Damen seine Gunst für den Abend und teilte vorläufig dem alten Philipp mit, daß er den Dienst im Zentral zu versehen haben werde. Und Mr. Crosby saß in seinem Turm und dachte über eine Ausrede nach, um nicht an dem Fest teilnehmen zu können, denn dieser Ball war eine höchst demokratische Angelegenheit und die Häupter des Zentral wurden mit Bestimmtheit erwartet. Erik nahm die siebzig Dollar, die Nina ihm zum Geburtstag schenkte, aber er machte keine Anzahlung auf einen Wagen damit. Er zahlte Schulden und holte seinen Smoking aus der Pfandleihe, wo er lang geruht und Zinsen verschlungen hatte. Nina war teils enttäuscht, denn sie wußte, wie sehr er sich einen kleinen Wagen wünschte, teils war sie stolz, weil ihr Mann nichts schuldig bleiben wollte und einen Smoking besaß. Er war drei Jahre ohne Stellung gewesen, bevor er seine Malerträume aufgab und sich ins Dekorations-Atelier des Zentral verkaufte. Er hatte auch nur 16 Dollar die Woche, denn er galt als Anfänger und ungelernter Außenseiter. Deshalb hingen die Schulden ihm noch nach. Übrigens tat er wahre Wunder mit diesen siebzig Dollar, denn zuletzt reichte es noch zu einem Kleid für Nina, das er selber aussuchte, mattblau, mit ein wenig Silber am Gürtel. Nina war stolz, aber nicht richtig froh. Erik hatte sich ein wenig verändert in den letzten Wochen, er war ruhelos und zerstreut und kritzelte viele Entwürfe auf Papier, das er dann wütend zerriß und fortwarf.

»Kommt deine Mutter nicht bald wieder nach New York?« fragte Nina.

»Was willst du von meiner Mutter?« fragte Erik zurück.

»Nichts, gar nichts. Ich dachte nur so —« erwiderte sie. Sie hätte gern bei der energischen und sonderbaren Gräfin Rat geholt, wie ihr genialer und eigenartiger Sohn zu behandeln sei, wenn man ihn glücklich machen wollte.

Kurz vor dem großen Abend ereignete es sich, daß Steve Thorpe Nina zu einem Cocktail in sein Haus einlud, offiziell, mit ihrem Mann. Die lose Verbindung zwischen ihm und dem Mädchen war nicht weitergegangen, aber sie war auch nicht ganz abgerissen. Wenn er sich miserabel fühlte und seine Privatgespenster sich bei ihm anmeldeten, dann ging er die drei Blocks zum Zentral-Warenhaus hinüber und kaufte unnütze Dinge in der Glas- und Porzellanwaren-Abteilung. Er hatte schon eine Sammlung Gläser und Vasen aller Formen in seinem Büro aufgestapelt, und Miß Drivot machte spitzige Bemerkungen über Ninas unverwandten Kunden. Auch hatte er Nina hie und da eine kleine Gefälligkeit erwiesen; er brachte ihr zwei Karten zu einem Konzert, das sie mit Erik besuchte und nicht verstand. Zwei Gardenien für ihr Knopfloch. Ein Buch. Auch wartete er öfters mit seinem Wagen vor dem Ausgang der Angestellten auf sie. Kam sie mit Erik heraus, dann zog er höflich den Hut und fuhr davon. War sie allein, dann brachte er sie nach Hause, und einmal war sie auch noch mit ihm bis White Plains gefahren, hatte sein Haus von außen besehen, mit den Dackeln gespielt, die durch den Vorgarten gesaust kamen, aber abgelehnt, einzutreten. Eines Abends machte sie reinen Tisch und gestand Erik die ganze unschuldige, aber heimliche Geschichte ein. Er lachte aus vollem Herzen darüber. »Nina, Nina, lille Spurv, du bist eine ganz abgefeimte und durchtriebene Person«, rief er. »Treibst dich mit reichen, alten Herren herum, während dein Mann arbeiten muß. Eine verdorbene Großstadtpflanze, das bist du.«

Nina war enttäuscht. Sie hatte etwas anderes erwartet, Eifersucht, Tränen, Versöhnung zuletzt. Aber wenigstens hatte er sie lille Spurv genannt. Das Kosewort war etwas in

Vergessenheit geraten, seit sie verheiratet waren. Und so war es gekommen, daß Nina ihren Mann dem Anwalt vorgestellt hatte, abends, am Ausgang, und daß die beiden Herren ein paar angenehme Worte gewechselt hatten.

Drei Tage lang hatte New York vor Hitze gekocht, obwohl der Mai erst anfing, und es war noch hell, wenn das Zentral schloß. Thorpe schüttelte Eriks Hand und lud sie beide ein, am Mittwoch für einen Cocktail zu ihm zu kommen. Er würde sie vom Zentral abholen und nachher zu ihrem Heim bringen. Erik nahm stürmisch an. »Das ist ja ein reizender, alter Knabe«, sagte er nachher zu Nina. »Da hast du dir ja etwas ganz Erstklassiges aufgegabelt.« Nina war jung und aus Houston, Texas. Sie verstand das laissez-faire — laissez-aller des Grafen Bengtson nicht, das aus der Müdigkeit und Reife und Erfahrung alten Blutes kam.

Am Mittwoch aber konnte Erik sich absolut nicht freimachen. Von oben war die Anordnung gekommen, das Kunstlager völlig zu räumen, man wollte diese Abteilung aufgeben, und Mr. Sprague und Erik standen vor der Aufgabe, alle diese heillosen Nippesgegenstände, die Öldrucke und Bronzefiguren geschmackvoll und verlockend in den Schaufenstern zu präsentieren. Der alte Mann weinte beinahe, und als Erik etwas von einer Verabredung murmelte, benahm Sprague sich beinahe wie Christus am Ölberg. »Könnt Ihr nicht eine Nacht mit mir wachen —?«

»Das ist eine schöne Geschichte«, sagte Nina in der Damengarderobe zu Lilian, die sich zurecht machte. »Jetzt kann Erik nicht kommen, und draußen wartet dieser Steve Thorpe auf uns.«

»Wer wartet?« fragte Lilian und ließ ihren Lippenstift sinken.

»Der alte Herr, der bißchen in mich verschossen ist — ich habe dir's doch erzählt —«

»Wie, sagst du, heißt er?«

»Thorpe. Steve Thorpe.«
»Ist das der Mann von unsrer Kundschaft?«
»Ich weiß nicht. Seine Frau läßt sich grade von ihm scheiden.«
»Den möchte ich kennenlernen«, sagte Lilian.
»Das kannst du sofort haben«, antwortete Nina.
Fünf Minuten später rollten sie beide in Thorpes Wagen nach White Plains. Lilian war munter und gesprächig. Nina war still, und Thorpe saß ein wenig unbehaglich zwischen den beiden Mädchen, während sich der Wagen schnell mit Lilians Parfum füllte.

Es ist schwer zu sagen, warum Lilian darauf drängte, Steve Thorpe kennenzulernen. Wahrscheinlich hatte sie unbewußt den Wunsch, den Mann kennenzulernen, der jenen Smaragdring gekauft hatte, den sie zu Hause in ihrer Matratze verborgen hielt. Es war ein Fraueninstinkt, ein Jagdinstinkt — ein Dirneninstinkt. Ein Mann, der einer Mrs. Thorpe Ringe schenkte und einer kleinen Person wie Nina Anträge machte, mußte leichte Beute sein. Die kleine ätzende Beleidigung war nicht verwunden: daß Nina ins Fenster kam und sie nicht. Daß Nina verheiratet war und sie nicht. Daß Nina von einem reichen Mann verfolgt wurde und sie nicht.

Sie würde Nina den Mann wegnehmen und so viel Ringe bekommen, als sie wollte — wenn sie wollte. Während sie den Grand Concourse hinauffuhren, schätzte sie den Mann ab: sein Alter, seine Glatze, seinen Bauch. Er mußte reich sein, um seine Mängel auszugleichen. Sie taxierte sein Haus, seine Dienerschaft, seinen Whisky. Sie war in den Slums aufgewachsen, aber mit dem Instinkt für Luxus geboren. »Auf gute Freundschaft«, sagte sie vielsagend, als sie ihr Glas gegen Steve hob. Sie nannte ihn einfach Steve, nachdem sie ihn eine halbe Stunde kannte. Sie drehte sein Radio an und machte ein paar wiegende Tanzschritte zu der Musik, wobei sie die schönen Linien ihrer Hüften zur

Schau stellte wie im Geschäft. Nina spielte inzwischen mit Max und Moritz.

Thorpe setzte sich zu ihr in die Ecke. »Was ist das für ein Mädchen?« fragte er.

»Lilian? Sie ist das schönste Mädel im Zentral«, sagte Nina bereitwillig. »Ich mag sie nicht«, beendete er das Gespräch.

Um neun Uhr begann Nina zu gähnen, grade als Lilian behauptete, ausgeruht zu sein. Thorpe erbot sich sofort, sie beide nach Hause zu bringen. Diesmal chauffierte er selbst, er hatte seinen Tony weggeschickt. Er war ein übermäßig vorsichtiger und langsamer Fahrer. Die ganze Zeit überlegte Lilian, was bessere Politik wäre: allein mit ihm weiterzufahren oder mit Nina auszusteigen. Unter keinen Umständen sollte er wissen, daß sie in der 122. Straße East wohnte. Als sie sein Gesicht ansah, daß von Minute zu Minute faltiger wurde vor Müdigkeit, entschloß sie sich fürs Aussteigen. »Ich kann doch wohl irgendwo bei euch schlafen«, sagte sie zu Nina.

»Gerne«, zwang Nina sich zu sagen.

»Gute Nacht und danke für den Besuch«, sagte Thorpe und hielt Ninas Hand eine Sekunde länger fest, als sie ausstieg.

Im letzten Moment hatte Lilian eine glorreiche Idee. »Warum laden wir Steve nicht zu unserm Ball ein? Es wird sicher sehr großartig«, sagte sie.

»Ich weiß nicht ob Mr. Thorpe so etwas gern hat —?« sagte Nina ungewiß. Der Anwalt erkundigte sich um die Details des Zentral-Klub-Balles und gab enthusiastisch an, daß er zum Sterben gern dabeisein würde. Armer Steve Thorpe — er griff nach allem, das ihn von seiner Frau fort und näher zu Nina brachte.

»Abgemacht«, sagte Lilian. »Sie werden mein Kavalier sein, und wir wollen alle andern neidisch machen.« Neidisch machen: das war Lilian. Als sie ins Haus traten, roch es nach Mottenpulver. Mrs. Bradley saß da und modernisierte ein schwarzes Abendkleid, das sie noch aus besserer Zeit besaß. Skimpy saß aufgeregt dabei und trennte Besätze ab. Nina holte ihr blausilbernes Kleid aus dem Schrank, um es Lilian zu zeigen und auch den Smoking, den Erik aus der Pfandleihe erlöst hatte und auf den Nina nicht wenig stolz war.

Erik arbeitet im Basement, wo die Schaufensterpuppen standen, es war noch acht Tage zum Schiffsball. Er hatte fünf Puppen herausgestellt und arrangierte ihre Posen, nachlässig und elegant, so wie er sie später im Schaufenster postieren wollte. Lilian kam herein, gefolgt von Pusch, der eine Ladung Sommerkleider trug. »Wir brauchen Sie nicht mehr, Pusch«, sagte Lilian, als er seine Last abgelegt hatte.

Im Aufbewahrungsraum der Puppen war es immer Abend. Die elektrischen Lichter brannten, und die Luft kam durch Schächte herunter und schmeckte wie in der Untergrundbahn. »Ich bringe die Kleider für Fenster zwölf«, sagte Lilian und stellte sich vor Erik auf. »Große Ehre«, sagte er, nahm eines der Kleider und hielt das luftige Gebilde musternd vor sich hin. Die Puppen alle standen herum und lächelten in eine unbestimmte Ferne. »Ich wollte Sie allein sprechen«, sagte Lilian. Erik blickte rasch auf. Es hing etwas in der Luft zwischen ihm und Lilian, eine unausgesprochene Spannung. Er legte das Kleid weg und setzte sich auf den Rand eines Tisches. »Wohin geht man, wenn man etwas versetzen will?« fragte Lilian. Erik begann zu lachen. »Wollen Sie sagen, daß Sie noch nie etwas zum Pfandleiher getragen haben?« rief er aus. »Nein«, sagte Lilian kurz. »Es ist der erste Versuch. Ich muß einfach ein anständiges Kleid für den Ball haben.«

»Ich habe es immer in der Sixth Avenue versucht, aber ich hörte, daß man es besser in der Second Avenue tut«, sagte Erik. »Wenn Sie wollen, nehme ich Sie nach Schluß mit vorbei — die Pfandleiher haben bis sieben offen.«

»Danke«, sagte Lilian. Sie ließ sich noch ein paar Namen und Adressen aufschreiben und ging. »Ich merke mich für den ersten Tanz vor«, rief Erik ihr nach, und dann wandte er sich wieder seinen Puppen zu. Manchmal war ihm das Schaufensterdekorieren so über, daß er hätte schreien können.

So geschah es, daß Lilian am nächsten Abend durch die Sixth Avenue wanderte, zögernd und hell wach zugleich.

Dreimal ging sie auf und ab bevor sie es wagte das Geschäft zu betreten. Sie hatte die Adresse im Kopf. Es war Gefahr vorhanden, und sie wußte es. Sie zitterte innerlich. Aber das war Lilians Charakter: Gefahr reizte sie.

Sie atmete die Luft — es roch nach viel getragenen Sachen. Alle möglichen Gegenstände lagen herum — alles sah verwischt und undeutlich aus.

Der Mann nahm eine Lupe ins Auge und prüfte den Ring. Es war sehr still hier, man konnte die Uhr laut ticken hören.

»Was wollen Sie dafür haben?« fragte der Mann. Lilians Herz schlug so laut, daß sie es hören konnte. »Ich weiß nicht, was der Ring wert ist — es ist ein Geschenk«, sagte sie. Der Mann schaute nicht von dem Stein auf. »Ich kann Ihnen sechshundert geben«, sagte er nach einem langen Schweigen. Die Summe kam groß und unerwartet auf Lilian zu. »Ja —« flüsterte sie heiser.

»Ein schöner Smaragd«, sagte der Mann. Einen Augenblick lang erwartete Lilian, daß jetzt Polizeimänner aus den undeutlichen Ecken des Raumes herauswachsen und sie verhaften würden.

»Ich will mich nur auf kurze Zeit davon trennen«, sagte sie atemlos. Der Pfandleiher nahm seine Lupe ab und schaute sie jetzt an.

»Einen Ausweis, bitte«, sagte er. »Wie —?« fragte Lilian.

»Wir brauchen einen Ausweis — Gesetz —« sagte der Mann. »Irgend etwas — Paß — oder haben Sie eine Legitimationskarte?«

Lilian hatte eine, jede Angestellte des Zentral hatte eine blaue Karte in einem durchsichtigen Cellophan-Umschlag. Sie spürte den Ausweis wie etwas Heißes in ihrer Handtasche, es glühte durch das Leder. »Nein — geht es nicht ohne das?« fragte sie.

»Bedaure — unmöglich«, sagte der Mann, Lilian lächelte, ihre Künste aus der Mannequinschule kamen ihr zu Hilfe. »Ich fahre schnell nach Hause und hole meine Karte —« sagte sie. »Ich bin in zwanzig Minuten zurück.«

»Wenn Sie sich eilen, halte ich den Laden etwas länger offen«, sagte der Pfandleiher und reichte ihr den Ring zurück. Er reichte ihr den Ring, er hatte keinen Verdacht, kein Polizeimann folgte Lilian, als sie zu der nächsten Station der L-Bahn lief. Fast haßte sie den Ring in diesem Augenblick.

Es war wie eine Besessenheit in ihr: sie mußte den Ring loswerden, der ihr nichts nützte, sie mußte neue Kleider kaufen, sie mußte das schönste Mädel am Ball sein, es war eine Chance, man wurde gesehen, die leitenden Männer des Zentral kamen aus ihrer Unsichtbarkeit hervor und wandelten unter den Sterblichen. Lilian schlief nicht mehr und ihre Wangenknochen traten heiß und hoch aus ihrem abgemagerten Gesicht.

Drei Tage vor dem Ball war sie in der Second Avenue, sie ging die Straße ab, spähte in die Pfandleihen und zuletzt betrat sie eine davon mit beinahe stürmischem Entschluß.

Hier war eine Frau, die das Geschäft führte, alt, aufgefärbt, mit verrostetem Haar. Wieder die Lupe, der abgebrauchte Geruch von getragenen Dingen, die Unordnung, die schweigsame Spannung.

Zwei Männer lehnten an der Theke, sie besahen Lilian prüfend, als wenn sie ein Gegenstand wäre.

»Na —« sagte die Frau schließlich — »dreihundert, weil Sie's sind. Wo haben Sie den Ring her?«

»Geschenkt bekommen«, sagte Lilian.

»Sie müssen die Sache verstehen — wenn Ihnen Ihr Freund solche Geschenke gibt —« sagte die Frau. »Mir gibt keiner Geschenke.«

Lilian brachte ein krampfhaftes Lächeln hervor.

»Kann ich Sie bringen, junge Frau?« fragte einer von den Männern. Er war groß und hatte volle, aufgesprungene Lippen.

»Danke — ich nehme ein Taxi —« sagte Lilian. Die Frau hatte unterdessen ein Blatt Papier gelesen.

»Einen Ausweis?« sagte die Frau nebensächlich.

»Ach —« sagte Lilian. »Daran habe ich gar nicht gedacht. Ich habe nichts bei mir —«

»Gar nichts? Sehen Sie mal in Ihrer Tasche nach«, schlug die Frau vor. Lilian legte ihre Handtasche auf den Ladentisch und leerte sie aus. »Da ist ja ein Brief«, sagte die Pfandleiherin. Die beiden Männer waren näher gekommen und schauten zu.

»Ja«, sagte Lilian. »Genügt denn der?«

»Wir sind nicht so übertrieben — es ist nur eine Form«, sagte die Frau. Sie las die Adresse und kopierte sie in ein Buch. Mrs. Adrianne Chalon, 367 West 72nd Street, City Apartments.

»Französisch?« fragte die Frau. Sie schielte ein wenig, sah Lilian jetzt.

»Französische Abstammung — mein Vater kam aus Kanada —« sagte Lilian. Sie hatte den Brief an die gehaßte Direktrice aus dem Papierkorb geholt. Als alle Formalitäten vorbei waren und sie dreihundert Dollar in ihre Tasche schob, fühlte sie, wie es ihr übel im Magen wurde.

»Ich hole mir den Ring bald wieder ab«, sagte sie schwach.

»Zehn Prozent Zinsen, zahlbar jeden Monat«, sagte die Frau. »Vielleicht eine Zigarette?« fragte einer der beiden Männer; er war groß und jung und hätte gut ausgesehen, wenn sein Mund weniger grob gewesen wäre. »Danke —« sagte Lilian, und obwohl sie einen irrsinnigen Hunger nach Rauchen hatte, nahm sie sich zusammen und wies das Angebot ab. Ping — ping — ping — klingelte die Ladenglocke, als sie ging.

»Sieht gut aus, das Mädchen«, sagte der Mann, als sie fort war. »Die könnten wir gerade brauchen«, sagte der andere. Er war kleiner und sah wie ein Grieche aus oder wie ein armenischer Früchtehändler.

»Wie kommt so etwas zu einem solchen Smaragd?« fragte die Pfandleiherin und schaute durch die Lupe.

»Nicht auf der Liste?« sagte der gutaussehende Mann. Die Frau überlas einige Blätter in verwischtem Druck; es war das polizeiliche Zirkular gestohlener Gegenstände und die Warnung, solche zu erwerben. »Nein, nicht drauf«, sagte die Frau schließlich.

»Wo kann sie den Ring herhaben?« sagte der kleinere von den Männern. Der andere pfiff eine sentimentale Melodie.

»Mal sehen«, sagte er plötzlich. Er nahm seine Hände aus den Hosentaschen und ging Lilian nach.

Der Mond schien, das Wetter war gut und es wurde auf dem kleinen Deck getanzt. Die Musik, obwohl sie nur aus vier Mann bestand, spielte ausgezeichnet, und das kam davon, daß zwei Cubaner und ein Russe dabei waren. Die Cubaner gaben den Rhythmus und der Russe die Sentimentalität. Mr. Crosby war schließlich doch erschienen und sogar im Frack, er saß unten im sogenannten Salon, wo der Zentral-Klub eine Art Thron für ihn aufgebaut hatte, er trank schwarzen Kaffee, in dem er vorsichtig zwei Sacharintabletten auflöste. So oft er einen Schluck trank, schüttelte er sich vor Widerwillen. Steve Thorpe war auch gekommen, er trug einen grauen Flanellanzug, denn er hatte nicht gewußt, wie feierlich die Zentral-Leute ihren Ball nahmen. Er hatte Gardenien für Nina und Lilian gebracht, und da Nina schon zwei Gardenien von Erik bekommen hatte, war der Ausschnitt ihres Kleides unter Blumen begraben. Erik war im Smoking, mit einer dunkelroten Nelke im Knopfloch. Nina dachte unklar, daß er so aussah, als hätte er eben die Dinnertafel des Königs von Dänemark verlassen. Sie war freilich nicht sicher, ob Dänemark einen König besaß oder nicht.

Erik tanzte mit Lilian und dann mit Nina und dann wieder mit Lilian. Er tanzte wunderbar, elegant und gehalten, und Nina kam sich ungeschickt neben ihm vor. Ihre Schritte stammten alle noch aus Houston, Texas, wo ihr Vater sie manchmal zu Unterhaltungen mitgenommen hatte. Sie setzte sich auf einen Deckstuhl an die Reeling und sah zu. Erik tanzte mehr mit Lilian, denn mit Nina war er ohnedies verheiratet.

Lilian, in einem weißen Kleid, sah wundervoll aus. Es war ein Kleid ohne Aufputz, mit den einfachsten Linien, die möglich waren. Ein Kleid, so erlesen und teuer, daß man es ganz bestimmt in der Maßabteilung des Zentral nicht kaufen konnte. Madame Chalon, die etwas unglücklich in einer ziegelroten Affaire aufgezäumt war, befühlte heimlich das Material. »Ich sage ja immer — man muß Kleider *tragen* können«, sagte sie zu Lilian. »Neununddreißig fünfzig?«

»Hundertfünfundsechzig —« antwortete Lilian und schwebte davon, am Arm des Personalchefs. Madame Chalon würgte noch eine volle Stunde daran.

»Was wollen Sie trinken, Nina?« fragte Thorpe.

»Alles eins — nichts zu Starkes, sonst schlafe ich ein«, sagte Nina. Thorpe schaute sie an. Sie sah nicht schläfrig aus, eher wie ein überwaches Kind, das zu lange aufgeblieben ist. Ihre Blicke folgten Erik überallhin, rund um das Deck. »Sollen wir tanzen? Ich bin ein miserabler Tänzer«, sagte Thorpe. »Ich auch«, erwiderte Nina. Sie tanzten los, immer rund um das Deck. Ninas Haar duftete nach Jugend, obwohl kein Parfum darauf war. Thorpe drückte sie ein wenig fester an sich. »Es ist schön hier«, sagte er.

Als die Vier-Mann-Kapelle einen Tango zu spielen begann, floh alles davon, zu den Stühlen, zur improvisierten Bar. Nur ein paar ganz unschuldige und gottverlassene Paare blieben dabei, ihren Foxtrott weiterzustolpern und wußten nicht, warum es nicht mit dem Rhythmus ausging. »Tango —« rief Erik. »Wer tanzt Tango?« Er schien sehr aufgeräumt und in seinem Element. »Trink nicht zu viel, Liebling«, flüsterte Nina ihm zu, als er für einen Augenblick neben ihr saß. »Besten Dank für die Ermahnung«, sagte er steif. Es schien ihn unverhältnismäßig stark zu ärgern. »Wer kann Tango tanzen?« rief er durch das Megaphon seiner vorgelegten Hände.

»Warum schreist du denn so, Baby?« fragte Lilian, dicht

neben ihm. Bei der Hochzeit hatten sie Bruderschaft getrunken, aber seither immer wieder Sie gesagt. Er drehte sich rasch um, als er das Du hörte. »Auch betrunken?« fragte er. Lilian legte sich in seinen Arm für den Tango, er schob ihren Kopf parallel zu seinem, so wie das berühmte Tanzpaar im Kasino tanzte; sie folgte sofort. In der Hand, die auf ihrem bloßen Rücken lag, spürte er, daß sie zitterte. »Was ist denn los, Lilian?« fragte er leise. Die Vibration ihres Körpers drang zu ihm, drang in ihn ein, er konnte nichts dagegen tun. »Nichts. Warum? Ich bin nur glücklich heute abend«, murmelte sie. »Wirklich?« fragte er. Sie tanzten. Nina saß an der Reeling mit Thorpe neben sich und schaute dem Tango zu. Zuerst waren noch ein paar Tänzer auf der Fläche, der neue Detektiv Cromwell zum Beispiel mit einem Mädchen aus der Parfümerie-Abteilung. Aber nach einer Weile hörten alle auf und sahen den beiden zu. »Ein schönes Paar«, sagte Mrs. Bradley voll Herzenseinfalt zu Mr. Berg. Sie hatte das modernisierte Schwarzseidene an, das ihr überall zu weit geworden war.

»Sollen wir bißchen hinuntergehen? Hier wird's kühl«, schlug Thorpe vor, als er Ninas Gesicht beobachtete. »Gleich — wenn der Tango vorbei ist — es sieht so hübsch aus — nicht?« erwiderte sie, ohne ihren Blick von Erik und Lilian zu lassen. Als der Tango beendet war, applaudierte und schrie das ganze Deck. Lilian hob die Schleppe ihres weißen Kleides auf und verschwand, wie eine Künsterlin nach der Vorstellung. »Jetzt möchte ich etwas trinken«, sagte Nina zu Steve Thorpe.

Mr. Crosby, im Bauch des Bootes, machte gerade Versuche, sich zu empfehlen und heimzugehen, das heißt, er wollte es am Schiffskanal landen lassen und aussteigen. »Ein reizender Abend«, sagte er, zu dem Komitee, das sich vor ihm aufgepflanzt hatte. »Aber ich bin ein kranker Mann — Sie müssen mich entschuldigen —«

Man beschwor ihn, noch zu bleiben — er hatte noch die Schönheitskönigin zu krönen, das schönste Mädchen an Bord, das zugleich auch das schönste Mädchen im Central sein würde. Er zog seinen Mantel an und folgte hinauf an Deck, wo eben ein heiserer Arrangeur die Mädchen mit Nummern behängte und in eine lange Reihe aufstellte. Lilian war Nummer 17, Nina war Nummer 4.

»Guten Abend, Mr. Crosby«, sagte Mrs. Bradley und schob sich in das Blickfeld des Gewaltigen. Er suchte in seinem Gedächtnis. »Ich bin Mrs. Bradley«, sagte sie. »Natürlich — verzeihen Sie — die Augen lassen nach. Wie kommen Sie zu unserm bescheidenen Vergnügen, Mrs. Bradley?« sagte Mr. Crosby. Längst war es ihm entschwunden, daß er der Witwe seines ehemaligen Klubgenossen eine Anstellung in der Paketabteilung gegeben hatte. Mrs. Bradley schob sich weiter. Sei hatte keine Schmerzen an diesem Abend, aber sie war voll von dem Gefühl, die Schmerzen könnten jede Sekunde wieder beginnen.

»Hallo, Crosby«, sagte Thorpe, der ein Papierhütchen auf der Glatze trug und eine kleine Klapper in der Hand hielt.

»Du liebe Güte — was tun Sie hier, Thorpe?« fragte Mr. Crosby, für den inzwischen ein neuer Thron erbaut worden war, auf dem er sich ächzend niederließ, während die Musik Dixie spielte, und die numerierten Mädchen im Kreis ums Deck zu marschieren begannen.

»Ich habe Freunde unter Ihren Angestellten«, sagte Thorpe. »Freunde oder Freundinnen?« fragte Mr. Corsby. »Beides«, antwortete der Anwalt. Seine Augen folgten Nina. Ihre leichte Gestalt, ihr befangenes Lächeln, ihre Augen, die feucht waren wie von Tränen und dabei erwartungsvoll, als sollte der große Spaß noch kommen.

»Haben Sie jemals darüber nachgedacht, Crosby«, sagte er, »da haben Sie ein ganzes großes Haus voll Sachen zum

Verkaufen — und wie ihr euch plagt, sie zu verkaufen, nicht? Trotzdem — da ist etwas, was man im Zentral nicht kaufen kann.« Crosbys Blick folgte Thorpes Augen und fiel auf Nina. Er verstand nicht ganz. »Soll das eine Beschwerde sein?« fragte er. Thorpe lächelte vage. Er raffte sich auf und ging herum, indem er alle Leute bat: »Stimmt doch für Nummer 4 — ist Nummer 4 nicht die schönste? Ich stimme unbedingt für Nummer 4.« Das bißchen Silber in Ninas Kleid glitzerte, wenn sie atmete, und die Gardenien begannen schon zu welken im warmen Abend.

Obwohl seine Beredsamkeit einige dazu brachte, für Nina zu stimmen — den alten Sprague zum Beispiel, der übrigens, schwer betrunken war, Mr. Berg aus ihrem Department und als Gipfel sogar Mr. Crosby — so wurde doch Lilian mit einer erdrückenden Überzahl zur Königin des Abends gewählt. Ohne Überraschung und ohne Verlegenheit ließ sie sich die Papierkrone aufsetzen, schüttelte Mr. Crosbys Hand und ging mit ihrem selbstsicheren Mannequin-Gang einmal ums Deck, um sich allen zu zeigen. Die vier Mann spielten einen mageren Tusch, und Erik packte sie plötzlich und hob sie hoch über sich, so daß alle sie sehen konnten.

Mr. Crosby ging nach Hause — das heißt, das Boot hielt für ein paar Minuten am Pier der 225. Straße an und fuhr dann weiter. Mr. Thorpe blieb. Er machte sich ein wenig Sorgen um Nina, die unter seinen Augen zu welken begann wie die Gardenien an ihrem Ausschnitt. Von Zeit zu Zeit wirbelte Erik heran, rief: »Unterhältst du dich, lille Spurv?« und verschwand wieder im Gewirbel der Tanzenden. Sei kein Esel, erzählte sich der Anwalt. Hier ist deine Gelegenheit. Das Mädel ist bißchen betrunken, und der Mann vernachlässigt sie. Besser als heute abend wird es nie mehr kommen. Er tanzte wieder mit Nina, sie hing mit ihrem Gewicht an ihm, so leicht sie aussah. Unter einem roten Lampion küßte er sie. Sie wehrte sich nicht viel. Sie sagte nur: »Das alles ist ja Unsinn, Steve«, und es klang ermüdet. »Noch etwas zu trinken«, sagte Steve hoffnungsvoll und führte sie zur Bar.

Erik und Lilian stehen unter der Treppe, die zu der kleinen Kapitänsbrücke führt. Eingang strengstens verboten. Hier kommt niemand her, und man sieht die Lichter von Manhattan drüben und wie der Mond auf dem Wasser liegt und Metall daraus macht.

»Was ist mit dir vorgegangen, Lilian? Du bist ganz anders geworden?« sagt Erik. Lilian lacht hochmütig. »Ich habe meine alten Kleider in den Mülleimer geworfen, das ist alles. Dann habt ihr auf einmal Augen —« sagt sie.

»Ihr? Wer — wir?«

»Die Männer —«

»Ich ziehe es vor, als Individuum betrachtet zu werden«, sagte er. Es war zu hoch für Lilian. Er schob seinen Arm in den ihren. »Frierst du?« fragte er.

»Nein. Im Gegenteil. Ich habe Fieber«, sagte Lilian. Sie sprach die Wahrheit. Seit Wochen hatte sie immer etwas Temperatur. Kühle Schauer das Rückgrat hinab und heiße, brennende Wangen und Hände. Es hing mit dem Ring zusammen und mit den abseitigen und gefährlichen Dingen, die sich daraus entwickelt hatten.

»Dein Fieber ist ansteckend«, sagte Erik. Er hatte getrunken, nicht viel, denn die Cocktails schmeckten ihm nicht, aber genug, um sich in Laune zu bringen. Er hatte Lilians vibrierende Unruhe in die eigenen Knochen bekommen. Und, Herrgott, war das Mädel schön.

»Ich komme mir vor, als wenn ich lange in der Mottenkiste gelegen hätte und heute herausgenommen worden wäre, gut geschüttelt und wieder in Gebrauch genommen«, sagte er.

»Sie reden zu viel, Erik«, sagte Lilian. »Das ist gar nicht nötig —«

»Nein —?« fragte er und schaute sie an.

»Nein«, antwortete sie, fast unhörbar. Sie standen noch eine Sekunde so, spürten die Wellen zwischen sich vibrieren, dann legte Lilian ihre Arme um Eriks Nacken und küßte ihn. Es war ein langer, hungriger, trinkender Kuß. Der Mond glitt hinter eine kleine Wolke und kam wieder zum Vorschein. Erik taumelte ein wenig, als Lilian ihre Arme von ihm löste. Sie lachte leise. »Was bedeutet das?« fragte er. »Nicht das geringste«, erwiderte sie und verließ das Versteck. Durchgang strengstens verboten. »Bleib noch eine Sekunde —« sagte er heiser.

Zwei Schatten fielen auf das Deck, als der Mond wieder hell geworden war.

»Hier darf man nicht durch, Nina«, sagte Steve Thorpe. »Immer, wo es am schönsten ist, stehen solche Tafeln«, sagte Nina.

»Halten Sie keine kommunistischen Reden«, sagte Thorpe. Sie wendeten um und gingen die nächste Treppe hinunter zur Bar. Überall lehnten und hockten flirtende Paare. Als sie wieder ins Licht der Lampions kamen, sah Thorpe, daß Nina weiße Lippen hatte. Flüchtig, nur wie ein kleiner Strich, zog es durch seinen Sinn, daß er solche Dinge nie bemerkt hatte, als er noch mit Lucie verheiratet war. Aber Lucie schminkte sich die Lippen. Nicht ums Leben hätte er sagen können, ob Nina die beiden oben unter der Brücke bemerkt hatte, so wie er. »Was denken Sie, Nina?« sagte er brüsk. »Sollen wir zusammen eine kleine Reise machen — übers Wochenende oder auf eine ganze Woche?«

»Warum machen Sie mir gerade jetzt so einen Vorschlag?« fragte sie.

»Sie haben recht — ich hätte Sie viel früher fragen sollen. Vielleicht habe ich heute abend mehr Courage, weil ich bißchen betrunken bin. Aber Sie haben ja die ganze Zeit gewußt, was ich von Ihnen will, nicht?«

Nina gab keine Antwort. Sie sah so betroffen und unglücklich aus, daß er sich plötzlich seiner Attacke schämte. »Ich bin ein alter Zyniker, Nina«, sagte er. »Ich habe zu viele Prozesse geführt, ich habe zu oft gesehen, daß Meinungen sich ändern — und — und Zustände — oder Beziehungen — und ich habe das Gefühl, daß Sie mich eines Tages leiden können werden —. Ich meine — ich wollte Ihnen das schon lange sagen. Wenn sich — ich meine — wenn in Ihrem Leben sich etwas ändern sollte — oder verstehen Sie mich? Wenn Sie sich einmal allein fühlen — da ist der alte Steve — ich will sagen — kommen Sie dann zu mir? Versprechen Sie mir das?«

Nina betrachtete ihn voll Aufmerksamkeit, während er all dies stammelte. Sie schaute dem seidenen Taschentuch nach, mit dem er sich die Stirne abwischte und das dann wieder in seiner Brusttasche verschwand. Sie hatte die Andeutung eines Lächelns um ihren weißen Mund. »Sie reden mit mir wie mit einem Idioten«, sagte sie. »Ich verstehe Sie ganz gut. Wenn ich einmal — nicht mehr verheiratet sein sollte — schön — ich verspreche, daß ich dann zu Ihnen komme. Abgemacht?«

Die Musik, die wohl Pause gehabt hatte, brach plötzlich in eine Rumba aus, sehr laut und sehr schnell, mit dem Geklapper der Erbsen in den trockenen Kürbissen. Cromwell rannte vorbei, rufend: »Wo ist die Schönheitskönigin — ich will mit der Schönheitskönigin tanzen!«

»Tanzen?« fragte Thorpe und zupfte sie am Arm.

»Danke —« sagte Nina. Sie wendete sich schnell um. Lilian kam die Treppe vom oberen Deck herunter, sanft transportiert von dem selbstbewußten Detektiv.

»Wo ist Erik?« fragte Nina mit blassen Lippen.

»Woher soll ich das wissen?« erwiderte Lilian, raffte ihre Schleppe auf und tanzte davon.

Nachts fuhr Nina aus einem bösen Traum auf und griff nach Erik. Er war nicht da. Es war wie die Fortsetzung des Traumes. Auch im Traum hatte sie ihn gesucht und nicht gefunden. Erst nach ein paar Sekunden hörte sie die Brause im dunklen Badezimmer rauschen. Sie setzte sich auf und lauschte.

»Was fehlt dir, Erik?« fragte sie leise, als er zurück tappte zu seinem Bett.

»Nichts. Ich kann nicht schlafen. Es ist zu heiß hier —« sagte er vage. Die beiden Fenster standen offen, und der erste Schimmer der Morgendämmerung lag in der Luft. Nina streckte die Hand aus und als nichts geschah, nahm sie sie wieder zurück in ihr eigenes Bett. Sie lag lange mit offenen Augen da und hörte die ersten Milchwagen durch die Straße rollen. Ob Erik eingeschlafen war, das wußte sie nicht.

Er arbeitete viel in den nächsten Tagen; da war noch immer der Räumungsverkauf des Kunstlagers, und die Badesaison mußte mit Trara und verführerischen Puppen in Trikots eingeleitet werden. Er war zerstreut und sah schlecht aus. Wo er ging und stand und saß, kritzelte er, und dann zerriß er die Blätter und warf sie weg. Nina kramte einmal im Papierkorb und setzte die zerrissenen Blätter wieder zusammen. »Was ist los?« fragte Erik, obwohl sie stumm geblieben war.

»Es sieht alles aus wie Lilian«, sagte Nina, mit den drei Falten auf ihrer Stirn.

»Lilian? Was für Unsinn. Das sind eben Mannequins. Da sieht eine aus wie die andere«, sagte er. Nina blieb am Fußboden knien, vor den Papierfetzen. Sie wartete, daß er zu ihr kommen und sie aufheben solle. Aber er stand am Fenster und zündete sich eine Zigarette an. Es war an einem Sonntag, und Erik war noch rastloser als sonst. Im Zimmer über ihnen hörte man den alten Philipp auf und ab gehen, auf und ab, auf und ab.

»Ich halte es nicht mehr aus«, sagte Erik. »Ich muß spazierenlaufen.«

Er ging davon, ohne Hut und Mantel. Er sagte nicht: »Laß uns spazierengehen.« Er ging allein und kam vier Stunden lang nicht nach Hause. Nina nahm alle seine Hosen aus dem Wandschrank und plättete sie sorgfältig. Sie ging in den Keller, öffnete ihren Koffer und nahm ihre alte Puppe auf den Arm. Zuletzt ging sie wieder hinauf und sah nach Mrs. Bradley.

»Soll heute ich das Abendbrot kochen, Mrs. Bradley?« fragte sie. Mrs. Bradley lag auf dem Sofa und sah gelb im Gesicht aus. Mrs. Bradley nickte müde. Sie hatte Angst vor dem Montag, vor dem Stehen in der Paket-Ausgabe mit den Schmerzen in ihrer Seite.

An den Abenden spielten sie eine trübselige Partie Rummy. Nina, Philipp, Mrs. Bradley und Skimpy. Das kleine Mädchen gewann fast immer, sie jubelte und schrie, während die Erwachsenen müde lächelten. Jeder von ihnen hatte seine eigenen Sorgen, seine Angst für sich, und die Gedanken wanderten.

»Wo ist eigentlich Ihr junger Mann jetzt immer?« fragte der alte Philipp. Nina errötete, als wenn sie sich zu schämen hätte. »Mr. Sprague behält ihn immer dort, sie wechseln doch die Schaufenster-Dekoration jetzt zweimal die Woche«, sagte sie.

»Das ist wahr«, bemerkte Philipp. Er war ein Zweifler von Berufs wegen. Nina sah die neudekorierten Schaufenster an wie einen Beweis, daß Erik sie nicht anlog. Wenn sie genug Rummy gespielt hatten, baute sie Häuser mit Skimpy, die immer umfielen. Sie lag wach, bis Erik heimkam, um drei, um vier, um sieben. Aber sie sprach kein Wort und hielt die Augen geschlossen, wenn er sich über sie beugte. Manchmal wischte er einen leichten Kuß auf ihr Gesicht, wenn er sie schlafend glaubte. Es war ein großer Trost, und Nina hätte gern geweint darüber. Der Geruch von Zigaretten strömte von ihm aus und noch ein Duft, dem Nina mit gerunzelten Brauen nachspürte. Süß und laut und ein wenig schamlos. Sie biß die Zähne zusammen. Lilians Parfum.

Das ging so drei Wochen lang. An manchen Tagen trafen sie sich nur in der Kantine vom Zentral. Sie gingen noch manchmal zu Rivoldi zum Abendessen, und Erik war von einer fieberhaften und mühsamen Lustigkeit. Mittendrin verschwand er in einem Nebel von Geistesabwesenheit, begann auf die Marmorplatte des Tisches zu zeichnen und löschte alles mit seinem Daumen wieder aus. »Warum kommt Lilian nie mehr mit uns essen?« fragte Nina ihn. Er zuckte die Achseln. Er wollte gleichgültig aussehen, aber er hatte einen Ausdruck wie beim Zahnarzt, wenn die Bohrmaschine unversehens den Nerv trifft. Nina brachte ihn bis an den Eingang des Warenhauses, und dann fuhr sie nach Hause. Sie schrieb einen Brief an Eriks Mutter. Gräfin Bengtson, Irrenanstalt, Lansdale, Conn. Es war keine leichte Arbeit und als alles geschrieben war, zerriß sie den Brief wieder. Sie war allein. Sie hatte nie gewußt wie allein sie auf der Welt war, bevor sie Erik geheiratet hatte.

Mitternacht — zwei Uhr — drei Uhr. Wie lang eine Nacht ist, wenn man auf einen geliebten Menschen wartet und er nicht kommt. Nina stand auf, nahm ihren Bademantel um und schlich in die Vorhalle zum Telephon. Mit gedämpfter Stimme rief sie das Zentral an. Sie konnte es jetzt nicht mehr aushalten, sie mußte mit Erik sprechen. Joe, der Torwächter, antwortete. »Verzeihen Sie, Joe — ich möchte meinen Mann sprechen — Mr. Bengtson — er wird auf der Westseite sein — sie dekorieren —«

»Einen Moment —« sagte Joes vertrauenerweckender Baß. Nina wartete. Ihr Herz trommelte gegen den Bademantel, wie ein verbotenes Abenteuer war das. Nach einer langen Zeit hörte sie eine Stimme im Telephon, die nicht Erik gehörte.

»Hallo? Wer spricht?« sagte sie.

»Hier Donald Brooks«, wurde geantwortet. »Ich möchte Mr. Bengtson sprechen«, sagte Nina ratlos. Oben ging jetzt eine Tür, und Philipp erschien im schmalen Lichtspalt seiner Tür. »Ist irgend etwas passiert?« fragte er heiser flüsternd. Nina schüttelte den Kopf, den Hörer am Ohr. »Ich bin es — Pusch —« sagte das Telephon, den eleganten Namen, den niemand kannte, aufgebend. »O Pusch —« sagte Nina erleichtert. »Dekoriert ihr noch?«

»Feste, gnädige Frau«, erwiderte Pusch.

»Kann ich eine Sekunde meinen Mann sprechen?« fragte Nina jetzt. Der alte Philipp war inzwischen die Treppe heruntergekommen und pflanzte sich neben ihr auf. Sie bedeutete ihm mit dem Kopf, sie allein zu lassen. Ihr Herz war plötzlich leicht und jubilierend geworden, sie hatte Erik abzubitten und wollte nicht, daß Philipp es hören sollte.

»Die sind weggegangen — vor ungefähr anderthalb Stunden —« sagte Pusch dort drüben.

»Wer — die?« fragte Nina. »Mr. Bengtson und das Modell«, sagte Pusch. »Noch etwas?« fragte er nach einer Minute, als Nina nicht sprach. »Nein — danke — glauben Sie, daß er zurückkommt?« »Das ist schon möglich«, sagte Pusch in tröstendem Ton.

»Danke — Mr. Brooks —« sagte Nina. Sie war mit einem Male so klar und hellhörig geworden, daß sie den fremden Namen behielt, sie sah durch die Dunkelheit, sie erblickte jede Faser an Philipps altem Schlafrock, sie hörte Skimpy im andern Zimmer atmen. Im Vorgärtchen klärte ein Vogel seine kleine Kehle für den ersten Morgentriller.

»Kann ich etwas für Sie tun — ist etwas passiert?« fragte der Detektiv. Nina schaute ihn eine Weile an, als brauchte die Frage Zeit, um zu ihr zu gelangen. »Nein, danke. Es ist alles in Ordnung«, sagte sie höflich und legte den Hörer auf die Gabel. Der alte Philipp sah ihr nach, als sie durch den finsteren Flur zurück in ihr Zimmer ging.

Männer können von ihren Frauen betrogen werden; Frauen kann man nicht betrügen. Sie wissen alles, sie spüren alles. Nina hatte alles gewußt. Sie machte keine Szene. Sie lag auf ihrem Bett mit trockenen Augen und spürte, wie sie ganz steif wurde, als Erik heimkam, eine kleine starre Steinfigur. Kurz zuvor war ihre Weckuhr abgerasselt. Sieben Uhr. Erik kam herein, eine Zigarette im Mund und mit gemachter Heiterkeit. Sein Haar war viel zu glatt, als hätte er es eben erst mit Wasser gebürstet, um einen guten Eindruck zu machen.

»Guten Morgen, lille Spurv«, sagte er und wollte sie auf die Stirne küssen. Sie wich nicht zurück, aber sie hatte das Gefühl, daß ihre Stirn hart und kalt sein müßte. Steinhart. Sie war immer still und gutmütig gewesen, aber sie konnte auch hart werden, wenn es sich um etwas Großes handelte.

»Guten Morgen«, sagte sie und verließ das Zimmer. Drüben klopfte sie an Mrs. Bradleys Tür. »Mrs. Bradley«, sagte sie, »wollen Sie, bitte, in der Personalabteilung sagen, daß ich heute nicht kommen kann?«

»Sind Sie krank?« fragte Mrs. Bradley besorgt.

»Ich weiß nicht — ich habe Fieber — vielleicht eine Grippe —«

»Das wird es sein. Ich fühle mich auch nicht richtig —« sagte Mrs. Bradley. »Machen Sie sich nichts draus — drei Tage bekommen Sie ja bezahlt, auch wenn Sie fehlen —«

»Eben —« sagte Nina und ging zurück in ihr Zimmer. In der Küche rumorte Skimpy mit dem Frühstück, bevor sie in die Schule trabte. Als Nina eintrat, hatte Erik sich ausgezogen, er stand gerade unter der Brause. Sie setzte sich hin und wartete.

»Wird es nicht spät für dich?« fragte er, als er aus dem Badezimmer zurückkam. Es tropfte von ihm in kleinen Seen von Wasser auf den Boden. »Ich gehe heute nicht ins Zentral«, sagte Nina. Er warf ihr einen schnellen, spähenden und erschreckten Blick zu, dann legte er sich in sein Bett, und zog die Decke herauf. Er sah aus, als fröre er. Mechanisch strich sie die Decke glatt.

»Wo warst du bis jetzt?« fragte sie.

»Das weißt du doch, Nina.«

»Ja. Das weiß ich«, sagte sie.

Darauf entstand eine lange, schwere Stille. »Komm, mach mir keine Szene«, sagte Erik schließlich und griff nach Ninas Hand. Sie entzog sie ihm nicht, aber sie war ohne Leben. »Ich mache keine Szene«, sagte sie.

»Ich hätte es dir gleich erzählen sollen«, sagte er, »aber ich wollte dich überraschen. Ich male Lilian — es ist für das Preisausschreiben.«

»Was für ein Preisausschreiben?«

»Du weißt doch — für das Sommerplakat —«

Nina erinnerte sich schwach, daß Erik von etwas Derartigem fantasiert hatte.

»Wäre es nicht hübsch, wenn ich den ersten Preis bekäme und dich mit tausend Dollar überraschen könnte?« sagte er und knetete ihre Hand, um sie warm zu bekommen. Nina versuchte zu lächeln, aber es gelang nicht.

»Und dann?« fragte sie.

»Ich kann nichts dafür«, sagte er. »Lilian macht mich verrückt. Sie ist ein gefährlicher Teufel. Aber so etwas brauche ich auch manchmal. Anregung. Es pulvert auf. Ich bin ja doch ein Maler, Nina, wenn ich mich auch ins Schaufenster stelle für den alten Sprague und Bäume aus Cellophan mache —«

»Mich hast du nicht mehr lieb —«

»Doch, lille Spurv, doch —«

»Aber Lilian mehr —«
»Lilian anders, Nina.«

Das Schlimmste war, daß er nicht log und daß er sich nicht entschuldigte. Nina wartete auf irgendeine Erleichterung, eine Erlösung, die nicht kam.

»Es wäre nicht passiert, wenn ich nicht angefangen hätte, sie zu malen. Aber das Bild wird gut, Nina. Ich war schon ganz verkommen und versumpft — ich bin nicht zum Tapezierer geboren. Ich habe sie immer nachts im Atelier gehabt — und so allein mit Lilian — kannst du das verstehen?«

»Nein«, sagte Nina.

»Es wäre mir auch lieber, ich hätte mich nicht in sie verliebt. Aber ich habe mich eben in sie verliebt. Es wird auch wieder vorbeigehen.«

Nina wartete ein wenig, bis sie den Schmerz hintergewürgt hatte und sich einigermaßen auf ihre Stimme verlassen konnte.

»Was soll jetzt aus uns werden?« fragte sie.

»Aus uns? Ich weiß nicht — wenn du es nicht weißt —«

»Ich kann nicht bei dir bleiben, wenn du in eine andere verliebt bist«, sagte Nina. Er setzte sich im Bett auf. »Das meinst du doch nicht im Ernst?« sagte er.

»Du kannst nur so sein, wie du bist. Ich kann nur sein, wie ich bin. Ich kann nicht bei dir bleiben.«

»Nina«, sagte Erik beschwörend. »Wir sind doch erst sechs Wochen verheiratet.«

Er hätte nichts Schlimmeres sagen können. Erst sechs Wochen verheiratet, und schon ging sein Herz spazieren. Nina spürte Tränen in sich hochkommen in einer großen, schweren Welle.

»Es ist aus mit uns —« sagte sie und ging zur Tür. Er drehte sich mit dem Gesicht zur Wand. Sie sah seinen Rücken an. Es war acht Uhr morgens, Zeit fürs Zentral. Ich muß alles, alles aufgeben, dachte Nina. Ich kann nicht anders. Vor dem Fenster sang jetzt der Morgenvogel in hellen spöttischen Trillern.

»Wenn du versprechen könntest — daß du Lilian aufgibst —« flüsterte Nina an der Tür. Er drehte sich nicht um. Er schien zu überlegen.

»Ich, Lilian aufgeben — du lieber Gott — sie wird *mich* nicht aufgeben — sie hält fest, was sie kriegen kann —« sagte er zu der Wand. Er hätte ebensogut einen Stock nehmen und Nina damit über den Kopf hauen können.

»Also aus«, sagte sie. Er zuckte die Schultern. Sie verließ das Zimmer und ging davon.

Er lag noch eine Weile so, das Gesicht zur Wand gedreht, damit sie nicht sehen solle, wie elend ihm zumute war. Dann hörte der Vogel draußen auf zu singen. Am Vorplatz wurden Schritte laut, und der alte Philipp schlug die Haustür zu. Also aus.

»Bleib doch bei mir, Spurv — lille Spurv —« sagte er in das leere Zimmer hin. Aber Nina kniete schon im Keller und packte ihren Koffer.

Nina, mit einem größeren und einem kleineren Koffer, erschien in der teppichbelegten Diele von Thorpes Haus, als ob ein Sturmwind sie da hingeweht hätte. Man kann nicht behaupten, daß ihr Einzug eine gloriose Angelegenheit war. Erst wollte das Personal sie nicht hereinlassen, und als sie drinnen war, saß sie den Leuten im Weg herum. Ein Diener wirtschaftete mit dem Staubsauger auf dem Teppich der Vorhalle herum, und Nina hielt aufgeregt ihren Koffergriff umklammert, während der Butler mit Anwalt Thorpe in seinem Büro telephonierte.

Thorpe hatte gerade eine Sitzung, als der Anruf kam, eine von der unangenehmen Sorte, mit ein paar hartgekochten Burschen, die sich über eine Zusammenlegung ihrer Mühlen nicht einigen konnten.

»Hier ist eine Dame, die will Mr. Thorpe sprechen«, meldete der Butler.

»Was ist los? Eine Dame? Bin jetzt für Damen nicht zu sprechen«, brüllte der Anwalt in das Telephon.

»Die Dame sagt, ich solle nur sagen, die Nina vom Zentral wäre da.«

Thorpes Gesicht klärte sich auf, ungeachtet der Geschäftsmänner ihm gegenüber.

»So — die ist da? Was will sie denn?«

»Die Dame ist mit zwei Handkoffern hier.«

»Schön. Die Dame soll es sich einstweilen gemütlich machen — ich komme, sobald ich kann«, sagte Thorpe ein wenig erschreckt. Es sah nicht wie Nina aus, mit zwei Koffern bei ihm einzubrechen.

Das Gemütlich-Machen, bestand darin, daß Nina in der

Diele sitzen blieb mitsamt ihren Koffern. So fand Thorpe sie vor, als er nach Hause kam. Obwohl er sich beeilt hatte, war es inzwischen Nachmittag geworden. »Na, da bist du ja —« sagte er einfach. Er fragte nichts, er zögerte einen Augenblick und umarmte sie dann. Nina drückte die Augen zu, wie immer, wenn sie Angst hatte und nahm den Kuß in Empfang. Sie mußte ja jetzt wohl durchkommen durch diese Geschichte, wenn sie Erik richtig kränken wollte — so kränken, wie er sie gekränkt hatte.

»Whisky —« sagte Thorpe zu seinem Butler. »Und die Koffer ins Gastzimmer.« Ihm selber war etwas beschwert zu Sinn bei dieser Plötzlichkeit, mit der das Glück bei ihm einbrach. Er trank seinen Whisky, und Nina ließ ihren stehen. »Wollen Sie mir erzählen, was es gegeben hat oder soll ich es erraten?« fragte er. In Nina war noch alles aufgestaut und versteint.

»Ich muß mich von meinem Mann trennen«, sagte sie mit spröder Stimme. »Wir passen nicht zueinander. Ich passe nicht dazu, mit einem Genie verheiratet zu sein. Sie haben es immer schon gewußt, nicht? Ins Zentral will ich auch nicht mehr — man rennt sich da immer in den Weg — in der Kantine und so — ich halte das nicht aus —«

Sie vermied zu sagen, daß sie einem Zusammentreffen mit Lilian nicht gewachsen war, aber Thorpe wußte es ohnedies.

»Ich habe kein Geld«, sagte Nina. »Ich muß mir eine neue Stellung suchen. Sie sind der einzige Mensch, den ich kenne —«

»Das war doch alles zwischen uns abgemacht«, sagte Thorpe. »Ich schlage also vor, daß Sie heute in meinem Gästezimmer übernachten, und morgen suchen wir eine nette Wohnung für Sie.«

»Sie sind sehr gut«, sagte Nina. Thorpe wehrte schnell ab.

»Wir wollen einander nichts vormachen«, sagte er,

wobei kleine Schweißperlen auf seiner kahlen Stirne erschienen. »Wir wissen beide, um was es sich handelt. Ich bin nicht gut, sondern ich will Sie haben. Vielleicht könnte man sagen, daß wir beide zwei einsame Hühner sind — und — und — etwas enttäuscht in gewisser Beziehung — und daß wir uns deshalb gut vertragen können — abgemacht?«

»Abgemacht —« sagte Nina schwach. Thorpe trat rasch auf sie zu und küßte sie wieder. Sie empfing den Kuß mit dem gleichen Gesicht, mit dem sie als Kind Rizinusöl geschluckt hatte.

»Danke, Mr. Thorpe«, sagte sie. »Ich heiße Steve —« erwiderte er, etwas befangen.

Der Butler führte sie ins Gastzimmer, und sie glaubte zu spüren, wie seine Blicke sie abschätzten, geringschätzten. »Wie heißen Sie?« fragte sie verlegen. »Ausnahmsweise nicht James«, antwortete der Mann. Sie wußte nicht, ob es eine Frechheit war. Er stand wartend da, und als sie zu lächeln versuchte, blieb er ernst. »Ich will Madame beim Auspacken helfen —« sagte er schließlich. »Danke — das möchte ich lieber selber machen —« erwiderte sie.

Sie schämte sich ihrer Besitztümer, ihrer billigen kunstseidenen Wäsche, ihrer gestopften Strümpfe, ihrer geflickten Schuhsohlen. Thorpe kam nach einer Weile herein, gerade als sie ihre Andenken anstarrte, die zwei Puppen, die Photographie und den Revolver.

»Na, wie geht's jetzt, Nina?« fragte er. Er sagte Du zu ihr, und sie sagte Sie zu ihm und entschuldigte sich dann jedesmal. Seine Augen fielen auf den Revolver und füllten sich mit Schrecken. »Du hast doch keine Dummheiten vor, Mädel?« sagte er und legte schnell die Hand auf die alte Waffe. »Nein, das ist nur Vaters Dienstrevolver«, erklärte sie. Als sie den Revolver zurücklegte in den Koffer drückte sie die Augen zu vor Angst, so wie bei Mr. Thorpes Küssen. Er bückte sich und hob einen Zettel auf, der ihr hinuntergefallen war.

»Das ist nichts —« sagte sie schnell und steckte ihn weg. Es war auch ein Andenken, die Hotelrechnung von ihrer Hochzeitsnacht in Connecticut.

»Na, dann mach dich hübsch, und wir wollen uns einen vergnügten Abend machen —« sagte Thorpe und ließ sie zögernd allein.

Nina machte sich hübsch mit dem einzigen Kleid, das dafür in Frage kam, und das leider noch ein Geschenk von Erik war. Sie war so vergnügt, wie sie konnte, indem sie von Zeit zu Zeit die Augen zumachte und Mr. Thorpe einen Kuß gab. Weniger gut entwickelte sich der nette Abend. Es ist nicht leicht, sich wohl zu fühlen, wenn ein Butler mit eisern strenger Miene an der Anrichte steht, oder Speisen serviert, die nicht schmecken. Sechs Bestecke lagen neben jedem Teller, mit denen Nina sich nicht auskannte. Aber sie tat, was sie konnte; als sie nach dem Essen ins andre Zimmer gingen, sang sie sogar ein bißchen und tippte mit einem Finger die Begleitung dazu. Es schien Mr. Thorpe zu gefallen, und er versprach ihr einen Musiklehrer.

Die Zeit verging, und Mr. Thorpe wurde schweigsam und nachdenklich. Er legte einen Arm um ihre Schulter, es war unangenehm warm, aber Nina hielt stand. Sie hatte sich vorgenommen, in diese Angelegenheit hineinzuspringen, wie man in kaltes Wasser springt. Ohne Nachdenken und mit einem Ruck. Sie wußte bloß nicht, wie es gemacht wurde. Sie lächelte Mr. Thorpe schüchtern zu, als er sie auf sein Knie zog. Ihr kam die erleichternde Idee, daß er genau solche Angst hatte wie sie. Zuletzt wurde sie müde in der Stille und begann zu gähnen. Er stand sogleich auf.

»Jetzt wollen wir das kleine Mädchen zu Bett bringen —« sagte er, was ihr nicht gefiel. Sie wußte nicht, daß er die ganze Zeit mit dem Gespenst seiner Frau Zwiesprache gehalten hatte.

Am Treppenabsatz nahm er sie hoch und wollte sie in ihr Zimmer tragen, aber das blieb eine mißglückte Unternehmung, und er stellte sie etwas kurzatmig wieder hin. Er öffnete die Tür des Gastzimmers und ließ sie eintreten. Die Lampe brannte am Nachttisch, und das Bett war bereit. Mr. Thorpe sah aus wie ein Mann, der in der Garderobe seinen Hut haben will, obwohl er die Nummer verloren hat. Als er sie umarmte, da fing sie an zu weinen. Sie schämte sich darüber, aber sie konnte es nicht ändern. Sie spürte Mr. Thorpes großes Gesicht in ihren Händen und seine großen Arme und seinen schweren Körper, das alles war so fremd, ganz fremd — und nicht ein bißchen vom dem Glück dabei, das sie immer spürte, wenn Erik nur in ihre Nähe kam mit seinen schmalen federnden Gliedern. Und sie weinte ohne Ende.

Sie hat einen schlimmen Tag hinter sich. Sie hat nicht geweint, als sie entdeckte, daß Erik sie betrog, nicht als sie ihren Koffer packte, nicht als sie aus dem Hause ging; sie war den ganzen Tag ein braver, kleiner Götze aus Stein gewesen — und endlich einmal muß ein Mensch auch weinen dürfen.

Mr. Thorpe war redlich erschrocken und tröstete sie nach bestem Können.

»Was willst du denn, was hast du denn?« fragte er und streichelte sie.

»Ich möchte allein sein — ich möchte mich ausheulen —« schluchzte sie mit schlechtem Gewissen.

»Nun, nun — ich bin ja kein Menschenfesser —« sagte Mr. Thorpe. Er war es wirklich nicht, bestimmt nicht gegen Nina. Er zog sich zurück und ließ sie allein in ihrem Bett, dessen seidene Decke ihr unsäglich fremd war und immer herunterfiel. Bei feinen Leuten sind die Betten nämlich ganz anders — und das war die ganze Erfahrung, die Nina in dieser Nacht machte.

Am nächsten Tag wollte Thorpe ihr eine Wohnung suchen. Aber als er in sein Büro kam, fand er ein Telegramm vor, das ihn augenblicklich nach Minneapolis berief. Es handelte sich um die Zusammenlegung zweier Mühlwerke und es war wichtig — viel wichtiger als Nina.

Sie hatte sich vorgenommen, nett zu ihm zu sein, sobald er nach Hause kam, aber er kam nicht nach Hause. Er telephonierte seinen Butler an, ihm ein gepacktes Suitcase ins Büro zu bringen. Es sah so aus, als hätte er Ninas Anwesenheit in seinem Haus völlig vergessen. In Wirklichkeit war es so, daß er es nicht wagte, in Miß Tackles Gegenwart eine Dame in seinem eigenen Haus anzurufen. Vom Bahnhof aus schickte er ihr ein Telegramm: »Laß dir's gutgehen, tu alles, wozu du Lust hast. Bin in drei Tagen zurück.« Nina saß mit dem Telegramm in ihren Händen vor dem Kamin, der Butler hatte ein Feuer angezündet, da es regnete, und sie wußte keinen Ort in der Welt, wohin sie hätte flüchten können.

Laß dir's gutgehen, dachte sie spöttisch. Das Herz brannte ihr die ganze Zeit vor Kummer und Heimweh und Sehnsucht nach Erik. Und dazu kamen die unangenehmen Dinge, die Blicke des Personals, die grenzenlose Langeweile, die unbeschäftigten Hände, die Mahlzeiten allein im großen Speisezimmer. Und so oft sie nachts aus dem Schlaf die Hand ausstreckte, griff sie ins Leere, in dieses todfremde Zimmer hinein, kein Erik da und nur eine teuflische Seidendecke, die immerfort wegrutschte, bis man träumte, man stände im Hemd auf einer Brücke, mitten in Regen und Sturmwind.

Am nächsten Morgen kam ein Brief für sie, den Thorpe in der Bahn geschrieben haben mußte. Die Buchstaben sahen schief aus, als hätte der Wind sie umgeweht.

»Liebe, kleine Nina!

Es ist schade, daß ich nicht dortbleiben konnte. Wir wollen alles nachholen, sobald ich zurückkomme. Kaufe Dir schöne Kleider und alles, was Du willst, denn wir wollen groß feiern. Auf baldiges Wiedersehen — Dein Steve.«

Beigelegt war ein Blanko-Scheck. Nina drehte ihn in ihren Händen, unterdrückte eine Regung, ihn ins Feuer zu werfen, und begann nach einer Weile zu lächeln.

Am dritten Tag, als Thorpe noch immer nicht zurückkam, tat sie, wonach ihr Herz verlangte. Sie rief Mrs. Bradley an, nach Geschäftsschluß, als sie bestimmt zu Hause war. Mrs. Bradley tat ein paar Ausrufe, und durch das Telephon konnte Nina Skimpys Getrampel hören. Sie fragte nicht, ob Erik zu Hause sei. »Wie geht's bei euch?« fragte sie.

»Danke, soso. Der alte Philipp wird immer komischer —«

»Was machen die Schmerzen —?«

»Besser seit zwei Tagen. Aber Sie fehlen uns, Nina.«

»Was sagen die Leute im Zentral, daß ich nicht mehr komme?«

»Die platzen vor Neid. Die sagen, Sie haben Ihr Glück gemacht.«

Nina wartete. Sie konnte die Frage nicht mehr unterdrücken. »Und — und was macht mein Mann?«

»Ach — ganz gut soweit.«

»So.«

Dem ging es also gut. Sie überlegte noch. Der Butler kam vorbei, sie kam sich bewacht und gefangen vor. Sie wartete, bis er verschwunden war.

»Hören Sie, Mrs. Bradley — sein grauer Anzug ist noch beim Reinigen — der muß geholt werden. Und daß er nicht gar zu viel raucht, Mrs. Bradley. Wie sieht er aus? Kommt er nachts nach Hause? Wer bügelt ihm die Hosen? Er ist so eigen auf gute Bügelfalten. Mrs. Bradley — sagen Sie ihm nicht, daß ich angerufen habe — bestimmt nicht —«

Nein, davon wurde ihr auch nicht viel leichter. Am nächsten Tag rief sie wieder an. Und dann steckte sie ihren Scheck ein und ging ins Zentral, ja, das tat sie.

Schließlich ist ein Warenhaus ein Ort, wo jeder hingehen kann, der Lust dazu hat. Und hat jemand, der einmal im Warenhaus angestellt war, sein Glück gemacht und kommt als Kundschaft wieder, dann wird er als Kundschaft behandelt. Nina vermied Treppe fünf und ging zuerst mal ins Porzellanlager, in ihr Lager, in ihre Heimat sozusagen, und dann stand sie vor dem Tisch mit dem Service 279 E/14, mit dem Rosendekor.

»Womit kann ich der Dame dienen?« fragte Miß Drivot. Sie sah Ninas Gesicht nicht, Kundschaften haben kein Gesicht.

»Wie geht's denn hier immer, Miß Drivot?« fragte Nina leise.

»Ach — das ist — das sind — danke, hier geht's gut«, sagte Miß Drivot. »Haben Sie einen Wunsch? Wollten Sie etwas kaufen? Das Rosenservice ist jetzt heruntergesetzt worden —«

Mr. Berg ging vorbei und warf einen inspizierenden Blick auf die beiden.

»Entschuldigen Sie mich — ich habe noch eine Kundschaft zu bedienen —« sagte die Drivot, zog ab, ließ Nina vor dem Rosendekor stehen, fremd und entwurzelt auch hier. Mr. Berg sah sie beleidigt an, grüßte fremd und ging weiter.

Sie machte ihr Faltengesicht und wanderte durch den Lichthofsaal in die Konfektion, an den Sommerkleidern vorbei, in die eleganten Gefilde der Maßabteilung. Ihr Herz klopfte unbändig. Aber sie hatte einen Blanko-Scheck in der Handtasche.

»Ich möchte bedient werden«, sagte sie, als sie Lilian abgefangen hatte.

»Sieh mal an — Nina!« sagte Lilian.

»Ich brauche ein Abendkleid. Weiß — nur etwas ganz Erstklassiges«, sagte Nina kalt. Lilian schnitt ein Gesicht, aber schon kam die ahnungslose Madame Chalon herbei. Dies war nun eine Sache, auf die Nina sich teuflisch gefreut hatte. Sie setzte sich in den Lehnstuhl, und Lilian mußte springen. Oh, wie sie Lilian springen ließ! Sie setzte ihr alles Übel zu, das eine Kundschaft einer Verkäuferin zufügen kann an Launenhaftigkeit, Unfreundlichkeit und Ziellosigkeit. Aber gerade als Lilian es nicht mehr aushalten konnte und daran war, die Nerven zu verlieren, da konnte auch Nina es nicht mehr aushalten. Sie konnte es einfach nicht mehr ertragen, Lilian zu sehen, diese schönen, nackten Schultern, diesen Gang, dieses Gesicht, diesen Körper, dieses Stück Frau, das ihr den Mann weggenommen hatte. Sie stand brüsk auf, murmelte etwas, das mehr wie ein Schluchzen klang und ging schnell fort. Lilian wischte sich zarte Schweißperlen von der Stirne ...

Nina fuhr heim, sie fuhr in Thorpes elegantem Wagen, den der Butler ihr aufgedrängt hatte, und der hübsche Chauffeur Tony behandelte sie, als wenn sie die Königin von England gewesen wäre. Sie setzte sich in ihr Gastzimmer und bürstete die beiden Hunde. Die Kehle tat ihr weh von unterdrückten Gefühlen.

Plötzlich fuhren die Hunde mit großem Gebell zur Türe, Nina erschrak, das Haus war voll Gepolter und Stimmenlärm, und Mr. Thorpe war angelangt. Nina war erstaunt, als sie merkte, daß sie sich freute. Sie sprang auf und lief ihm entgegen. der erste Willkommenskuß ging vorbei, ohne daß sie die Augen zudrückte. Thorpe streichelte sie, er hatte ihr auch etwas mitgebracht, eine Halskette aus grünen Steinen, und er verschwand ins Badezimmer, um sich den Reiseschmutz abzuwaschen. Er war noch eine halbe Stunde lang etwas taub vom Geknatter des Flugzeugs, aber das gab sich.

»Nun laß mich sehen, was du dir für den Scheck gekauft hast?« fragte er Nina und lachte, als sie verlegen wurde. Sie lief in das Gastzimmer hinauf, holte hastig den Scheck aus ihrer Tasche und legte ihn vor den erstaunten Thorpe hin. »Ich will verdammt sein —« sagte er. Ihr war jetzt leichter zumute, da sie sein Geld nicht ausgegeben hatte, so als hätte sie sich noch nicht mit Haut und Haar verkauft.

»Jetzt hast du nichts anzuziehen, und wir wollten doch groß ausgehen«, sagte er. Er hatte eine bestimmte Vorstellung davon, daß man solche kleine Mädels immerfort beschenken und unterhalten mußte, um ihre Gunst und Laune zu erwerben. Im Grund hatte er Lucie nicht anders behandelt, seine eigene Frau. Als er vor seinem Spiegel stand, seine Glatze mit Eau de Cologne einrieb und sich in seinen Smoking zwängte, da fühlte er dunkel, daß es eine anstrengende Sache war, Nina zu erobern. Pantoffel, seine Hunde, ein Glas Whisky und die letzten Magazine neben dem Kamin, dachte er sehnsüchtig. Aber er war entschlossen, daß dieser Abend zum Ziel führen sollte. Auch Nina war entschlossen.

Wieder trug sie das blaue Kleid mit Silber, und er führte sie in ein elegantes Lokal. Musik, Tanz, Champagner, Menschen, ein Gewirr von Stimmen und Düften. Man hatte den Nachtklub wie das Innere eines Schiffes ausgestattet, was den Besuchern ein unternehmendes und romantisches Gefühl von sich selber gab und sie dazu veranlaßte, das Geld leichter auszugeben. Die Kellner gingen in der Tracht französischer Matrosen einher, mit großen Pompons an ihren Mützen, was sie sichtlich befangen machte.

»Na also —« sagte Thorpe zufrieden, als er das Essen bestellt hatte. Auch hier gab es viel mehr Bestecke als man brauchte, aber Nina wußte jetzt schon ziemlich gut Bescheid. Da Thorpe sie zu allererst an die Bar geschleppt hatte, war sie lustig und redete schnell und viel. Sie hatte die ersten zwei Cocktails wie eine Verzweifelte hinuntergegossen, bemüht, schnell in die Stimmung zu kommen, die von ihr erwartet wurde. Jetzt, während des Essens, rauchte sie heftig. »Sollen wir nicht tanzen, Mr. Thorpe — ich meine — Steve —?« fragte sie. Die Musik hatte einen

Hunger in ihr angezündet, den sie nicht verstand. Aber als Thorpe einmal mit ihr um die Tanzfläche getrampt war, fiel sie wieder in sich zusammen. »Lieber sitzen und zuschauen —« sagte sie. Thorpe bestellte mehr Getränke. Er hielt sich an Brandy, während er Nina zum Champagner zuredete.

»Champagner macht lustig — Champagner heizt ein —« erklärte er. Nina trank gehorsam und in großen Zügen, als wenn der Champagner eine Medizin gegen ihr Unglück gewesen wäre. Wirklich wurden ihre Wangen rot unter dem bißchen Puder, das sie daraufgetan hatte, und ihre Augen begannen zu blitzen. »Süß bist du —« sagte Mr. Thorpe. »Meinste —« sagte sie im unverkennbaren Dialekt des Warenhauses. Es stellt sich nämlich leider heraus, daß sie bei dem ersten Schwips, den sie in ihrem Leben hatte, aufsässig und rebellisch wurde. Immer war sie sanft und nahm die Dinge hin — jetzt zeigte sie plötzlich ihr Innenfutter.

»Schweine sind das alles —« sagte sie und zeigte mit den Fingern auf die feinen Leute in dem feinen Lokal. »Alles Schweine. Unsereiner kann davon erzählen. Wie die einen herumschubsen, für das bißchen Geld, das sie bezahlen.«

Sie schaute um sich, lachte laut über einen der Kellner im Matrosenanzügchen, und dann fiel ihr Blick auf Thorpe.

»Du bist auch nicht anders, Steve —« sagte sie. »Du glaubst auch, du kannst mich kaufen, weil du Geld hast. Sag die Wahrheit — das glaubst du — mit deinem Scheck — du bist auch nur ein Schweinchen, Steve — so ein kleines, fettes, rosa Schweinchen — mit nur ein paar Borsten auf dem Kopf —«

Thorpe war etwas entsetzt. Er brach schnell auf, bezahlte und verstaute Nina in seinem Auto, bevor die Sache zu peinlich wurde. Tony, der Chauffeur, warf ihm einen verständnisvollen Männerblick zu und brachte die Limousine sachte in Bewegung.

Nina hatte sich inzwischen an ihrem Gedankengang festgehackt, und sie machte dem armen Thorpe eine regelrechte Szene. In ihrem Schwips sagte sie zwar »du« zu ihm, aber sie teilte ihm so unangenehme Sachen mit, wie er sie seit der Trennung von Lucie nicht mehr zu hören gekriegt hatte. Sie warf ihm sein Geld vor, seinen Bauch, seine Glatze und sein Alter. Zuletzt hatte er ein ziemlich miserables Gefühl von sich selber. Gerade als er sich überlegte, ob er aussteigen und Nina allein nach White Plains fahren lassen sollte, warf sie die Arme um seinen Hals und begann zu schluchzen. Er klapste beruhigend ihre Schulter, so wie er Max und Moritz zu liebkosen pflegte, und so rollten sie durch die Parkstraßen nach Norden.

Nina war sehr verzweifelt und zu vielem bereit in ihrem Schwips. Aber weiß der Teufel — an diesem Abend wollte er nicht. Er wollte nichts von ihr, wenn er es nur auf so eine schäbige, dreckige Weise kriegen konnte. Er brachte sie in ihr Zimmer, wo sie sich sogleich aufs Bett setzte in der Haltung, in der Leute in Wartesälen sitzen und auf ihren Zug warten. Die vergossenen Tränen glitzerten noch feucht auf der gespannten Haut ihrer jungen Wangen. Thorpe seufzte. Sie tat ihm leid — aber mit Mitleid kam man zu keinen Abenteuern. An der Tür blieb er stehen.

»Kannst du mich denn nicht ein bißchen gern haben —?« sagte er zögernd. Nina schien von irgendwoher zurückzukommen, als sie glattweg antwortete: »Nein. Ich meine — nicht so.«

Thorpe ging schnell hinunter in sein Zimmer. Es war zwei Uhr nachts. Er setzte sich mit einem Glas Whisky vor den Kamin und nahm einen Hund auf den Schoß, denn ihm war kalt geworden.

Seit einigen Wochen träumte das Mädchen Lilian immer den gleichen Traum. Sie wollte einen Eisenbahnzug erreichen, aber es gelang ihr nicht. Keuchend und atemlos stand sie da und sah den Zug fortfahren. Dann ging sie eine Treppe hinunter, die ein wenig wie die Treppe der Untergrundbahn war, aber traumhaft vergrößert und verzerrt. Sie geht hinunter, hinunter, immer weiter hinunter. Sie möchte nicht gehen, aber da unten ist jemand, der immer wieder ein Streichholz anzündet und dann kann sie die Treppe sehen, die ins Dunkle führt, hinunter, hinunter, hinunter, und sie geht immer weiter hinunter. Peng — peng — peng — klingelt die Glocke aus dem Pfandleihladen dazu.

Lilian war von ihren Eltern weggezogen und hatte ein Appartement in der 44. Straße, West, bekommen. Ihr Zimmer war immer voll Zigarettenrauch, auf ihrem Sofa lag immer irgendein Mann, irgendeiner von Bills Freunden. Bill, das ist der Mann, der ihr damals folgte, als sie aus dem Pfandleihgeschäft wegging. Ein großes, gutaussehendes Tier, jähzornig, gutmütig und machtbewußt. Er liebte Katzen, zwei davon waren in Lilians Wohnung untergebracht. Die andern Männer parierten ihm, Jerky, Big Paw und Kid, der Achtzehnjährige. Sie haben sich in Lilians Zimmer niedergelassen, sie wohnen in ihrem Leben sozusagen, mit ihren Karten, ihren Flüchen, ihren Getränken, ihren Revolvern und ihren Freundinnen. Bill kommt unregelmäßig, aber er ist der Herr. Man hatte reichlich Geld, noch von der letzten Sache, die sie drehten. Lilian bekam Kleider und einen Hermelinmantel. Sie ging in

Nachtklubs, sie besuchten die Lokale, in denen Bill eine Respektperson war. Bill hatte ein Auto, Bill hatte Beziehungen und Einfluß, Bill hatte Macht. Bill hatte Lilian mürbe gekriegt — mit Drohungen, mit Versprechungen, mit Schlägen und mit dem vorgehaltenen Revolver.

Mit dem Ring fing es an — mit dem gestohlenen Ring wurde sie festgehalten. Es war fester und unzerbrechlicher als eine eiserne Kette. Sie wußte nicht genau, wozu die Bande sie benützen wollte, aber daß sie für einen Zweck fein ausgestattet wurde, das spürte sie. Bill erlaubte ihr nicht, ihre Stellung aufzugeben. Später — so versprach er ihr — würde er sie in der größten Revue am Broadway unterbringen. »Ich kann am Broadway haben, was ich will, verstehste« — sagte er und sie glaubte es beinahe. Weil sie Fieber hatte und Angst und sich rettungslos verloren fühlte, begann sie zu trinken. Einmal gab Bill ihr auch Kokain. Sie hatte ein unbeschreiblich großartiges Gefühl von sich gleich nachher und war elend am nächsten Tag, als sie wieder im Zentral stand. Sie haben ihre Feste, die da unten, und wen sie haben, den halten sie fest. Manchmal hätte Lilian beinahe herausgelacht, wenn Madame Chalon oder eine Kundschaft sie schlecht behandelte. Sie malte sich aus, wie die schreien und erstarren würden, wenn Bill mit seinem Revolver dazwischenplatzen sollte. Bill hatte seine ritterlichen Anwandlungen, soweit es sich um Lilian handelte. Er hatte auch eine Freundin, Maxine, ein blondes Mädchen, das ihn mit rasender Eifersucht bewachte. Lilian hatte zuweilen Angst vor einer Ladung Vitriol in ihr Gesicht. Aber alles ging gut soweit. Manchmal war sie beinahe zufrieden damit, wie es gekommen war. Es war da eine böse Ader in ihr gewesen, immer schon. Jetzt kriegte sie Luft, zum ersten Male in ihrem Leben, Platz und Bestätigung für den Haß, den sie immer schon gegen die Leute fühlte, die oben geboren waren und oben lebten.

Da unten wird sie so etwas wie eine Königin. Manchmal tobt sie in fieberhafter Lustigkeit. Manchmal lehnt sie sich auf, und Bill muß sie erst wieder kleinkriegen. »Was wollt ihr eigentlich von mir? Wozu dressiert ihr mich?« schreit sie ihn an. Bill lächelt mit seinem groben Mund, seine Lippen sind immer trocken und geborsten und tiefrot von zu großer Gesundheit. Den bringt kein Suff und kein Kokain vor die Hunde. So viel bekommt Lilian heraus: Man will sie im Zentral benützen, in der Bude, in der gehaßten. Inzwischen bedient sie die Kundschaft. »Ja, gnädige Frau, gewiß, gnädige Frau. Sie sehen entzückend aus, gnädige Frau.« Sie ist das Werkzeug von Männern geworden, die aus dem Dunkeln auftauchten und im Dunkeln verschwinden. Lilian kennt sie nicht besser, als man Gestalten in Träumen kennt. Sie geht die Treppe hinunter, hinunter. Peng — peng — peng macht die Glocke.

»Es ist schade um mich«, sagte sie zu Erik.

»Wieso, schade? Was schade?« fragte er.

»Das verstehst du nicht. Frage keine dummen Fragen. Komm, gib mir eine Zigarette.«

Erik zündete ihr die Zigarette an, und seine Hand war ohne Halt dabei. Lilian schaute spöttisch das kleine Flämmchen des Streichholzes an, das unruhig flackerte. »Ich träume oft von einem Mann, der steht unten an der Treppe und zündet immer ein Streichholz an —« sagte sie.

»Sogar im Traum betrügst du mich«, seufzte Erik ironisch. Sie beide waren allein in dem großen Atelier, wo die jungen Propaganda-Angestellten ihre Entwürfe ausarbeiteten. Lilian in dem weißen Kleid, das sie damals auf dem Schiff trug, und Erik mit haltlosen Händen malend, rauchend, wieder malend. Angefangen hatte es mit dem Kuß damals, und seither war er nie mehr zur Ruhe gekommen.

Er hatte den Maler in sich lange genug unterdrückt. Das Leiden war ausgebrochen, als er Lilian in ihrem weißen Kleid gesehen hatte, an jenem unglückseligen Abend auf dem Schiff. »Es ist wie die Masern«, klagte er. »Es muß heraus, oder ich sterbe an einer inneren Vergiftung«. Lilian lächelte verständnislos, aber sie stand Modell für ihn. In ihrem verworrenen und verwüsteten Leben waren die Stunden mit Erik das einzig Wertvolle. Sie hatte eine sonderbare, trauervolle Leidenschaft für ihn, es war immer so wie Abschiednehmen von etwas. Inzwischen wuchs das Bild, das er malte. »Das bin ich gar nicht«, sagte Lilian und starrte das Porträt mit bösen Augen an. »Was ist falsch daran?« fragte Erik, von der Staffelei zurücktretend. »Erdbeereis«, sagte sie mit einem spöttischen Auflachen. »Du hast nicht die richtige Idee von mir — du weißt gar nichts.«

»Wenn ich den Teufel malen würde, der du bist, dann würde ich bestimmt nicht den ersten Preis für das Plakat kriegen«, sagte Erik, näherte sich mit drohenden Blicken seinem Werk und hieb mit dem Pinsel ein paar Kleckse hin. »Nichts ist schwerer zu malen als Weiß«, sagte er. »Man erzählt, daß Renoir, als er ein alter Mann war, sagte: ›Ich wäre zufrieden, wenn ich eine weiße Serviette malen könnte — nichts anderes als eine weiße Serviette.‹«

Lilian hörte die Exkursion ins Kunstgeschichtliche gelangweilt an. »Bist du denn sicher, daß du den Preis kriegst?« fragte sie.

»Keine Angst, Schatz. Wir werden tausend Dollar haben und sie zusammen versaufen und verschmeißen«, sagte Erik. Sie wußte, daß er sie haßte, weil Nina ihn ihrethalben verlassen hatte. Erik hörte auf zu malen und drückte gedankenvoll mehr Zinkweiß auf seine Palette. Auch er dachte an Nina. Alle die Pläne, die er mit den tausend Dollars gehabt hatte, all die Träume, die verwelkten und getöteten —

»Ich habe sie gestern gesehen«, sagte Lilian, als wenn seine Gedanken geschrien hätten. »Wen?« fragte er schnell und begann hastig zu malen. Lilian beachtete die überflüssige Frage gar nicht. »Der alte Kerl, mit dem sie lebt, scheint ihr mächtig viel Geld zu geben. Du hättest sehen sollen, wie sie sich in der Bude benommen hat. Fräulein dies und Fräulein das. Ich hätte ihr gern eines in die Fresse gehaut, das kannst du mir glauben.«

»Wie sieht sie denn aus?« fragte Erik gegen seinen Willen nach einer langen Pause.

»Entzückend, bezaubernd, reizend sieht sie aus. Das ist doch, was du hören willst.«

Erik legte seinen Pinsel hin und kam auf Lilian zu. Sie zuckte ein wenig zurück, es hatte ausgesehen, als wenn er sie schlagen wollte. Aber Erik war nicht Bill, und er hatte auch keinen Revolver in der Tasche. »Warum kannst du Nina nicht in Ruhe lassen, wenn du uns schon auseinandergebracht hast?« sagte er bloß, leise und drohend.

Lilian ließ sich Zeit mit der Antwort. Sie wollte viele häßliche Dinge sagen, aber sie schluckte sie hinunter. Sie war eifersüchtig auf Nina, aber sie wollte das nicht eingestehen. Sie liebte Erik, in ihrer Weise, soweit sie einer Liebe fähig war, aber das ließ sich nicht aussprechen. Sie warf ihre Zigarette fort und trat sie aus. »Wie kommt es nur, daß alles, was ich anfasse, Dreck wird?« sagte sie schließlich. Es hätte brutal klingen sollen, aber es klang traurig. Erik hörte die kleine Schwingung darin und ging zu seiner Staffelei zurück.

Das Bild war nur zur Hälfte fertig. Es stellte eine grüne Wasserfläche mit weißen Wogenkämmen dar. Darauf schwamm ein Segelboot mit orangefarbenem Segel. Gegen das Segel gelehnt stand Lilian in ihrem weißen Kleid. Erik hatte sich an den Linien ihres Körpers festgemalt, die rechte Schulter und der Kopf waren fertig, aber die linke Hälfte sah noch skizzenhaft und verwaschen aus. Es war nur noch drei Tage bis zum Ablauf des Termins, an dem die Preisentwürfe eingereicht werden mußten. Erik hatte fieberhaft gemalt, in den Stunden vor und nach seinem

Dienst. Seit Nina ihn verlassen hatte, fürchtete er sich vor dem Nachhausekommen. Das leere Bett im Schlafzimmer schwieg so tief. Der alte Philipp und Mrs. Bradley sagten auch kein Wort zu ihm. Nur Skimpy quälte ihn und wollte wissen, wann Nina wiederkommen würde und wohin sie gegangen sei. Er blieb lieber im Zentral, übernachtete auf einer alten Couch im Atelier und malte zu allen Stunden der Nacht. Zuweilen besuchte ihn der neue Detektiv, Cromwell. Er brachte eine Flasche Gin mit und machte haarsträubende Bemerkungen über das Bild. Erik hatte dunkel den Eindruck, als wenn zwischen Lilian und Cromwell etwas los wäre. Der Detektiv konnte ein paar schmunzelnde Bemerkungen nicht unterdrücken. »Die Schenkel sind nicht so lang wie auf dem Bild«, sagte er etwa. »Ich kenne doch das Mädel durch und durch, sie hat lange Beine, aber doch nicht so lang«, oder: »Wenn ich ein Maler wäre, da täte ich sie liegend malen. Da kommen ihre besten Punkte erst zur Geltung.« Er machte Erik so wütend, daß er den angebotenen Gin ablehnte. »Übrigens sonst ein großartiges Plakat — ich bin sicher, daß Sie den ersten Preis kriegen werden«, sagte Cromwell gutmütig und zog ab. Erik unterdrückte mit Mühe eine Anwandlung, die ihn hieß, mit dem Stiefelabsatz in die bemalte Leinwand zu treten und dann zu seiner Mutter ins Irrenhaus zu reisen. Statt dessen drückte er neue Farben auf die Palette und versuchte das Bild zum Termin fertigzukriegen. Seit Nina ihn verlassen hatte, war seine Malerei das einzige, das ihn genug interessierte, um ihn für ein paar Stunden vergessen zu lassen, was geschehen war. Sonderbar genug, das unheilvolle Gefühl für Lilian, diese vergiftete Unzufriedenheit und Rastlosigkeit, die sie in ihm entzündet hatte, waren verblaßt seit dem Moment, da er Nina verloren hatte. Nur aus Trotz hielt er noch an Lilian fest, wie ein Kranker, der das Bett nicht verlassen will, in dem er wochenlang gelitten hat.

Richard Cromwells Andeutungen waren nicht der einzige und undurchsichtige Punkt in Lilians Leben. Am Samstag, als Erik sein kleines Gehalt ausbezahlt bekommen hatte, führte er sie in einen Nachtklub, wie sie es verlangte. Er zog seinen Smoking an, denn darauf schien sie besonderen Wert zu legen, und Lilian erschien in einem Hermelinmantel. Sie rauschte königlich in das Lokal, und alle Leute staunten das schöne Mädchen an. Erik hatte sich stolz und unbehaglich zugleich gefühlt. Er fragte nicht, woher sie, mit ihren 25 Dollar die Woche, den Hermelinmantel hatte. Zwei Männer, die wie Gangster aussahen, winkten ihr vertraulich zu. »Wer sind diese Knaben?« fragte er.

»Bekannte von mir«, erwiderte Lilian verschlossen.

Erik wußte im Grunde nichts von ihr. Er wußte, daß sie gut Tango tanzte und daß ihr Mund einen bitteren Vanillegeschmack hatte von dem Lippenstift, den sie benutzte. Er wußte nicht einmal, wo sie wohnte. Sie hatte ihm erzählt, daß sie von ihren Eltern fortgezogen war, aber sie hielt ihre Adresse geheim. Sie erlaubte ihm nie, sie nach Hause zu bringen, sondern stieg in ein Taxi und fuhr davon, während er noch lange auf der Straße herumirrte, einsam im nächtlichen Lichtgewühl des Broadway, und an Nina dachte ...

Es ist Mittwoch nachmittag, Dollartag in allen Abteilungen des Zentral. Im Seidenlager findet ein Ausverkauf statt an den Tischen mit Resten. Zwei Polizisten stehen am Eingang, wo es alles dreifach für einen Dollar gibt. Drei Herrenhemden, drei paar Seidenstrümpfe, drei echte Leinenhandtücher, drei unechte Brillant-Clips. Cromwell hat alle Hände voll zu tun, um in der sechsten Etage Ordnung zu halten. Hier ging es nach dem Dutzend. Ein Dutzend Weingläser, ein Dutzend Kaffeetassen, ein Dutzend Teller mit Goldrand in der Glas- und Porzellanabteilung. Miß Drivot verkaufte fieberhaft, ihr Gesicht war bedeckt mit kleinen Schweißperlen und vielen winzigen, roten Äderchen. Es sah aus, als wäre ihr Blutkreislauf dem Ansturm der Kundschaften nicht gewachsen. Mr. Berg, der Rayonchef persönlich, half beim Bedienen, obwohl er dazu nicht verpflichtet war. Die neue Verkäuferin, die man anstatt Nina angestellt hatte, war ungeschickt. Sie kannte sich noch nicht aus im Lager, und Miß Drivot zischte ihr mit heiserem Flüstern Nummer und Preise zu.

Vor der Gepäckausgabe drängten sich die Leute. Es klirrte, Mrs. Bradley hat eine Kristallschüssel zerbrochen.

»Was ist los?« fragte Mr. Berg, patrouillierend.

»Nichts — gar nichts«, sagte Mrs. Bradley angstvoll. Sie hatte Fieber, sie sah gar nichts mehr vor Fieber und Schmerzen, alles war verzerrt, alles schwankte, alles drehte sich. Sie legte ein halbgepacktes Paket hin und ging zur Personaltreppe. Kaum war sie aus der Glastüre, da fiel sie bewußtlos hin.

Man brachte sie weg, das ging schnell, ohne Lärm, ohne

Aufsehen: die Sanitätsstation arbeitet gut, und ohnmächtige Mädchen waren keine Seltenheit am Dollartag. Das halbfertige Paket lag noch an der Ausgabe, als man Mrs. Bradley schon für den Ambulanzwagen bereitmachte.

»Wie lange soll ich noch auf mein Paket warten?« fragte die Kundschaft gereizt. Mr. Berg hatte schon alles geordnet.

»Sofort, bitte, im Augenblick die Dame«, sagte er gewandt. Ein anderes Mädchen schob sich an Mrs. Bradleys Platz, eine kleine, rothaarige, mit einem großen, lachenden Mund. Das Paket wurde fertig gepackt und der Kundschaft ausgehändigt. Mehr Aufsehen macht es nicht, wenn einer von siebenhundert Angestellten erledigt ist.

Eine halbe Stunde später wurde Mrs. Bradley unter Äther begraben, sie seufzte erleichtert, als die summenden, großen Wogen sie wegschwemmten. Ein Arzt in Gummistiefeln und mit weißer Leinwandmaske operierte ihren Blinddarm. Es war der viertausendachthundertzweiundsechzigste Blinddarm, den er in seinem Leben herausgenommen hatte, und es regte ihn dementsprechend nicht sehr auf. »Ein außerordentlich häßlicher Blinddarm«, sagte er nachher mit kritischer Miene zu der Narkose-Schwester, als er sich die Hände wusch. Mrs. Bradley wurde in ein Krankenhausbett gelegt und bekam eine kleine Tafel ans Kopfende. Sie war in Lebensgefahr gewesen und gerettet, aber das wußte sie nicht. Sie war noch unter Äther und fuhr mit Mr. Bradley zu einem Picknick, in dem komischen Wagen, der im Jahr 1924 das Eleganteste gewesen war.

Inzwischen war es fünf Minuten nach sechs geworden, und das Zentral spuckte seine letzten Käufer auf die Straße. Die erschöpften Verkäuferinnen puderten sich in der Garderobe die feuchten Nasen, und die Kassierer waren fieberhaft dabei, abzurechnen. Der Detektiv Cromwell fuhr zum zwölften Stock hinauf, um seinen Mantel zu holen. Als er pfeifend sein Büro betrat, das nur ein kleines Loch mit der Aussicht auf den alten Hof war, fand er den alten Philipp dort.

»Hallo, Philipp«, sagte er und schaute den alten Mann an, der mit vergilbten Papieren am Tisch herumwirtschaftete.

»Hallo, Cromwell«, sagte Philipp gemessen.

»Bißchen Ordnung machen?« fragte Cromwell jovial.

»Ich suche meine Sachen zusammen. Nächste Woche sind meine drei Monate um«, erwiderte der alte Detektiv. Cromwell, der mit Hilfe eines Taschenspiegels sein Haar glatt machte, unterbrach sein Pfeifen. »Es ist eine Schande —« sagte er vage. Im nächsten Moment war er wieder bei seinen eigenen Problemen angelangt.

»Hören Sie, Philipp, wie oft müssen Sie sich rasieren?« fragte er, steckte seine Zunge in die Wange und musterte die Angelegenheit in dem kleinen Handspiegel. »Jeden Tag, wenn Sie das wissen müssen«, sagte Philipp angewidert.

»Ich zweimal am Tag, das heißt, wenn ich abends etwas vorhabe. Sonst beklagen sich die Mädels«, sagte Cromwell. Er hauchte auf den Spiegel, rieb mit dem Ärmel drüber hin und steckte ihn ein. Die kondensierte Sinnlosigkeit all dessen brachte Philipp zur Verzweiflung. »Sie haben mir sagen lassen, daß ich auf Sie warten soll«, bemerkte er gereizt.

»Ja, richtig, natürlich«, sagte Cromwell. »Ich wollte Sie bitten, daß Sie heute nacht hier bleiben. Sie können ja schlafen, es ist wirklich nichts los, nur der Form halber. Ich habe nämlich etwas vor — Sie verstehen —, ich muß auch mal eine Nacht für mich selber haben, man ist ja auch noch ein Privatmensch nebenbei, nicht?«

»Das paßt schlecht heute«, sagte Philipp. »Mrs. Bradley, bei der ich wohne, ist ins Krankenhaus geschafft worden. Ich wollte bei dem Kind bleiben — die ist allein zu Hause —«

»Alles schön und gut«, sagte Cromwell. »Aber schließlich sind Sie keine Kinderfrau, sondern ein Detektiv. Tut mir leid. Aber ich hab dem Mädel aus der Maßabteilung fest versprochen, heute mit ihr auszugehen, und Sie wissen ja, wie das ist — mit den Damen —«

»Unterhalten Sie sich gut«, sagte Philipp, um dem Gerede ein Ende zu machen. »Ich werde schon aufpassen.«

»Nichts aufzupassen. Seit ich im Haus bin, ist noch kein Paket Stecknadeln weggekommen. Schlafen Sie sich aus — und wenn Sie einmal die übliche Runde machen wollen — so um Mitternacht —«

»Schon gut. Ich kenne das Haus besser als Sie —« sagte Philipp. Cromwell nahm es nicht übel. Ihm tat der alte Mann leid. Er ging zu ihm hinüber und klopfte ihm auf die Schulter. »Ich bin Ihnen wirklich dankbar, daß Sie mir aushelfen. Das Mädel ist verdammt hübsch — da muß man hinterher sein, wenn man drankommen will —« sagte er. Philipp sah erbittert die Tür an, die sich hinter ihm schloß.

Er kramte noch eine Weile in dem Schubfach herum, aus dem er seine Besitztümer ausräumen wollte. Ein paar Briefe, alte Zeitungsausschnitte, die vergilbten Überbleibsel eines einschichtigen und aufregungslosen Lebens. Er versuchte, ein paar der alten Ausschnitte zu lesen, aber sie verwischten sich vor seinen Augen. Seit er das Trinken aufgegeben hatte, lebte der alte Philipp in einer undeutlichen und verwaschenen Welt. Er sah schlecht, in seinen Ohren sauste es, so daß er kaum verstand, was zu ihm gesprochen wurde, und er vergaß Namen, Gesichter und Telephonnummern. Sein Rücken knackte, als er sich aufrichtete. Sein Auge fiel auf eine Flasche, die Cromwell auf dem Tisch stehenlassen hatte. Es war der Gin, den Erik zurückgewiesen hatte. Philipp fühlte mit Widerwillen, wie seine Hände zu zittern begannen, während er die Flasche anstarrte. Er ging zurück zu seiner Schublade und steckte gewohnheitsmäßig seinen Revolver in die Seitentasche seines Rockes. Das Gefühl der Waffe an seinem Körper gab ihm mehr Zuversicht. Mit einem schnellen Schritt war er beim Tisch, hatte die Flasche geöffnet — er spürte die kleine Blechkapsel des Verschlusses mit enormer Deutlichkeit in seinen Fingern — und dann trank er in drei langen Zügen. Der Gin lief scharf und heiß seine Kehle hinab, und schon fühlte er Wärme in großen Wellen durch seinen Brustkasten fließen. Für ein paar Augenblicke wurde das Sausen in seinen Ohren zu einem Dröhnen, um dann mit einem Male zu verstummen. Der alte Philipp blickte erstaunt um sich, als eine plötzliche Klarheit und Stille sich in ihm ausbreitete. Er trank rasch noch einmal, und dann verließ er den Raum und ging schnell den Gang hinunter, der zum Atelier der Dekorateure führte.

»Hören Sie, Bengtson«, sagte er eintretend, »könnten Sie gleich nach Hause gehen und Skimpy beibringen, daß ihre Mutter krank ist? Ich muß heute nacht Dienst machen.«

Erik stand vor einer Staffelei, auf der er ein Bild mit einer alten Leinwand verhängt hatte. Er nahm ein paar Pinsel und ging zur Wasserleitung hinüber, um sie auszuwaschen.

»Tut mir leid — ich meine das mit Mrs. Bradley. Lilian hat mir's gerade erzählt. Aber ich kann auch nicht los. Die ganze Abteilung B 8 muß über Nacht neu aufgestellt werden.«

B 8 war die Abteilung für bedruckte Seide, im dritten Stockwerk. Sie sah wie ein Schlachtfeld aus nach dem Dollartag, das wußte Philipp. »Was tun wir denn da?« sagte er und schaute sich nach Lilian um. Das Mädchen stand neben dem Tisch, in ihrem schwarzen Verkaufskleidchen, sie trug ihren Mantel über dem Arm und hielt eine grüne Mütze in der Hand. Es war seltsam, mit welcher Deutlichkeit sein Gehirn plötzlich wieder alles aufnahm, Bilder, Geräusche, Gerüche. Er hörte den Wasserhahn tropfen, nachdem Erik mit seinen Pinseln fertig geworden war, und der Geruch von Lilians Parfum schlug an seine Nasenflügel wie etwas Greifbares.

Etwas in diesem schweren Parfum reizte ihn, und er wendete sich unfreundlich dem Mädchen zu. »Sie haben doch öfters bei uns draußen übernachtet — könnten Sie nicht nach Fieldstone fahren und bei Skimpy bleiben?« fragte er. Lilian zog die Schultern hoch. »Tät ich gerne — aber ich habe eine dringende Verabredung«, sagte sie. Erik zog seinen bekleckten Malerkittel aus und schlüpfte in seinen Rock. Philipp sah sich unschlüssig um. »Richtig — ich vergaß ganz darauf —« sagte er noch und erinnerte sich an Toughys Andeutungen. So deutlich war auch diese Erinnerung, daß er jedes Haar auf der Backe des jungen Detektivs wieder vor sich sah. Erik schaute ihn an, mit leichtem Erstaunen.

»Lilian will heute nacht noch für mich Modell stehen, sobald ich B 8 umarrangiert habe«, sagte er. »Morgen früh läuft der Termin ab — ich bin in den letzten Tagen nicht weitergekommen.« Er nahm seine Schlüssel aus der Tasche und ging zur Türe. »Ich möchte nur schnell einen Bissen essen«, sagte er. Lilian folgte ihm. Im Schein der Lampen fiel es Philipp auf, wie blaß Bengtson aussah. Ein matter Glanz von Schweiß lag auf seinem nervösen Gesicht und die beiden Garry-Cooper-Falten an seinen Wangen waren tiefer geworden und voll Schatten. Philipp verließ das Atelier mit den beiden und sah zu, wie Erik die Tür absperrte. Während er ihnen nachsah, als sie zum Aufzug gingen, überlegte er die Lage. Wie es schien, hatte dieses Mädchen, Lilian, sich mit zwei Männern für die Nacht verabredet. Sie mußte tüchtig sein, wenn sie beide Verabredungen einhalten wollte.

Das Haus war jetzt leer und still. Es gehörte dem alten Philipp, so wie es ihm in vielen Jahren gehört hatte. Er wanderte über die Treppen von Stockwerk zu Stockwerk und schaute in alle Winkel. Bald spürte er sich unruhig und unzufrieden in einer merkwürdigen Weise. Er schaute seine Hände an, die zitterten, wenn er sie ausstreckte. Er nahm seine Schlüssel hervor, öffnete einen Lift und fuhr zum zwölften Stockwerk zurück. Der ganze Gang roch nach Lilian. Er ging in sein Büro und trank die Flasche Gin halb leer. Dann nahm er das Telephon und ließ sich mit Skimpy verbinden.

»Hast du dich gewundert, daß wir noch nicht nach Hause gekommen sind?«

»Ja, Onkel Philipp. Ist irgend was los?«

»Höre, Skimpy, wir alle haben zu arbeiten. Fürchtest du dich allein zu Hause? Oder willst du ein gutes Mädchen sein und dich schlafen legen?«

Es dauerte eine Weile, bis Skimpy an ihrem Telephonende dies verarbeitet hatte. »Meinst du, daß Mutter nicht nach Hause kommt?«

»Ja, das meine ich. Sie fühlt sich nicht ganz wohl, und die Krankenschwester hier gibt acht auf sie.«

»Ich habe aber das Nachtessen fertig für euch.«

»Ich möchte wissen, ob du Angst hast allein im Haus?« fragte Philipp. Wieder dauerte es eine Weile.

»Ja, Onkel Philipp«, sagte es dann mit einem Stimmchen, in dem schon die Tränen zitterten.

Philipp, mit seiner neuen Klarheit, dachte nur eine Sekunde nach. »Passe gut auf, Skimpy«, sagte er. »In ein paar Minuten wird ein Auto dreimal vor dem Haus tuten. Das ist ein Taxi, das ich dir schicke. Mit dem fährst du bis zum Zentral, und dort fragst du den Mann beim Eingang nach mir. Du kennst doch Joe, nicht? Du kannst dann bei mir bleiben und mir helfen, auf den Laden aufpassen, willst du das?«

»Auf die Spielsachen auch?«

»Ja, auch. Nun mach schnell, zieh dich an, gleich wird das Auto tuten.«

Philipp lachte in sich hinein, als keine Antwort mehr kam, nur das eilige Klicken, mit dem der Hörer aufgelegt wurde. Er blätterte im Telephonbuch, rief eine Taxigarage in White Plains an, gab alle nötigen Weisungen und die Versicherung, daß das Taxi bezahlt würde, sobald das kleine Mädchen beim Zentral-Warenhaus abgeliefert würde, und hing wieder ein. Er nahm noch einen kleinen Schluck Gin und rief das Spital an, in das Mrs. Bradley gebracht worden war. Alles in Ordnung, wurde ihm dort gesagt. Die Operation war glücklich vorbei, die Patientin sei noch ein wenig duslig von der Narkose, aber völlig außer Gefahr. Philipp seufzte erleichtert, schob sich an der halbleeren Flasche vorbei und verließ das zwölfte Stockwerk. Er rechnete sich aus, daß Skimpy nicht früher als in einer halben Stunde da sein konnte, gerade Zeit genug, um einmal durch das Haus zu patrouillieren. Wie er es seit siebenundzwanzig Jahren getan hatte, so begann er auch diesmal bei den Kassenräumen. Er prüfte alle Alarmvorrichtungen in dem halbdunklen Raum, traf beim Hinausgehen einen der Nachtwächter, der die Kontrolluhr bei Treppe acht stach, wechselte ein paar Worte mit ihm und wanderte weiter. In dem großen Raum der Stenotypistinnen standen alle Schreibmaschinen in Reih und Glied, jede zugedeckt mit ihrer schwarzen Wachstuchhülle. Er ging weiter, wanderte durch alle Stockwerke, leuchtete da und dort mit seiner Taschenlampe in dunkle Winkel, stand und lauschte in die Stille des Riesengebäudes hin, und ging wieder weiter. Als er im Erdgeschoß anlangte, machte er einen kleinen Halt bei Joes Verschlag. »Höre, Joe, ein kleines Mädchen wird hier abgeliefert werden, Mrs. Bradleys Kind. Hier ist Geld, um das Taxi zu bezahlen — und rufe mich gleich an, wenn sie kommt, verstehst du?« sagte er. »Wird gemacht, Chef«, erwiderte Joe und salutierte. Sie waren alte Freunde von vielen Nachtwachen her. Joe hatte überdies geholfen, als man Mrs. Bradley auf der

Bahre in den Ambulanzwagen schob. »Ich gehe nur ins Souterrain, dann bin ich durch«, sagte Philipp und wanderte weiter. Joe sah im kopfschüttelnd nach, als sein schwerer Schatten an der Wand verschwand. Schade um den alten Kerl, dachte er nachdenklich.

Philipp zog dahin, durch die billigen Gebiete des Souterrains. Hier herrschte das reine Chaos nach den Kämpfen des Dollartages. Er ging am Waffenlager vorbei, das hier unten untergebracht war, strich durch die billige Möbelabteilung und erreichte zuletzt die eiserne Tür des Pelzlagers. Er nahm seine Schlüssel und seine Taschenlampe hervor und öffnete das komplizierte Schloß. Er öffnete die zweite Tür und trat ein. Es war dunkel hier, aber er drehte die Lichter an und atmete dann die kalte, säuerlich schmeckende Luft. Hier unten hingen in Reihen die Pelze, jeder säuberlich in einen mottensicheren Sack verpackt. Sie hatten über hunderttausend Dollar Wert da hängen zwischen den Röhrenreihen der Kühlanlagen. Philipp hatte immer eine Schwäche für das Pelzlager gehabt. Es war eine Welt für sich da unten, kalt und abgeschlossen. Der Raum war sehr hoch und überall durchzogen von dem Labyrinth des Röhrensystems, das die Kälte von 28 °F aufrechthielt. Er ging die Reihe der Pelze ab, automatisch, in der Gewohnheit der Jahre, fand alles in Ordnung und kehrte zur Tür zurück. Mechanisch schaltete er das Läutwerk ein und trat auf die Schwelle, so daß der Alarm losgehen sollte. Der Eingang zum Pelzlager war gespickt mit automatischen Alarmvorrichtungen, ähnlich dem Kassenraum. Da alles mechanisch und gewohnheitsmäßig geschah, hätte der alte Philipp es beinahe übersehen, daß sich die Alarmklingeln nicht einschalteten. Erst eine Sekunde später fiel die Stille über ihn her wie etwas Greifbares, wie ein schwarzes Tuch oder ein stumpfer Schlag. Er stand unbeweglich, und seine ausgestreckten Hände zitterten heftig. Er griff nach seinem Revolver, es war eine sinnlose Bewegung. Jetzt hörte er sein eigenes Herz hämmern, in der Brust, in den Schläfen, überall. Die Alarmklingeln funktionierten nicht.

Da alles still blieb und niemand da war, den er erschießen konnte, machte der alte Detektiv sich daran, herauszufinden, woran das Versagen des Alarms lag. Es mochte nur eine Störung in der Leitung sein, die der selbstbewußte Toughy übersehen hatte. Er tastete an den verborgenen Knöpfen herum, öffnete ein eisernes Kästchen, das in der Wand lag, und versuchte eine rote Glühbirne anzudrehen. Das Lichtzeichen versagte, so wie der Alarm versagt hatte. Vorsichtig schloß er das Kästchen wieder und trat behutsam über die Schwelle; es waren ein paar Selbstschußvorrichtungen da angebracht, von denen er nie viel gehalten hatte. Er ging zurück in das Pelzlager und in der essigen Luft und Stille suchte er jeden Zoll ab. Er fand nichts. Er war sich wahrscheinlich nicht klar, daß er sich sinnlos und tollkühn benahm, denn wenn sich Einbrecher zwischen den Pelzen versteckt gehalten hätten, dann wäre er längst unschädlich gemacht worden. Er hatte ganz auch Skimpy vergessen in der atemraubenden Spannung seiner Entdeckung. Plötzlich fiel ihm das Kind wieder ein. Er verließ das Pelzlager, schritt vorsichtig über die Schwelle und sperrte die beiden Türen wieder ab. Mit der Hand auf dem Revolver in seiner Tasche, ging er schnell durch das Souterrain und fuhr mit dem Aufzug hinauf. In den wenigen Sekunden, die dies dauerte, hatte er seinen Plan gemacht. Er wollte weder der Polizei noch den Wächtern etwas von seinem Verdacht sagen. Wenn sich nachher herausstellen sollte, daß nur eine Kleinigkeit in der elektrischen Leitung falsch war, eine Sicherung ausgebrannt oder ein Kurzschluß irgendwo — dann würden sie ihn auslachen. Wenn etwas mit dem Pelzlager los war — und ein klopfender, hämmernder, atemloser Instinkt sagte ihm, daß es so sei —, dann wollte er allein es ausfechten, er wollte die ganze Gefahr auf sich nehmen und die ganze Ehre.

»Na, da bist du ja«, sagte er, als er bei Joels Loge anlangte und Skimpy vorfand. Sie sah nett aus, so als hätte sie Hände und Gesicht gut mit Seife abgeschrubbt, bevor sie die große Unternehmung begann. »Joe sagt, meine Mutter ist im Krankenhaus«, sagte sie und bohrte ihren Kopf gegen seinen Magen, aber sie weinte nicht.

»Ja, aber es geht ihr sehr gut und sie läßt dir sagen, du sollst keine Angst haben. Morgen früh besuchen wir sie«, sagte Philipp. Er wußte nicht, was er nun mit dem Kind anfangen sollte, er mußte zurück ins Pelzlager. »Du willst nicht bei Joe bleiben und auf seinem Sofa schlafen?« sagte er. »Nein«, erwiderte Skimpy prompt. Das erwähnte Sofa war eine Reliquie, aus der die Roßhaare herausstanden und die nach Pfeifentabak stank. Joe lachte gutmütig. »Ich will zu den Spielsachen«, sagte Skimpy. Ihr war das Weinen nahe, aber sie hielt sich tapfer. Philipp nahm sie bei der Hand. »Joe«, sagte er, bevor sie gingen, »höre — gib besonders gut acht heute nacht. Wenn sich irgend etwas Verdächtiges zeigen sollte — rufe gleich die Polizei — verstehst du —«

»Jawohl, Chef —« sagte Joe und salutierte wieder. Er verstand gar nichts. Der Alte wird alt, war alles, was er dachte.

Philipp sperrte den Aufzug auf und fuhr zum Spielwarenlager. Die Kinderhand in der seinen beruhigte ihn ein wenig mit ihrer zutraulichen feuchten Wärme. »Nun suche dir etwas zum Spielen aus, aber schnell — und merke dir: es ist nur geborgt — du kannst nicht nachschauen wie es innen aussieht —« sagte er, denn er kannte Skimpys Puppen und ihre geöffneten Köpfe, die Skimpys Forscherdrang zum Opfer gefallen waren. Skimpy, die gern vorgab, schon erwachsen zu sein, heuchelte kühles Interesse. Philipp packte eine Puppe und ein Zusammenlegspiel in ihre Arme und fuhr mit ihr nach dem zwölften Stockwerk. »Hören Sie —« sagte er zu dem Wächter, den er oben traf — »geben Sie heute nacht besonders gut acht. Die Feuertreppen — und das Souterrain —«

»Schon gut, Chef«, sagte der Mann. Er hielt nichts von Philipp. Der alte Detektiv wußte nicht, was er mit dem Kind anfangen sollte. Er brannte am ganzen Körper vor Ungeduld. Sein Büro — Richard Cromwells Büro vielmehr — war ein miserabler Aufenthalt, und Skimpy würde nicht dort bleiben. Mit einem schnellen Entschluß sperrte er das Dekorateur-Atelier auf, drehte die Lichter an und sah sich um. Bengtson war noch nicht zurückgekommen, das Bild stand verhüllt auf der Staffelei. Lilians Parfum hing dick in der Luft. »Du kannst dich hier hinsetzen und spielen — oder schlafen —« sagte er hastig. »Ich komme gleich wieder. Aber geh nicht aus dem Zimmer, hörst du — was immer los sein sollte. Erik wird auch bald kommen. Du kannst ihm malen helfen.«

»Ist Nina auch hier?« fragte Skimpy.

»Nein, die ist fort«, erwiderte Philipp. Er wartete noch einen Augenblick und sah zu, wie Skimpy sich mit ihrer Puppe auf der Couch einrichtete, dann ging er zur Tür. Für eine Sekunde zog es durch seinen Sinn, daß Skimpy vielleicht das letzte sein mochte, das er zu sehen kriegte. Vielleicht wartete in dieser Nacht eine Kugel auf ihn, irgendwo im Souterrain, im Pelzlager oder auf der Treppe. Er zögerte für eine Sekunde, ging schnell zurück zu seinem Office und sperrte auf. Die Flasche stand da, halbgeleert. Er trank ein paar tiefe Züge, spürte die Wärme, die Klarheit, die Entschlossenheit in sich einströmen und lachte, als er sich an Toughy erinnerte. Er muß sich zweimal rasieren — dachte er höhnisch. Er steckte die Flasche ein, fühlte nach seinem Revolver, schob ein paar Reservepatronen in seine Brusttasche und verließ das Zimmer. Die Uhr im Mittelturm schlug acht. Ihm war es, als wären Jahre vergangen seit Ladenschluß.

Er fuhr zurück zum Pelzlager und sperrte auf. Drinnen

war es kalt und still. Die Pelze hingen in Reihen, und die Röhren, weiß bereift, zickzackten dazwischen hin. Philipp holte einen Pelz herunter und deckte ihn über sich, als er sich in die Ecke setzte und wartete. Bald wurden seine Finger steif vor Kälte und seine Zehen begannen zu schmerzen. Die Zeit verging. Nichts geschah.

»Gib mir die Schlüssel, dann komme ich«, sagte Lilian zu Erik und streckte die Hand über den Tisch.

»Das ist eigentlich verboten —« sagte er zögernd.

»Wenn ich das schon höre: Verboten«, sagte sie lachend. »Wie willst du denn das Bild fertigkriegen, wenn ich nicht komme?«

»Du kannst doch auch kommen, ohne daß du die Schlüssel hast —«

»Wann? Um neun?«

»Lieber später. Bis ich die ganze B 8 arrangiert habe, das dauert —«

»Schön. Wann also? Um elf? Ich kann's erwarten.«

»Ja, du. Ich aber nicht«, sagte Erik gezwungen. Sie saßen noch bei Rivoldi, ja, jetzt saß er mit Lilian bei Rivoldi, hinter dem Marmortischchen auf der abgeschabten Samtbank.

»Also gib mir die Schlüssel — ich komme dann um elf und gehe direkt ins Atelier.«

»Ich gebe die Schlüssel ungern her —« sagte Erik und hielt den kleinen Schlüsselbund zögernd auf der Marmorplatte noch in der Hand.

»Na — dann nicht«, sagte Lilian und stand auf. »Ich will nicht all dieses Aufsehen und Gerede und Gemecker — wenn ich bei Nacht zu dir in die Bude komme und geführt werden muß —«

»Das also ist der Schlüssel für den Lift bei Treppe fünf —« sagte Erik und ließ die Schlüssel aus. Sie lagen auf der Tischplatte, Lilian sah gar nicht hin. »Du weißt doch, im zwölften Stock gehst du vom Hydranten rechts und pfeifst. Wenn ich noch nicht da bin, sperre das Atelier auf und warte auf mich. Zigaretten sind in der Schublade.«

»Schön«, sagte Lilian. »Überanstrenge dich nicht. Adieu, Baby.« Sie nahm die Schlüssel und steckte sie in ihre Handtasche. »Ich muß jetzt laufen.«

»So eilig?«

»Sehr. Ich habe einen Friseur gefunden, der mir noch nach sieben die Haare schneidet, da muß ich laufen. Um elf also.«

Erik sah ihr nach. Sie besaß den schönsten Körper, den er je bei einer Frau gesehen hatte. Das ganze Lokal drehte sich nach ihr um. Sie war eines von den Mädels, die noch in einem Regenmantel nackt aussehen. Als sich die Tür hinter ihr geschlossen hatte, zündete er eine neue Zigarette an. Er blieb noch vor seiner Kaffeetasse sitzen. Der Kellner kam, wischte über die Tischplatte und wollte italienisch reden. Erik hatte keine Lust. Er hatte keine Lust in die Bude zurückzugehen und die Seidenabteilung umzuräumen. Er hatte keine Lust, sein Bild fertigzumalen, und es war ihm todgleichgültig, ob er einen Preis bekam oder nicht. Er überlegte ein wenig, nahm seinen Bleistift vor und kritzelte auf der Tischplatte. Erst ein paar Maße für das Seidenlager und dann noch allerhand, das er mit dem Finger wieder wegwischte. Er saß noch eine Weile, schaute mit trüben Augen vor sich hin, zuletzt stand er auf, zahlte und ging.

Auf der fleckigen Tischplatte blieb ein verwischtes Bild zurück. Nicht Lilians Bild. Nina.

Indessen ging Lilian schnell durch die 41. Straße und bis zur 8. Avenue. Dort stand ein grünes Auto in der Reihe der parkenden Wagen vor einem Hotel. Lilian stieg ein. Der Chauffeur war ein hübscher Junge mit einem schwarzen Lockenkopf. »Geh los, Kid, es wird spät«, sagte sie. Sie fuhren schnell die Avenue hinunter. »Ist Bill schon da?« fragte sie.

»Die warten schon seit sieben. Wird's denn was?« »Geh los, Junge, rede nicht«, sagte Lilian nervös. Sie rauchte eine Zigarette an und steckte sie dem Jungen in den Mund. Er grinste dankbar. Der Wagen sauste dahin und warf sich mit kreischender Bremse um die Ecke. »Du warte lieber hier unten«, sagte Lilian, als sie ausstieg. Das Appartementhaus, in dem Bill sie untergebracht hatte, strömte einen Hauch von übertriebener Bürgerlichkeit aus. Unechte orientalische Teppiche in der Vorhalle, ein Mädchen mit Augenglas am Empfangspult, ein kleiner Philippino am Aufzug. Er kniff ein Auge ein, als Lilian hinauffuhr. »Es ist gut, Pedro«, sagte sie ungeduldig.

In ihrem Appartement ging das Radio. »Na also —« sagte Bill faul, als Lilian eintrat. Wie immer war das Zimmer voll Rauch, Flaschen, Gläser und Eis standen am Tisch. Ein Glas schien über die Brokatdecke ausgeschüttet worden zu sein, und der Alkohol tropfte zäh zur Erde. Lilian ging quer durch den Raum zu ihrem Schlafzimmer. »Hallo«, sagte sie nur. Sie nahm ihr grünes Mützchen ab und sah im Spiegel, daß sie blaß war unter der Schminke. Ich passe nicht dafür, dachte sie flüchtig. Ihre Nasenflügel waren bläulich vor Angst. Bill streckte sich und kam ihr nach ins Schlafzimmer.

»Hast du es endlich geschafft?« fragte er. Sie nahm die Schlüssel aus ihrer Tasche. »Da«, sagte sie und legte sie hin. Bill lachte leise. Er nahm die Schlüssel noch nicht. Sie hob sie wieder auf und ging zurück ins Wohnzimmer. Big Paw rekelte sich im Lehnstuhl, er hielt Maxine auf dem Schoß, die schnell aufstand, als Bill eintrat. Sie war blond und blaß und sehr jung, mit einer Tänzerinnengestalt. Lilian konnte sehen, daß Bill unter Koks stand, er hatte ihr einmal anvertraut, daß er immer Kokain nahm, bevor er an eine große Sache ging. Seine Augen glitzerten. Sie hatten noch einen jungen Menschen mitgebracht, in der Uniform eines Messengerboys, seine Boxerschultern dehnten sich unter dem grünen Tuch.

Bill griff in seine Tasche und brachte ein Schmuckstück hervor. Er ließ das Etui aufschnappen und stellte es vor Lilian mitten auf den Tisch, unter das Licht. Es war eine Nadel mit einem großen Smaragd. »Gut gemacht, nicht? Wir haben zwei Karate verloren beim Schleifen, aber niemand kann jetzt den Stein erkennen«, sagte er wohlgefällig. Lilian griff hastig nach dem Schmuck. Er war der Preis dafür, daß sie Erik verkaufte.

»Hier«, sagte sie und legte einen flüchtig gekritzelten Plan auf den Tisch. »Und laßt mich aus der Sache heraus. Nehmt Maxine — und ich bin fertig mit euch, versteht ihr?«

Sie legte die Schlüssel neben den Plan auf den Tisch, auf den nassen Fleck, wo der Whisky verschüttet war. Ihre Hand sah sonderbar schmal und klein aus zwischen den Männerfäusten, die nach den Schlüsseln griffen.

»So, du bist fertig mit uns? Aber vielleicht sind wir noch nicht fertig mit dir, Liebchen«, sagte Bill. Big Paw hatte eine seiner ritterlichen Anwandlungen. »Laß sie in Ruhe«, murrte er. »Sie hat brav gearbeitet.«

Lilian sah sie alle an, so als ob sie aus einem Traum erwachte. Die fremden Gesichter, die fremden Hände, den Smaragd. »Ihr müßt losgehen«, sagte sie. »Um neun Uhr holt mich dieser Gorilla ab.«

Bill lachte wieder. Er strich sein glattes Haar noch glätter. »Viel Vergnügen«, sagte er. »Danke«, erwiderte Lilian gedankenlos. Bill kam zu ihr herüber und klopfte sie auf die Schulter. »Wenn es gut ausgeht, dann bekommst du etwas Hübsches von mir«, verhieß er. Plötzlich beugte er sich über sie und grub seine roten Lippen in die ihren. Maxine stand dabei mit bösem Gesicht.

Als sie gegangen waren, öffnete Lilian die beiden Fenster. Dann ließ sie ein heißes Bad einlaufen, sie fror. Als sie das warme Wasser verließ, war sie etwas frischer. Sie ging zurück ins Wohnzimmer und suchte zwischen den halbgeleerten Flaschen. Ja, sie hatten auch Absinth. Sie mischte sich schnell ein Getränk, das scharf nach Kümmel schmeckte und goß es hinunter. Gleich darauf fühlte sie sich heiß werden, und das wohlbekannte Gefühl von Tollkühnheit stieg in ihren Kopf. Sie stand vor ihrem Wandschrank, liebkoste ihre neuen teuren Kleider und wählte zuletzt ein grünes Kleid aus schwerer Seide, das glatt an ihrem Körper hinabfloß. Das Telephon neben ihrem Bett klingelte. Die Uhr zeigte fünf Minuten vor neun. »Mr. Cromwell ist hier«, wurde gemeldet. »Er soll in der Halle warten, ich bin gleich fertig«, sagte Lilian. Sie haßte den jungen Detektiv und fand ihn lächerlich. Mit einem plötzlichen Entschluß nahm sie ihren Hermelinmantel aus dem Schrank und legte sich ihn über die Schultern. Sie trank noch ein zweites Glas, spürte, wie sie leise betrunken wurde, und laut lachend steckte sie die Smaragdnadel an ihren Ausschnitt. Das Telephon klingelte wieder. »Ich komme ja schon«, sagte sie wütend. Cromwell in seiner Ungeduld war komisch. Vor dem Spiegel stehend, lachte sie laut heraus bei dem Gedanken, was im Zentral vorging, während sie mit Toughy ausging.

»Verdammt noch mal«, sagte Cromwell, als sie aus dem Aufzug stieg. Er starrte perplex ihre Aufmachung an, den Hermelin, die langen weißen Handschuhe. Er selbst hatte seinen guten Anzug angezogen, den dunkelblauen, der so merkwürdig saß, wie Anzüge nur an ehemaligen Offizieren sitzen. »Verdammt noch mal«, wiederholte er. Lilian, übermütig mit all dem Absinth in sich, erwiderte: »Du hast wohl noch nie davon gehört, daß Mannequins die teuersten Damen von New York sind?«

Ein Viertel vor elf kam Erik aus dem Seidenlager, mit schmutzigen Händen und Kopfschmerzen. Unten arbeiteten sie jetzt ohne ihn weiter. Er fröstelte ein wenig. Er fühlte sich übermüdet.

Ungemütlicher Aufenthalt, so ein Warenhaus bei Nacht, dachte er; er mußte durch die Japan-Abteilung, sie war finster. Er holte seine Taschenlampe hervor. Da und dort sprangen Buddhas aus der Finsternis. Er streifte mit dem Kopf an die gläsernen Glockenspiele, die in Reihen da hingen, sechzig Cent das Stück.

Vor dem Lift stand er eine ganze Weile und suchte nach dem Schlüssel, bis er sich erinnerte, daß er seine Schlüssel verliehen hatte. »Verflucht!« sagte er. Die neun Stockwerke bis zum Atelier schienen ihm ohne Ende, unüberwindlich.

Leise jammernd wanderte er zur Treppe, und leise jammernd begann er den Aufstieg. Es war wie eine schwere Bergpartie. Er stieg und stieg, der Atem ging ihm aus und er war erst im achten Stock. Er wartete, hörte nach einer Weile Schritte und richtig, einer der Nachtwächter kam zum Vorschein. »Bitte, bringen Sie mich zum Atelier und sperren Sie mir auf«, sagte er verlegen. Plötzlich war ihm eingefallen, daß er ja nicht einmal sein eigenes Atelier betreten konnte, da Lilian die Schlüssel hatte. Der Wächter knurrte etwas, er machte seine Runden eigentlich im Halbschlaf, und es war unangenehm, darin gestört zu werden. Aber schließlich bequemte er sich dazu, den Lift aufzuschließen und mit Erik in den zwölften Stock zu fahren.

»Einen ungesunden Beruf haben wir«, sagte Erik, während sie den Gang hinunter, am Hydranten vorbei und zum Atelier gingen.

»Wieso?« fragte der Wächter. »Ich meine — können Sie denn am Tag schlafen?« fragte Erik zurück. »Und ob«, sagte der Wächter grinsend. »Um so besser für Sie. Ich kann das nicht?« sagte Erik. Er nahm sein Paketchen Zigaretten aus der Tasche und steckte es dem Wächter in die Brusttasche seiner Uniform. »Es ist offen«, sagte der Mann, als er seinen Schlüssel in das Schloß des Ateliers gesteckt hatte. »Wirklich? Na, um so besser«, sagte Erik. »Besten Dank. Gute Nacht.«

Er zögerte einen Moment, bevor er eintrat. Lilian ist schon hier, dachte er. Er fühlte sich müde und ausgeblasen und ganz unfähig, das Bild fertigzumalen. Zum Teufel mit dem Preis, dachte er. Ihm war so, als hätte er seit vielen Wochen nicht mehr geschlafen. Nicht mehr geschlafen, seit Nina von ihm gegangen war. Er riß sich zusammen und öffnete die Tür.

Lilian war nicht da, obwohl der Raum auf unerklärliche Weise belebt schien. Das erste, was Erik sah, war ein Zettel, an die Leinwand gesteckt, mit der er seinen Entwurf auf der Staffelei zugedeckt hatte. Er ging schnell hin, um zu lesen: »Bitte, lassen Sie Skimpy hier übernachten. Sollte irgend etwas passieren, dann bringen Sie sie morgen zu ihrer Mutter ins St. Mary's Hospital. Besten Dank. Philipp.«

Erik sah sich um, und es dauerte eine Weile, bevor er das Kind entdeckte. Skimpy hatte sich in die letzte Ecke der Couch gerollt, bevor sie eingeschlafen war. Sie hatte Eriks Mantel über sich gezogen und neben ihrer Nasenspitze lugte die Flachsperücke einer Puppe hervor. Ihr Atem ging gleichmäßig, und etwas Besänftigendes und Beruhigendes ging von dem schlafenden Kind aus. Wenn ich mich nur für eine Sekunde auf die Couch setze, dann schlafe ich auch ein, dachte Erik. Er sah sich ungewiß um und setzte sich zuletzt auf einen steifen Stuhl, der in der Ecke stand. Er wartete, schwer von Müdigkeit. Die Uhr im Turm schlug elf. Er wartete noch. Lilian kam nicht. Erik hob das Telephon auf, und Joe antwortete.

»Hallo, Joe?« sagte er. »Hat niemand nach mir gefragt? Keine Nachricht für mich? Hören Sie, Joe, ich erwarte noch eine von unsern Mannequins, lassen Sie sie herein, wenn sie kommt. Schicken Sie sie über Treppe fünf. Ob sie einen Passierschein hat? Ja, natürlich. Danke. Gute Nacht.«

Halb zwölf. Eine anstrengende Frau, diese Lilian, dachte Erik. Die Glieder taten ihm weh, und die Augen fielen ihm zu. Er hob die Leinwand auf und schaute das Bild an. Nein, er wollte nicht malen. Skimpy atmete in ihrer Ecke. Erik legte sich neben sie auf die Couch und seufzte tief. Er wollte nicht einschlafen; aber er schlief doch ein.

»Am Mittwochabend kommen Gäste — ich will dich doch mit meinen Freunden bekannt machen«, hatte Steve Thorpe nach dem letzten mißglückten Abend zu Nina gesagt. Er tat, was viele Männer in seiner Lager und seinem Alter tun: Da er Nina nicht haben konnte, wollte er wenigstens mit ihr renommieren. Er zeigte sich mit ihr, wo er konnte. Im Theater, im Restaurant. Er hatte ihr ein paar hübsche Kleider aufgedrängt und behandelte sie im übrigen, als wenn sie eine junge Königin in Verkleidung gewesen wäre. Insgeheim mochte er hoffen, daß Lucie ihn irgendwo mit Nina treffen würde. Daß er seine Freunde einlud, hatte denselben Grund. Er war sicher, daß einer von ihnen seiner ehemaligen Frau erzählen würde, daß er ein schönes Mädchen in seinem Haus hatte und glücklich zu sein schien.

Nina lebte nun schon die zweite Woche in Thorpes Haus in White Plains. Sie hatte gelernt, ihre Seidendecke im Schlaf festzuhalten, so daß sie nicht mehr fortrutschte, den Blicken des Butlers standzuhalten, und an den Abenden Steve Gesellschaft zu leisten. Sie war oft schwindlig, und im ganzen lebte sie in einem Nebel, in einem luftleeren Raum. Sie traute sich nicht recht zu fragen, wann Steve ihr ein Zimmer mieten würde, wie er versprochen hatte, und Steve seinerseits schien zu beschäftigt, um daran zu denken. Seit zwei Tagen versuchte er sie in die Grundzüge von Bridge einzuführen, und sie hörte mit starren Augen zu, ohne das geringste zu verstehen. Er drohte auch, daß er ihr einen Gesangslehrer nehmen würde, denn er hatte eine verwischte und sentimentale Vorliebe für Musik und wollte immer, daß Nina mit ihrer kleinen Stimme Lieder für ihn singen sollte. Seit dem Abend, da er sie betrunken und allzu aufrichtig gemacht hatte, versuchte er keine Annäherung mehr. Nina litt an schlechtem Gewissen. Sie wurde bezahlt und gab nichts dafür. Sie hatte im Zentral eine dumpfe Idee davon erhalten, daß Kauf und Verkauf die Grundlage des Lebens war. Wert und Gegenwert. Bezahlung und Leistung. Sie wußte, daß es nicht lange so weitergehen konnte. Die Lage war schief und falsch, von allen Seiten aus besehen. Es lag an ihr, Steve das zu geben, was er erwarten konnte. »Es ist lieb von dir, daß du mir Zeit läßt —« flüsterte sie angstvoll. Solange sie im Wachen und im Schlaf immerfort nur von Erik träumte, so lange war sie wohl noch nicht ganz reif für das Notwendige.

Am Mittwochabend war sie ein wenig aufgeregt. Steve kam etwas früher von seiner Kanzlei heim als sonst und verschwand gleich in seinem Ankleidezimmer. »Was soll ich anziehen?« rief Nina flehend durch die Tür. »Das Dunkelrote«, wurde geantwortet. Sie wunderte sich für einen Augenblick, daß er die Farben ihrer Kleider wußte. Sie zog das Dunkelrote an. Mittendrin mußte sie sich hinsetzen, sie war schwindlig, und ihre Lippen wurden plötzlich kalt.

Unten klapperte der Butler beim Tischdecken, und die zarte Andeutung eines Duftes von gebratenen Hühnern kam aus der Küche. Als Nina ans Essen dachte, überkam sie eine leichte Übelkeit, die sie mit Gewalt niederkämpfte. Ich will keine Grippe bekommen — das fehlte gerade noch — dachte sie vorwurfsvoll. Sie ging hinunter und schaute ins Eßzimmer. Der Butler, der nicht James hieß, stand an der Anrichte und wischte Gläser aus, wobei er jedes anhauchte und gegen das Licht hielt. Eine neue Welle von Übelkeit kam in ihr hoch bei diesem Anblick. Sie nahm das Glas von seiner Hand und stellte es auf den Tisch. Von Gläsern und dem Arrangieren von Tischen verstand sie schließlich mehr als er. »Es ist gut, Trompsted«, sagte sie. Es war ihr gelungen, den Namen des Butlers zu erlernen.

»Wünscht die Gnädige Pommard mit dem Huhn oder Rheinwein?« fragte er undurchdringlich. Nina wußte, daß er sich über sie lustig machte. Sie ordnete den Tisch. Das kühle, glatte Gefühl von Glas und Porzellan legte sich vertraut in ihre Finger. »Ich verstehe nichts davon, das wissen Sie doch, Trompsted«, sagte sie. Der Butler verbeugte sich. »Doktor Back ist Vegetarier«, sagte er noch. »Er will nicht, daß man ihm zuredet, Fleisch zu essen.«

»Was sind Sie eigentlich für ein Landsmann, Trompsted?« fragte Nina. »Ich mag Ihren Akzent gut leiden.«

»Ich bin Däne«, sagte er und stellte mit spitzen Fingern die Behälter mit den Zigaretten vor jedes Gedeck. Er legte den Kopf schief zurück und musterte sein Werk.

»Oh — Däne —« sagte Nina. »Ich — ich — habe dänische Freunde. Eine Gräfin Bengtson —«

Sie wartete auf irgendeine Äußerung, aber es kam nichts. »Meine eigene Familie war sehr groß in Dänemark«, sagte Trompsted bloß, und schaute träumerisch auf die Blumenschale, die Nina auf den Tisch stellte.

»Es ist gut, Trompsted«, sagte sie, und der Butler ging.

Steve kam von oben, er roch nach Rasierwasser und rieb sich die Hände. Die Hunde fuhren an ihm hoch wie rasend. »Nun, ihr kleinen Bettler?« sagte er gutgelaunt und hob sie beide hoch. Max war ein geborener Clown und Moritz besaß eine tragische Natur, er liebte Greta-Garbo-Posen. Draußen klingelte es, und die ersten Gäste erschienen.

Steve hatte fünf Herren eingeladen, und Nina fiel nichts daran auf, daß keine Damen kamen. Sie hatte Lampenfieber, schlimmer als damals, als sie ins Schaufenster mußte. Von diesem Schaufenster war viel die Rede, denn Steve kam immer wieder darauf zurück. Jedem einzelnen seiner

Gäste erzählte er die Geschichte, wie er Nina zuerst im Fenster gesehen hatte und wie er zur Auskunft ging und verlangte, sie zu kaufen. Er schien ziemlich stolz auf seine Eroberung zu sein oder auf seinen Einkauf oder wie immer man die Tatsache nennen wollte, daß er Nina aus dem Schaufenster in sein Haus und an seinen Tisch gebracht hatte.

Die Herren, deren Namen Nina nicht verstanden hatte, behandelten sie mit verlegener Gutmütigkeit. Sie teilten ihre Bewunderung zwischen Nina und die Dackel. Doktor Back war ein Mann mit schneeweißen Haaren und blauen Augen, der behauptete, ein junges Herz zu besitzen. Da Steve Nina mit ausgesuchter Höflichkeit umgab, waren auch seine Gäste ein wenig scheu und nicht zu taktlos. Trompsted brachte Cocktails, und Nina schaute mit freundlichen Augen auf ihn, da er doch ein Däne war. Das Radio spielte, alle redeten zugleich, sie hatten laute Stimmen und lachten viel. Mit einem Male ging die Bibliothek, in der sie vor dem Essen saßen, ganz weit fort von Nina. Es war ein sonderbares Gefühl, so als wäre sie gar nicht dabei, und die Stimmen rauschten nur irgendwo undeutlich an ihr Ohr. Tony, der als Diener aushalf, öffnete die Türen zum Eßzimmer. Doktor Back bot Nina den Arm, und sie war dankbar, daß jemand sie durch die Nebel führte, die sie umwogten.

Als Trompsted aber den gebratenen Hummer an ihrer Schulter vorbeireichte, da wurde ihr schlecht.

Offenkundig und eindeutig schlecht. Erst dachte sie noch, es sei vom Cocktail, aber dann mußte sie schnell aufstehen und in ihr Zimmer gehen. Trompsted servierte mit reglosem Gesicht weiter, und Steve lachte verlegen. »Sie kann das Rauchen nicht vertragen —« sagte er. »Sie ist so unverdorben — ein reines Kind —«

Alle fünf Herren begannen auf einmal zu sprechen, um über die Verlegenheit wegzukommen. Als Nina nicht wieder erschien, flüsterte Steve Thorpe dem Diener etwas ins Ohr. Der Mann ging fort, kam wieder und flüsterte etwas zurück. »Ihr ist noch immer schlecht —« sagte Thorpe, ein wenig besorgt.

»Grippe«, sagte Green, der früher sein Sozius gewesen war.

»Alle Welt hat die Grippe, das kommt von der Hitze«, stimmte ein anderer bei. Auf einmal redeten sie alle von der Grippe, und ob es wahr sei, daß die Erdbeeren mit Arsen gespritzt würden und eine Gefahr wären.

Doktor Back legte seine Serviette hin, als der Kaffee herumgereicht wurde und ging hinaus. Er gab seinem Freund Steve ein kleines Zeichen mit den Augen und Steve zwinkerte ihm dankbar zu. Dann hörte man den Arzt die Treppe hinaufgehen zu den Schlafzimmern.

Kognak wurde in großen Gläsern herumgereicht, und die Herren gingen zurück in die sogenannte Bibliothek. Dies war ein Raum, der alles enthielt nur keine Bücher. Vier von ihnen etablierten sich zu einem Bridge, und Steve setzte sich mit Green vor den Kamin und stellte ein Schachbrett zwischen ihnen auf. Er begann aber noch nicht zu spielen, denn er war zerstreut und beunruhigt. Er konnte Nina gut leiden, aber es ließ sich nicht verhehlen, daß sie ein Fehlschlag auf der ganzen Linie war. Als er hinausging, um Zigarren für seine Gäste zu holen, da hatte er das deutliche Gefühl, daß sie ihn auslachten, anstatt ihn zu bewundern.

Aber damit waren Steve Thorpes Verlegenheiten für diesen Abend noch lange nicht vorbei. Gerade als er seine Schachfiguren aufgestellt und die ersten drei Züge getan hatte, erschien Trompsted in der Bibliothek, beugte sich zu seinem Herrn und flüsterte ihm etwas ins Ohr.

»Wie? Was sagen Sie?« fragte Thorpe. Trompsted, ein Bild des Anstandes und der Diskretion, wiederholte seine geflüsterte Mitteilung. Thorpe sagte erstickt: »Entschuldige —« und stürzte aus dem Zimmer. Sein Abgang war so abrupt, daß sogar die Bridgepartie für einen Augenblick aus ihrer Vertieftheit gerissen wurde. Green, Thorpes Partner, blieb übellaunig vor der angefangenen Schachpartie sitzen.

»Wo ist sie?« fragte Thorpe, als er, von seinem Butler gefolgt, die Vorhalle erreichte. Trompsted deutete mit dem Kinn nach der Eingangstüre, was eine wenig respektvolle Bewegung war.

»Warum lassen Sie sie draußen stehen, in Himmels Namen?« schrie Thorpe leise. »Mrs. Thorpe wollte nicht hereinkommen, Mr. Thorpe«, sagte der Butler leicht gekränkt. Thorpe wischte ihn beiseite und stürzte zu der halb angelehnten Eingangstür.

Draußen, unter der Wagenlaterne, die am Eingang hing, stand Lucie. Sie sah elend aus.

»Lucie — und wie dünn du geworden bist —« sagte Thorpe zuerst.

»Danke, ja — ich habe zweiundzwanzig Pfund abgenommen«, erwiderte sie, als eine Frau, die auch im Unglück nicht vergißt, täglich die Waage zu besteigen.

»Was kann ich für dich tun — ich meine — willst du nicht hereinkommen — ich habe ein paar Gäste — du kennst alle — Green — und Doktor Back — ich bin sehr froh, dich zu sehen —« stammelte Thorpe, alles auf einmal.

»Eben. Ich wollte nicht — wenn Leute da sind — ich muß mit dir allein sprechen —« sagte Lucie. Sie zerrte nervös an dem kleinen Schleier, der ihre Stirne und Augen verdeckte. Sie hatte ein Büschel künstlicher Veilchen am Hut, wie es die Mode dieses Frühjahrs vorschrieb, und Thorpe schien es, als habe er niemals etwas Traurigeres gesehen als diese Veilchen.

»Komm nur — die spielen Bridge — niemand wird dich sehen —« sagte er schnell, griff nach ihrer Hand und zog sie ins Haus. Als sie in der Eingangshalle standen, da wußte er nicht recht, wohin er sie führen sollte. Sie zitterte am ganzen Körper und verdammt noch mal — er zitterte auch. Von der Bibliothek kam das Lachen der Bridgespieler. Oben, bei dem Schlafzimmer, war die monotone und gedämpfte Stimme von Doktor Back hörbar, es klang beinahe, als bete er. Siedendheiß fiel es Steve ein, daß er Nina im Haus hatte. Er schob die Portiere zum Wohnzimmer zurück und ließ sie rasch wieder zufallen. Hier hatte der gekränkte Green sich vor den Kamin gesetzt und las ein Magazin. Das Radio spielte dazu. Im Eßzimmer machte Tony Ordnung, in der Pantry klapperte Trompsted mit Gläsern. Mit einem schnellen Entschluß zog er Lucie hinter sich her in das sogenannte Ping-Pong-Zimmer. Zur Zeit hatten die Hunde dort ihre Schlafkörbe. Sie sprangen an Lucie hoch, ihr Freudengebell klang beinahe klagend, so aufgeregt waren sie. Ein Gespräch über Max und Moritz half über die ersten Minuten weg. Thorpe brachte Lucie in einem Korbstuhl unter und schob die Lampe etwas von ihr fort. Es tat ihm weh, sie anzuschauen, und er wunderte sich über sich selbst. Er hatte sich tausendmal vorgestellt und geträumt, wie es ausfallen sollte, wenn er seine Frau je wieder treffen würde. Alle Arten von Ausbrüchen waren ihm vorgeschwebt, vom kalten Hohn zur beißenden Beleidigung, von der Verweigerung des Grußes, bis zum Mord. Jetzt stand er vor ihr, schämte sich, sie anzuschauen, und das Herz tat ihm weh.

»Willst du etwas essen?« fragte er, weil ihr Gesicht so mager aussah. »Danke — ich bin auf einer Diät«, antwortete sie denn auch, und er erinnerte sich, daß Lucies Diäten ihn oft zur Raserei getrieben hatten. Ohne sie weiter zu fragen, ging er in die Pantry, goß zwei Gläser Kognak ein, stöberte im Eisschrank und fand noch den Rest des Hummers. Unter den Augen der Köchin, die über sein

Eindringen beleidigt war, machte er einen Teller zurecht und trug das Arrangement zurück zu seiner Frau. Es war der Höhlenmenschinstinkt — zuerst Futter für das Weib — alles andre würde sich finden. Wirklich trank Lucie dankbar den Kognak und begann auch, kleine Stücke von dem Hummer herunterzuzerren, die sie gewissermaßen hinter ihrem eigenen Rücken verzehrte.

Ihre Augenlider waren rot vom Weinen, und die achtlose Art, in der die Lippenschminke überall den Rand ihres Mundes überlief, zeigte von Desperation. Steve steckte ihr eine Zigarette in den Mund, trieb die aufgeregten Hunde zurück in ihre Körbe und setzte sich dann neben Lucie. Sie zitterte jetzt nicht mehr. »Willst du nicht den Hut abnehmen?« fragte er.

»Nein — danke —« sagte sie hastig und zerrte den Schleier über ihre Augen. »Du wolltest mir etwas erzählen«, sagte er. »Du kannst zu mir sprechen, als wenn ich dein Anwalt wäre — und sonst nichts — ich habe Übung im Zuhören — und wenn du einen Rat brauchst —«

»Ich brauche keinen Rat«, sagte Lucie und schüttelte energisch den Kopf, so daß die betrübten Veilchen an ihrem Hut vibrierten. »Ich weiß genau, was ich zu tun habe. Ich habe alles falsch gemacht, und ich muß dafür zahlen —«

»Manchmal ist zwei mal zwei auch fünf in der Welt — Gott sei Dank —« sagte Thorpe. Es war ein erprobter Satz aus seiner Praxis, dessen Urbanität und Erfahrenheit fast immer beruhigte. Lucie sah ihn aufmerksam an. »Du hast dich sehr verändert, Steve —« sagte sie. »Ich fasse das als ein Kompliment auf —« erwiderte er. Sie schaute ihn zerstreut an und hörte nicht zu. »Wie ich hierhergefahren bin, da dachte ich auch, daß du mir helfen sollst. Du sagst das so — erzählen — das ist schwer, Steve —« Sie schluchzte einmal auf, wie Kinder es tun, die lange geweint haben. Es paßte nicht zu ihrem verblühten Gesicht, aber es rührte Thorpe. Nina hatte er während der letzten Viertelstunde so vollkommen vergessen, als wenn sie nie existiert hätte.

»Ich heirate Peruggi nicht«, sagte Lucie. »Ich habe ihn hinausgeworfen.«

»Ich habe nie viel von ihm gehalten«, sagte Thorpe höflich. Plötzlich brach ein Damm. Seine Frau warf die Arme auf den staubigen Ping-Pong-Tisch und weinte, strömend und ohne Rückhalt. Zwischen Tränen und Schluchzen kam ihre Geschichte dahergeschwemmt, in Bruchstücken und oft nur halb verständlich.

»Nicht viel gehalten — nicht viel —« schluchzte sie in ihre Hände. »Er ist ein Betrüger — ein Verbrecher — er hat sich von mir aushalten lassen — er hat sich Geld ausgeborgt — und weißt du, wie er es verbraucht hat? Meinen Smaragdring hat er gestohlen, ja, das hat er getan, davon war ich immer überzeugt, aber ich habe nichts gesagt. Ich habe geschwiegen — wie kann man denn einem Mann so etwas sagen — du hast meinen Ring gestohlen — ich habe es ja nicht einmal mir selber eingestanden, obwohl ich die ganze Zeit davon überzeugt war. Er hat schlechte Manieren, wenn er auch sagt, das ist italienisch, es gibt doch ordinäre Italiener und feine, er ist doch schließlich ein Graf und kein Gefrorenes-Verkäufer. Er bohrt sich nach Tisch in den Zähnen, und er flucht bei jeder Gelegenheit und — aber das alles hätte ich mir gefallen lassen — und er hat auch immer von seiner großen Familie gefaselt — und sich Geld ausgeborgt — und er hat mir versprochen, daß wir in Verona heiraten werden — wo Romeo und Julia begraben sind — und alles war sehr romantisch — bis ich drauf gekommen bin — daß er mein Geld mit Mädels vertut — ich weiß nicht, wie vielen er dasselbe versprochen hat — mit der Kathedrale in Verona — und dann habe ich natürlich die Wahrheit gesagt — daß er den Ring gestohlen hat — gib mir meinen Ring zurück, den du gestohlen hast, habe ich gesagt — der ist zu gut für das Gesindel, mit dem du dich herumtreibst. Und da ist er wie ein Rasender geworden — wie ein Vieh, so brutal — er hat mich an den Haaren gerissen und gekratzt und geschlagen — da —«

Und Lucie hob ihr tränenüberschwemmtes Gesicht vom Ping-Pong-Tisch auf, riß sich Hut und Schleier ab und entblößte die Kratzwunden auf ihrer Stirn und die Striemen an ihrer linken Wange.

Thorpe war ein wenig ratlos bei diesem Ausbruch. Als er sah, daß jemand seine Frau geschlagen hatte, da kam eine heiße Wut in ihm hoch, obwohl er selber sie oft hätte prügeln mögen. »Komm, trink noch einen Kognak«, sagte er mit tiefer Stimme und schob ihr sein eigenes Glas hin. Sie trank hastig, setzte ihren Hut wieder auf, trocknete sich die Augen, zog den Schleier herunter und nahm eine Puderdose aus ihrer Handtasche, um sich zu restaurieren. Was Steve am meisten rührte war, daß sie zu lächeln versuchte, entschuldigend und etwas scheu.

»Sei doch froh, daß du draufgekommen bist, bevor du ihn geheiratet hast —« sagte er, den banalsten Trostspruch aus seiner Praxis benützend. Ihr Lächeln vertiefte sich. »Ihr Männer —« sagte sie. »Ihr seid alle gleich. Du hast jetzt auch eine Frau ins Haus genommen —« zwei Tränen, Nachzügler des großen Stromes, liefen sacht zu ihren Mundwinkeln hinunter, und Thorpe begriff, daß diese beiden ihm galten und nicht dem schönen, treulosen Gigolo.

»Das bedeutet nichts — wenn es dich interessiert, kann ich dir alles darüber erzählen —« sagte er. Sie machte eine schnelle abwehrende Bewegung, die er wiedererkannte. »Ich habe dir nichts vorzuwerfen —« sagte sie. »Ich habe ja gar kein Recht mehr auf dich —«

»Es handelt sich nicht um Rechte —« hörte Thorpe sich sagen. Er überlegte, was er jetzt mit Lucie anfangen sollte.

»Was hast du jetzt vor?« fragte er vorsichtig.

»Ich weiß nicht — ich weiß es nicht, Steve —« sagte sie nachdenklich. »Es ist alles wie nach einem Erdbeben — ich kenne mich nicht aus — die Schiffskarten kann man wohl zurückgeben, wenn man etwas daran verliert —«

»Die Schiffahrtsgesellschaften geben gewöhnlich 90 % des gezahlten Preises zurück —« sagte er, ganz Anwalt.

»In mein Hotel zurück will ich auch nicht — ich habe Angst, daß er zurückkommt —«

»Er wird dich nicht noch einmal schlagen, darauf kannst du dich verlassen«, sagte Steve ergrimmt.

»Nein — ich habe Angst, daß er — daß er mich um Verzeihung bitten wird — ich — du kennst ihn nicht — er kann sehr charmant sein, wenn er will —«

»Davon lebt er ja«, sagte Thorpe.

»Du hast recht — das hast du gut gesagt — davon lebt er —« griff Lucie hastig zu. Sie sah sich um und begann zu lächeln, als die beiden Hunde, die bisher mit scheinheiliger Miene in ihren Körbchen gelegen hatten, auf sie zusprangen. Ihre Schwänze waren heftige Lebewesen für sich selbst. »Ihr kennt mich ja noch — ihr habt mich nicht vergessen —« sagte sie, faßte beide bei der lockeren Kragenhaut und hob sie auf ihren Schoß. Die braunschwarzen Schnauzen fuhren in ihr Gesicht, um sie zu küssen. Thorpe stand in der Ecke und überlegte. Die Bridgepartie, Doktor Back, Nina.

»Willst du, daß ich dich in ein anderes Hotel bringe — oder willst du verreisen?«

»Nein«, sagte sie entschieden und er wußte nicht, worauf sich die Ablehnung bezog.

»Ich — jemand scheint dir erzählt zu haben, daß ich eine Person im Gästezimmer habe —« sagte er. »Du könntest natürlich in unserm Schlafzimmer übernachten — ich schlafe dann in der Bibliothek —«

»Du bist sehr gut —« sagte Lucie. Die Hunde in ihrem

Schoß kläfften, die Tür öffnete sich, und Doktor Back steckte seinen weißen Kopf herein. »Verzeihung —« sagte er bestürzt und verschwand sofort wieder.

»Bist du verliebt — in die Person im Gästezimmer —?« fragte Lucie lächelnd.

»Ich habe eine Zeitlang versucht, mir es einzubilden«, erwiderte Thorpe gleichfalls lächelnd. »Gib mir die Telephonnummer von deinem Hotel — ich will telephonieren, daß man dein Gepäck herschicken soll.«

»Danke —« sagte Lucie. Er sah, daß sie automatisch mit dem Finger über die Platte des Ping-Pong-Tisches fuhr. Ja, sie war voll Staub. »Das Haus braucht eine Frau —« sagte er an der Türe. Sie schaute schnell auf und begann zu lachen mit einem neuen Glitzern von Tränen in den Augen.

»Was die Romantik anbelangt — wir können auch nach Verona fahren und dort heiraten — ein zweites Mal —« sagte er. Es sollte wie ein Spaß klingen, aber die Stimme blieb ihm im Hals stecken. Er schloß die Tür hinter sich, und fand sich Doktor Back gegenüber. »Was tust du — horchst du hier?« fragte er, und die zusammengepreßte Spannung explodierte mit einem Male.

»Nein — aber ich muß dich dringend sprechen. Deine Frau hätte auch zu keinem ungelegeneren Moment hier einbrechen können.« Thorpe dachte bei sich, daß es keine Vorschriften dafür gab, wann eine Ehefrau zu ihrem Gatten zurückzukehren habe. »Was gibt's?« fragte er kurz. »Komm mal mit mir in dein Schlafzimmer — das ist der einzige Platz, wo man dich ungestört sprechen kann, wie es scheint«, flüsterte der Arzt. Thorpe hatte ohnedies hinaufgehen wollen, um zu telephonieren.

»Also los — was fehlt der Kleinen? Hat sie Grippe?« fragte er ungeduldig.

»Der fehlt nichts — die hat zu viel —« sagte Doktor Back und schloß die Tür hinter ihnen.

Seine Geheimnistuerei machte Thorpe rasend. »Schieß los, ich muß telephonieren«, sagte er.

»Ja, mein Lieber, das ist ja eine peinliche Geschichte für dich. Das wird dich Geld kosten. Im übrigen — gratuliere, alle Achtung für einen alten Knaben wie dich —«

Thorpe schaute seinen Freund für einen Augenblick stumm an. Der Arzt erwiderte den Blick mit schweigender und vielsagender Eindringlichkeit. Plötzlich begann Thorpe schallend heraus zu lachen. »Das ist ja wunderbar — das trifft sich großartig —« rief er aus. »Darum war sie so hysterisch — das arme kleine Tier —« sagte er mitleidig. »Weiß sie denn, was los ist?«

»Ich habe es ihr natürlich gesagt«, erwiderte der Doktor.

»Na — und? Wie hat sie's aufgenommen?«

»Frauen in dem Zustand sind ein bißchen komisch —« sagte Doktor Back, obwohl dies kaum eine Antwort war.

Thorpe ging zweimal auf und ab, mit den Fingern knipsend. Ein bißchen viel für einen Abend, dachte er. Er bewunderte sich selbst ein wenig für die Zartheit und Perfektheit, mit der er die Frauen behandelte. »Höre«, sagte er zu dem Arzt. »Du rufst zuerst das Sankt-Moritz-Hotel an und sagst, daß Mrs. Thorpe nicht nach Hause kommen wird und daß sie ihr Suitcase mit ein paar Sachen für die Nacht abholen lassen wird. Dann gehst du ins Ping-Pong-Zimmer und hältst Lucie für die nächste halbe Stunde dort. Du kannst ihr etwas Beruhigendes geben — Brom — oder ein Schlafpulver — und dann versuche diese Pest von einer Bridgepartie zu sprengen und nach Hause zu schicken — und die Weiberangelegenheiten sind Berufsgeheimnis — verstehst du —?«

»Ich verstehe perfekt —« sagte Doktor Back, mit dem Ausdruck völliger Ratlosigkeit auf seinem blanken Gesicht.

Thorpe ging schnell durch die beiden Ankleidezimmer,

die den Gästeraum von seinem Schlafzimmer trennten, wartete einen Augenblick vor Ninas Tür und klopfte dann an. »Ich bin's nur, — Steve —« sagte er. Es war ihm flüchtig, als hätte er in vielen Jahren nicht so viel und so heftig und so gute Dinge erlebt, wie in der letzten Stunde. Nina rief herein, und er trat ein, mit einem verlegenen Männerlächeln auf seinem erhitzten Gesicht.

Aber was er fand, das war eine ganz andere Nina, eine völlig verwandelte, eine aus den Fugen gegangene, aufgebrochene, ganz und gar unvernünftige; eine die weinte und lachte und ganz verrückt war — er wußte nicht, ob vor Kummer oder vor Freude; sie selbst wußte es wahrscheinlich nicht.

Sie wußte nur eines: Fort von hier, sogleich, auf der Stelle fort von hier, aus dem Haus, in dem die Dienstboten sie verachten und die Gäste unverschämt zu ihr sind, sie kriegt ein Kind, sie ist eine Mutter, ein Kind, einen neuen Erik, einen Grafen Bengtson. Sie schrie das alles aus sich heraus, während sie ihre Koffer packte — nicht packte, sondern alles hineinwarf, die billige Wäsche, die Puppen, den Revolver. Thorpe stand da, wie unter einem Wasserfall. Er konnte nichts tun, als ihr noch die neuen Kleider dazu werfen, die er ihr geschenkt hatte und ihr insgeheim einen Geldschein in ihr Täschchen stecken — für alle Fälle.

Es ging alles so schnell und unaufhaltsam, und als Nina ihm die Hand gab und sich höflich für die Gastfreundschaft bedankte, da merkte er, daß sie schon ganz woanders war.

Er hielt sie an der offenen Tür des Gästezimmers zurück, denn er hörte, wie unten die Bridgepartie aufbrach, mit Husten, Lachen und dem Geruch teurer Zigarren. Doktor Back schien ganze Arbeit geleistet zu haben. Thorpe trat auf den Treppenabsatz hinaus, sichernd. Er wollte nicht, daß Lucie und Nina, beide in aufgelöstem

Zustand, einander begegnen sollten. Insgeheim dankte er Gott für Ninas plötzlichen Aufbruch, der ihm viele Verlegenheiten ersparte.

Er winkte ihr, zu folgen, und schickte Trompsted hinauf um ihr Gepäck, denn jetzt durfte sie ja keine Koffer tragen, auch nicht ihr kleines Suitcase.

»Tony«, sagte er zu seinem Chauffeur, der beim Bedienen ausgeholfen hatte, »bringen Sie Miß Nina nach Fieldston, und dann fahren Sie noch beim Hotel Sankt Moritz vor und verlangen Mrs. Thorpes Gepäck. Sagen Sie, daß ich morgen hinkommen und die Rechnung in Ordnung bringen werde. Und — ich werde den Wagen morgen nicht vor zehn brauchen.«

Er schob Nina in den Wagen, sie sagten einander zerstreut Adieu. Sie war schon bei Erik, und er war schon bei Lucie.

»Fahren Sie recht vorsichtig, bitte, Tony —« hörte er, wie sie noch sagte. Er blieb vor dem Haus stehen, bis die Wagenlichter in der Straße verschwanden, ins Dunkle hinein, und dann schüttelte er den Kopf. Frauen sind eine sonderbare Menschengattung, alles in allem, dachte er.

Und dieses Kopfschütteln war das Ende von Ninas Versuch, sich zu verkaufen. Es war der Anfang von Thorpes zweiter Ehe.

Eine halbe Stunde nach Mitternacht auf der Uhr im Mittelturm des Zentral. Die Nachtwächter haben eben ihre zweite Runde vollendet und kochen sich eine Tasse Kaffee in ihrer Stube. Beim Torwächter Joe läutete die Nachtklingel, und er öffnete die kleine Tür. Draußen standen zwei Gestalten.

»Zu Mr. Bengtson?«

»Haben Sie Passierschein?« fragte der Wächter Joe das Mädchen, die Blasse, Junge, mit der Tänzerinnengestalt.

»Ja. Natürlich.«

Der Wächter nahm den Schein und trat damit in seine Box zurück, unter das Licht der elektrischen Birne. Er hatte ein Glasauge, er mußte das Papier schief halten.

»Und was ist mit dem Jungen?« fragte er.

»Das ist doch der Junge, der die Sachen bringt.«

»Was für Sachen denn?«

»Die Sachen doch, für Mr. Bengtson.«

»Hat er Passierschein?«

»I c h habe doch den Passierschein.«

»Ohne Passierschein kann ich ihn nicht reinlassen.«

»Er muß doch die Sachen bringen — ohne Sachen kann doch Mr. Bengtson nicht arbeiten —« sagte das Mädchen. »Das geht nicht —« sagte Joe noch und drehte die Seite mit dem Glasauge zu dem Jungen, um das Mädchen anzusehen. Er bekam einen Schlag gegen das Kinn und lag auf dem Boden.

»Auf den Punkt —« sagte der Junge zufrieden und verschwand in dem Flur, der zum alten Hof führte.

Das Mädchen ging auf die Straße. An der Ecke hielt ein

Auto. Zwei Herren stiegen aus und kamen herüber. Das Mädchen ging an den Herren vorbei, murmelte ein Wort und ging weiter. Sie winkte einem Taxi und fuhr davon. Die Herren betraten das Zentral durch die offene Tür, die sie hinter sich schlossen.

Joe lag noch auf dem Boden, bewußtlos und lächelnd. Big Paw bückte sich und trug ihn in seine Loge. Während er ihn an den Stuhl festband und mit Chloroform versorgte, schaute Bill unter der Lampe den kleinen Plan an, den Lilian für sie gezeichnet hatte. »Rufe Kid herein«, sagte er zu Big Paw. »Wo ist Bully?« fragte Big Paw. Er war aufgeregt und konnte sich nicht beherrschen. Bill gab ihm einen kleinen Stoß. Er öffnete die Tür und witterte auf die Straße hinaus. Ein träumerischer, einzelner Herr stand vor dem Schaufenster mit den transportablen Bars. Big Paw mußte eine geraume Zeit warten, und Bill hißte ungeduldig hinter ihm. Von der Uhr im Mittelturm schlug es dreimal. Endlich riß sich der späte Bewunderer von dem Schaufenster los, er marschierte unschlüssig die Straße hinunter, wie einer, der sich langweilt und auf ein Abenteuer hofft. Zwei Autos kamen vorbei, dann war es leer für einen Augenblick. Kid war plötzlich zur Stelle und glitt durch die Tür ins Zentral. Joe war sauber verpackt mit Heftpflaster über dem Mund und einer guten Narkose. Sie folgten Bill schweigsam durch den Hof, Big Paw erschrak über eine weiße Katze, die eine leere Konservenbüchse über den Zementboden rollte. Durch eine Glastür konnten sie jetzt die halb erleuchtete Abteilung für Herrenkonfektion sehen. Bill nahm geräuschlos die Schlüssel heraus, die Lilian ihm gegeben hatte und sperrte auf. Es waren nur fünf Schlüssel im ganzen, und er fand den richtigen ohne Zögern.

Als sie drinnen waren, standen sie ein paar Minuten reglos und horchten. Es war totenstill. Die Wachspuppe eines blonden Herrn in weißem Leinenanzug starrte sie mit leerem Lächeln an. Bully, der Junge in Messengerboy-Uniform, hob die weiße Leinwand hoch, mit der die Krawatten zugedeckt waren. »Laß das«, zischte Bill. »Nur nicht so heftig —« erwiderte der Junge. Er trennte sich ungern von den Krawatten. »Wegen einem Idioten von deiner Sorte sind schon die größten Geschäfte schiefgegangen«, sagte Bill.

Er führte sie weiter, zickzackte zwischen den geisterhaften, stummen Abteilungen hin, bis er bei der Treppe ankam, die hier ins Souterrain führte.

»Die beiden Jungs kommen mit mir — du bleibst oben und paßt auf«, flüsterte Bill.

»Alles in Ordnung, Chef«, sagte Big Paw mit lauter Stimme. Ihn hatte es schon die ganze Zeit irritiert, daß sie im leeren Zentral herumschlichen und flüsterten, obwohl niemand da war, der sie hören konnte.

»Du verstehst — wenn jemand kommt, zeig den Revolver — aber mach keinen Lärm, wenn es nicht notwendig ist —«

»Jawohl, Chef«, sagte Big Paw wieder.

»Die Feuertreppe ist im dritten Stock, gleich neben dem Aufzug«, sagte Bill zu allen. »Der Wagen wird an der Südwest-Ecke warten.«

Big Paw sah ihnen nach, als sie im Treppeneingang verschwanden. Er nahm eine Zigarette heraus und begann zu rauchen. Er hatte Angst, und Bills Courage imponierte ihm nicht. Bill kokste, das macht jeden Menschen wild vor Unternehmungslust. Er hatte nicht einmal genug getrunken, um sich gut zu fühlen. Er wäre gern in dem leeren Warenhaus herumgegangen und hätte alles angeschaut, aber er traute sich nicht. Er warf die halbgerauchte Zigarette fort und zündete gleich die nächste an. Er ging auf den Zehenspitzen zur nächsten Rolltreppe, die in ihrer Unbeweglichkeit das gleiche geisterhafte Aussehen hatte wie alles andere, und hockte sich auf die unterste Stufe. Er legte den Kopf in die Arme, und dann hörte er ein rhythmisches Klopfen, das ihn erschreckte. Verdammt — sagte er, ungläubig auflachend, als er entdeckte, daß es nur der Schlag seines Pulses war, der durch den Ärmel an sein Ohr drang. Dann saß er ganz still, und es verging eine lange Zeit.

Er war sicher, nicht geschlafen zu haben, zumindest hatte er die Uhr inzwischen eins schlagen gehört, aber es war doch wie ein plötzliches Aufwachen, als er Stimmen von einem der oberen Stockwerke kommen hörte. »Gute Nacht«, rief da oben jemand. »Mach, daß du nach Hause kommst — du gehörst schon lang in deine Windeln.«

Es wurde gelacht da oben, und das Gelächter kam hohl von den großen Wandflächen zurück. Big Paw steckte die Hand in die Tasche, wo sie automatisch den Revolver umschloß. Er schaute um sich, und in der Panik einer Sekunde fand er das beste Versteck. Er schob den Vorhang zurück, hinter dem die billigen Herrenanzüge in Reihen hingen, schlüpfte dort hinein und zog den Vorhang wieder vor. Inzwischen waren Schritte die Rolltreppe herabgekommen, und als Big Paw aus dem Spalt des Vorhangs hinauslugte, sah er ein außerordentlich blondes Geschöpf die Treppe herabspringen, wobei der Junge immer zwei Stufen auf einmal nahm. Er wird den Wächter finden und Alarm schlagen, dachte Big Paw, obwohl Denken nicht seine starke Seite war. Er nahm den Revoler heraus und hielt ihn auf den Jungen gerichtet, aber er wartete noch. Der Junge hatte jetzt einen der großen Spiegel erreicht, blieb davor stehen und begann sein Kinn zu mustern. Er sah sich um, nahm den weißen Hut vom Kopf der Puppe im Leinenanzug, setzte ihn sich auf und besah sich eindringlich von allen Seiten. Er fummelte in seiner Tasche herum, fand eine Zigarette, steckte sie unangezündet in den Mund und besah sich aufs neue. Big Paw in seinem Versteck grinste. Der Junge, nachdem er sich genug besehen hatte, nahm den Hut ab, steckte die Zigarette wieder ein und verbeugte sich höflich vor dem Puppenherrn, bevor er ihm den Hut wieder aufsetzte. Dann nahm er einen Anlauf und schlitterte über den Linoleumbelag des Fußbodens dem Ausgang zu.

Big Paw kam schnell aus seiner Höhle und rief den Jungen von rückwärts an: »Hände hoch!« Der Junge drehte sich um und riß den Mund auf vor Erstaunen. Er hob die Hände nicht hoch, wahrscheinlich hatte er gar nicht begriffen, um was es sich handelte. »Hände hoch«, sagte Big Paw nochmals, etwas leiser. Er erinnerte sich plötzlich, daß da oben noch mehr Leute zu sein schienen, vielleicht wimmelte das ganze Warenhaus bei Nacht von Leuten, die arbeiteten. Der Junge hob jetzt die Hände hoch wie eine Marionette, als ob sie mit zwei Fäden hochgezogen würden. Big Paw überlegte, was er jetzt mit ihm anfangen sollte. Noch bevor er zu einem Entschluß gekommen war, hob sich das weißblonde Haar des Jungen hoch, als wenn ein Luftzug durchgeblasen hätte, sein sommersprossiges Gesicht wurde weiß, und er fiel zusammen. Es war zum ersten Male, daß Big Paw jemanden ohnmächtig werden sah, und er wußte sich nicht recht zu helfen. Er ging zu dem Jungen hinüber, hob ihn vom Boden auf und ekelte sich vor der Berührung des schlaffen Körpers.

In diesem Augenblick hörte er etwas, das er nur zu gut kannte. Schüsse. Drei gedämpfte Schüsse aus dem Souterrain, kurz und rund anschlagend. Er ließ den Jungen fallen, sah wild um sich und raste im nächsten Moment die Treppe hinauf zum dritten Stock. Oben kam er ohne Atem an und schaute um sich für die Aufzüge, neben denen die Feuerleiter sein sollte. Er rannte an drei Damen in Schlafröcken vorbei, bog um eine Ecke und sah einen Mann auf sich zukommen. Er überrannte ihn wie bei einem Fußballspiel, spürte den schweren Fall und raste weiter. Mit dem Revolvergriff schlug er die riesige Fensterscheibe ein, die Nachtluft stieß in sein schweißbedecktes Gesicht. Von der Feuerleiter sah er hinunter in den Hof, in dem die Katze gespielt hatte. Er beschloß, sich nicht zu rühren. Unten rannten jetzt Leute und mit einem Male schrillten alle Alarmglocken in dem ganzen riesigen Gebäudekomplex. Es war ein Höllenlärm. Er war so nervös, daß es ihn hochriß. Dann bekam er einen Schlag und fiel um.

Eine gespenstische Sache ist das, eine Klingel in einer leeren Wohnung. Es ist Mitternacht, niemand bei Bradleys zu Hause, die Vorhalle leer, die möblierten Zimmer leer. Mrs. Bradleys Bett leer, Eriks Bett leer, Philipps Bett leer, nicht einmal Skimpy ist zu Hause — und nur die Klingel schrillt. Lang, dann kurz, dann wieder lang, erst geduldig, dann nervös, dann nochmals wie verrückt und dann wurde es still.

»Es ist niemand zu Haus —« sagte Nina zu dem Chauffeur, der mit ihren beiden Koffern da stand und wartete.

»Soll ich Madame zurückfahren?« fragte er und trug die Koffer wieder in den Wagen. »Nein — auf keinen Fall —« rief Nina. »Wohin, bitte?« fragte Tony und startete den Wagen. »Wohin?« fragte Nina zurück. »Vielleicht in ein Hotel?« schlug der Mann vor. »Ja — aber in kein teures —« sagte Nina dumpf.

Tony setzte sie dann in einem kleinen Hotel weit oben am Broadway ab, wo man sie sonderbar anschaute. Aber da sie Koffer hatte, gab man ihr ein Zimmer, das nach Phosphor roch und da saß sie denn am Bettrand und telephonierte. Sie rief dreimal das Zentral an und bekam jedesmal die Auskunft: »Die Nummer antwortet nicht.«

»Das ist doch nicht möglich — versuchen Sie es nochmals —« flehte sie die Telephonistin an. Aber das änderte nichts daran. Sie haben vielleicht Ratten zu töten versucht — dachte Nina, dem sonderbaren Geruch im Zimmer nachspürend. Sie nahm wieder das Telephon und rief von Zeit zu Zeit im Bradley-Haus an. Aber es wurde spät am Morgen, bevor sich jemand meldete. Skimpys hohes Kinderstimmchen.

»Hallo, Skimpy — da ist Nina. Kann ich deine Mutter sprechen?«

»Nein.«

»Ist sie schon weggegangen? Ich muß ihr etwas Wichtiges sagen.«

»Meine Mutter ist im Krankenhaus. Es geht ihr aber gut. Heute nachmittag darf ich sie besuchen.«

Oh — das tut mir leid —« sagte Nina. Aber sie hatte keine Zeit für Mitgefühl. »Kann ich — ich möchte mit Mr. Bengtson reden —« sagte sie nachher.

»Mr. Bengtson ist verhaftet worden.«

»Wie? Du mußt bißchen lauter sprechen, Skimpy.«

»Mr. Bengtson ist verhaftet worden —« brüllte Skimpy in das Telephon.

»Das ist ja — wieso denn? Das ist doch — ist doch nicht möglich —« stammelte Nina und spürte, wie sie kalt wurde, die Lippen wurden ihr so sonderbar steif, und die Kopfhaut zog sich zusammen; sie hielt sich am Telephon fest.

»Er hat Sachen gestohlen. Er hat eingebrochen. Sie haben geschossen, und er ist ein Gangster. Ich war auch dabei —« meldete Skimpy mit Wichtigkeit.

»Ich möchte — Philipp sprechen —« flüsterte Nina ins Telephon. Der Phosphorgeruch schlug über ihr zusammen.

»Philipp ist bei der Polizei — sein Bild ist auch in der Zeitung —« sagte Skimpy. Sie wartete noch ein wenig, aber da Nina nicht mehr antwortete, hing sie das Telephon an, kletterte von dem Stuhl herunter, den sie zum Telephonieren nötig hatte, und ging, ihrer Wichtigkeit bewußt, zur Schule.

Für Nina kam eine Zeitstrecke, von der sie nachher nicht viel wußte. Denn ihr Gespräch mit Skimpy fand um acht Uhr morgens statt, und um zehn saß sie in einem Autobus und fuhr zum Zentral. Was in der Zwischenzeit gewesen war, das konnte sie sich später in ihrem ganzen Leben nicht mehr erinnern. Trotzdem war sie erstaunlich klar im Kopf, während sie im Zentral die Rolltreppe hinauffuhr. Sie hatte auf der Straße eine Zeitung gekauft, und obwohl Lilians Namen nirgends vorkam, wußte sie vollkommen sicher eines: Lilian hatte ihren Mann ins Gefängnis gebracht; Lilian muß ihn wieder herausbringen.

Nina war immer still und sanft gewesen, ihr ganzes Leben lang. Aber nun sind Dinge passiert, die dieses kleine Wesen völlig umgedreht haben; seit man sie aus dem Porzellanlager herausgeholt und in die Auslage gestellt hat, ist sie nicht wieder zur Ruhe gekommen. Sie zieht dahin wie ein Geschoß, das niemand aufhalten kann, wenn es einmal abgefeuert ist, ein kleiner leidenschaftlicher Komet, bereit, in Millionen Stücke zu zerplatzen. Aber äußerlich unterscheidet sich dieses brennende Stückchen Frauenschicksal nicht von den anderen Kundinnen. Wie jede andere wirft sie einen Blick in den Spiegel, an dem sie vorübergeht, und sie steht auch einen Augenblick vor den neuen sensationellen Strandpyjamas in der Konfektionsabteilung. Es ist rasend voll an diesem Morgen, billiger Serienverkauf, jede will zuerst drankommen und die besten Stücke von den Ständern angeln, es ist plötzlich heiß geworden an diesem frühen Sommertag, und die Ventilatoren spielen; die Verkäuferinnen schwitzen, die Direktricen sind nervös und die Kundschaften hysterisch.

»Ich möchte bedient werden, Miß —« sagte Nina beiläufig zu Lilian, die aus der Werkstatt des Maßsalons herauskommt. Lilian war an diesem Morgen etwas stärker geschminkt als gewöhnlich, und zwar, weil sie sich blasser wußte als gewöhnlich. Der Mund war sehr rot auf die weiße Haut gezeichnet, und alle Nervosität konzentrierte sich in ihre Nasenflügel.

Ihre Bande hat man verhaftet. Bill ist tot, die übrige Kolonne steckt im Kittchen, kein Pelz, kein Freund, kein

Geld, keine Karriere am Broadway. Sie muß froh sein, wenn alle dichthalten und sie nicht in die Sache hineingebracht wird.

»Ich möchte bedient werden, Miß —« sagte Nina mit Schärfe. Lilian blieb stehen, mit dem leichten Knick in den Hüften, wegen dessen man sie seinerzeit von den Lehrmädchen weg und in den Maßsalon geholt hatte.

Sieh da, Nina, dachte sie. Vielleicht weiß die was Neues. Es war nur so eine flüchtige Idee.

Sie würde Erik Bengtson ohne weiteres Gift eingeben, wenn sie ihn dadurch sichern und stumm machen könnte. Aber dieser Säugling, dieses Milchkind saß im Kittchen, und es war alle Aussicht, daß er sie hineinlegen würde. Er wird die Geschichte mit den Schlüsseln erzählen, wenn sie ihn durch den dritten Grad passieren lassen, und dann ist es endgültig aus mit dieser Lilian Smith, die aus dem Dunkeln von unten heraufkommt und sich unaufhaltsam wieder ins Dunkle, Niedrige zurückfallen spürt.

»Die Dame wünscht?« fragte sie und schaute Nina an, als ob sie ein Briefträger wäre, der nachts ein Telegramm bringt.

»Ich möchte dieses Kleid probieren«, sagte Nina und zeigte irgendwohin, über ihre Schulter weg auf die gläserne Schiebetür des Wandschranks.

»Bitte«, sagte Lilian, nahm irgendein Kleid und öffnete die Tür der Ankleidekabine.

»Gibt's was Neues?« fragte sie, kaum daß sie allein waren zwischen den Spiegelwänden.

»Was hast du mit meinem Mann angefangen?« fragte Nina. Etwas an dieser Frage reizte Lilian mehr als nötig. Sie konnte dieses bürgerliche »mein Mann« nicht vertragen, sie konnte diese ganze kleine, stille, sanfte Nina nicht vertragen, dieses Mädchen aus der Provinz, das man ins Schaufenster gesetzt hat.

»Was geht mich dein Mann an? Dein Mann.«

»Du hast ihn ins Gefängnis gebracht. Du mußt ihn wieder herausbringen«, sagte Nina. Es war der Satz, den sie seit Stunden im Kopf bewegt hatte.

»Gib mal acht, was du redest, Schatz. Dein Mann hat mit Einbrechern zu tun gehabt. Ich nicht«, sagte Lilian.

Sie sprachen beide noch leise, die Gesichter dicht aneinandergedrückt und von sechs Spiegeln widergespiegelt. Aber auch wenn sie laut gesprochen hätten, würde man sie nicht hören, die ganze Maßabteilung summte und schwirrte von Frauen. Draußen flatterte die Direktrice vorbei und kommandierte mit ihrem französischen Akzent. Alle Anprobekabinen waren besetzt. Eine Verkäuferin öffnete die Tür, sagte »Pardon« und schloß sie wieder. Lilian und Nina standen dicht beieinander, beide zitterten, beide sagten einander alles, was sie zu sagen hatten.

Lilian war hartgesotten, und es ging mit ihr an einem Abgrund entlang. Aber Nina war auch nicht mehr das kleine Mädchen von vorher. Sie war geladen.

»Ich bin geladen, verstehst du«, so sagte sie selber — und was sie verlangte und immer lauter verlangte, war nicht mehr und nicht weniger, als daß Lilian sich stellen und Eriks Unschuld beweisen sollte.

Lilian lachte bloß dazu. Sie stemmte die Hände in die Hüften und lachte Nina einfach ins Gesicht.

Plötzlich sah sie, daß Nina einen Revolver vor sie hinhielt, einen großen alten Armeerevolver, und sie hielt ihn ungeschickt.

»Wenn du meinen Mann nicht herausbringst, schieß ich dich tot«, sagte sie mit einer tiefen, heiseren, ganz fremden Stimme.

Lilian nahm die Hand mit dem Revolver am Gelenk und drehte sie von sich weg.

»Bist du wohl verrückt geworden?« sagte sie heftig.

»Ich habe ja ein Kind! Ich krieg ja ein Kind! Ich muß meinen Mann haben!« schrie Nina.

Es ist ein merkwürdiger Moment, es ist nur eine Sekunde, nur die Dauer eines Wimpernschlags. Aber in dieser Sekunde war Lilian weich. Ein Kind — das ist ein Wort aus einer andern Welt. Nina — die kriegt ein Kind — früher einmal waren sie Freundinnen — zusammen sind sie als Lehrmädchen in der Schulklasse gesessen, in der das Warenhaus seine Verkäuferinnen ausbildet.

Daß Nina einen Revolver hat und schießen will, darin liegt etwas, das Lilian verstehen kann. Das ist ihr nicht so fremd und feindlich.

»Ein Kind?« fragte sie und ließ Ninas Gelenk locker, ohne es zu wissen. Im nächsten Moment machte sie sich hart.

»Was geht mich dein Kind an! Was geht mich dein Mann an! Gott weiß, von wem dein Bankert ist —« sie sprach nicht laut, aber es schlug wie Stein auf Stein.

Nina schloß die Augen und drückte ab. Sie hatte noch nie geschossen in ihrem Leben, und sie erschrak von dem Stoß, den es ihr gab; dann roch es ein bißchen nach Pulver. Sie machte die Augen auf. Lilian stand noch da, beide Hände auf das Tischchen gestützt. Dann fiel die Schale mit den Stecknadeln zu Boden, dann fiel auch Lilian hin. Sie sah aus, als würde sie spöttisch und etwas erstaunt lächeln, aber vielleicht hatte sie Schmerzen.

Es ist sehr geräuschlos, das alles, die Zellen haben dicke Teppiche, der Schuß war nicht lauter als ein Champagnerpfropfen, Lilians Fall geschah ohne Laut. Nina steckte den Revolver in ihr altes Handtäschchen. Sie verließ die Kabine. Draußen tobte der Serienverkauf.

»Ist die Dame nach Wunsch bedient worden?« fragte Madame Chalon.

»Danke. Ja«, antwortete sie.

Türen, Türen, Türen, Treppen, Treppen. Zum Lift — ins Hauptgebäude — Ausgang rechts, Glastüren, Drehtüren, Pfeile, zum Ausgang, zum Ausgang, zum Ausgang.

Nina ging durch die letzte schwingende Tür, draußen war es Juni, draußen standen Frauen und verkauften Blumen. Niemand folgte ihr. Sie atmete die Luft in großen Zügen, ihre Hände waren ganz ruhig, sie winkte ein Taxi heran. »Grand-Zentral-Station —« sagte sie. Sie hatte Geld, ihre Tasche war angefüllt mit Scheinen von Thorpes letztem Geschenk.

Wagen, Menschen, farbige Träger, Auskunft, Schalter, Menschen, Träger, Fahrkarten Richtung Cleveland hier. Fahrkarten Richtung Boston, New Heaven hier.

»Nach Lansdale — Connecticut —« sagte Nina. »Einfach oder Tour-retour?« fragte der Schalter.

»Das weiß ich nicht —« sagte Nina.

»Tut mir leid, daß ich Sie warten ließ«, sagte Philipp, als er zehn Minuten nach zehn sein Büro betrat. »Alle Hände voll zu tun heute, wie Sie sich denken können — Polizei — und Mr. Crosby hat eine lange Konferenz mit mir gehabt.«

Er war ungeheuer aufgeräumt, da er den fehlenden Schlaf durch Alkohol substituiert hatte, und er trug den rechten Arm in einer Schlinge.

»Ist das da schlimm?« fragte der junge Mann, der bei seinem Eintritt aufgestanden war.

»Ich bin daran gewöhnt. Das heute nacht war die sechste Kugel, die ich in den Leichnam gekriegt habe, seit ich im Zentral arbeite«, sagte Philipp etwas zu großartig. Er war gespannt und voll Auftrieb wie ein großer, neuer, roter Luftballon. Der junge Mann machte schnell ein paar Notizen auf einen Block, den er bereithielt.

»Ich bin Sanders vom Evening Star, Sie wissen«, sagte er. »Wir dachten uns schon, daß Sie heute nicht viel freie Zeit haben werden — der Chef hat mir gleich den Vertrag für Sie mitgegeben.«

»Aha —« sagte Philipp und überlas das Schriftstück. »Zweitausend Dollar für einen Sepzialbericht — hoffentlich wird Ihr Chef nicht enttäuscht sein — ich kann nicht alles erzählen, was ich weiß — die Polizei hat das Ding in die Hand genommen.«

»Ich werde schon aus Ihnen herausfragen, was wir wissen wollen«, sagte Sanders gutmütig. »Pratt wird zuerst ein paar Bilder von Ihnen aufnehmen — wir haben schon in der Pelzaufbewahrung photographiert und die Feuertreppe, wo Sie den Kerl abgeschossen haben — wie haben Sie das überhaupt geschafft — ganz allein —?«

»Instinkt«, sagte der alte Philipp. »Alles Instinkt. Ein Detektiv muß den richtigen Instinkt haben, dann passiert es ihm nicht, daß er gerade an dem einzigen Abend mit einem Mädel losgeht, wenn eine Bande einen Einbruch im Pelzlager vorhat.«

Nachdem er diesen feinen Pfeil gegen den bereits entlassenen Richard Cromwell abgeschossen hatte, ging Philipp zu seinem Schrank und goß sich ein Glas puren Whisky ein. »Mein Novokain —« sagte er fröhlich. Pratt war inzwischen mit Apparat, Platten und Blitzlicht erschienen und baute alles in dem engen Office auf. »Wir werden auch ein Bild von Ihnen haben wollen, wie Sie im Pelzlager auf die Brüder gewartet haben —« sagte er, und zupfte den Detektiv in die richtige Pose. »Das ist das vierzehnte Bild, das heute von mir gemacht wird«, sagte Philipp und brachte seinen verbundenen Arm ins Blickfeld. Das Blitzlicht flammte auf. »Haben Sie bemerkt, wie kalt es da unten ist?« fragte er. »Nie mehr als 28° Fahrenheit. Sitzen Sie mal vier Stunden lang da unten und warten Sie auf Einbrecher — ich kann Ihnen sagen, zweitausend Dollar sind nicht zuviel dafür.«

»Geh los«, sagte Sanders zu Pratt. »Sag denen in der Redaktion, ich komme in einer Stunde mit meiner Reportage.

Der Photograph polterte davon. Philipp stellte ein Glas vor den Journalisten. »Also, jetzt der Reihe nach, und wir wollen alles auslassen, was schon in der Mittagsausgabe steht. Wie war das mit dem Arm?«

»Der Kerl hat auf meinen rechten Ellbogen gezielt, gar nicht dumm — aber zum Glück bin ich linkshändig.«

»Wird Ihnen die Summe von eintausend Dollar ausbezahlt werden, die auf die Einlieferung von Big Bill gesetzt war?«

»Das hat mir der Polizeichef wenigstens versprochen. Komisch überhaupt — gestern war ich so tot wie ein überfahrener Hund. Heute kriege ich Geld von allen Seiten, Mr. Crosby hat mir die Hand geschüttelt und mich einen Helden genannt, mit Gehaltszulage und lebenslänglicher Anstellung, und der Polizeichef steht auf, wenn er mit mir redet.«

»Was werden Sie mit dem vielen Geld anfangen, Mr. Philipp?« fragte Sanders, eilig stenographierend.

»Das ist das Problem, sehen Sie, ich bin ein alleinstehender Mann — ich kann es nicht einmal versaufen, sonst wirft Mr. Crosby mich hinaus.«

Sanders lachte dankbar über den zeitungsbereiten Scherz. »Haben Sie eine bestimmte Idee davon, wie viele von der Bande entkommen sind?«

»Krocinsky — der — den sie Big Paw nennen — ist im Spital und Big Bill liegt schon in einem hübschen Eisschrank in der Morgue. Zwei sind davongelaufen, aber ich bin überzeugt, das ist noch nicht die ganze Bande.«

»Glauben Sie nicht, daß man sich an Ihnen rächen wird? Sind Sie nicht in Gefahr?«

»Da habe ich gleich eine Idee, wie ich mein Geld verwenden soll — ich werde mir eine Leibwache engagieren — mit Toughy als Leiter«, sagte Philipp entzückt. Auch dieser Spaß wurde mit Freude stenographiert.

»Was ist Ihre Ansicht über diesen Erik Bengtson, den man verhaftet hat, weil er mit den Einbrechern unter einer Decke steckt?«

Philipp trank erst einmal und überlegte. »Sie wollen mich aufs Glatteis führen. Das hat die Polizei zu entscheiden. Ich bin dazu da, daß im Zentral nichts gestohlen wird. Alles andre geht die Polizei an.«

»Sie haben aber doch eine eigene Meinung —« sagte Sanders und trank gleichfalls, um eine Stimmung der Gemeinsamkeit herzustellen. »Ich meine, was halten Sie von dem Mann — privat —?«

»Privat habe ich ihn immer für einen Windhund gehalten und für einen verdammten Ausländer, auf den kein Verlaß war und für einen großen Esel nebstbei, privat. Und offiziell kann man nur sagen, daß Big Bill mit Bengtsons Schlüsselbund ins Zentral gekommen ist — jeder von uns hat da so ein Täfelchen mit seiner Nummer an seinen Schlüsseln, und die Bande war nicht taktvoll genug, das abzunehmen.

Aber —«

»Aber?« fragte Sanders und klammerte sich gierig an das kleine Wort.

»Aber — gar nichts«, sagte der alte Philipp und wurde verstockt.

»Ich kann also schreiben, daß Sie überzeugt sind, Erik Bengtson ist der Hauptschuldige«, sagte Sanders. Philipp schluckte hastig den Köder samt der Angel. »Davon ist gar nicht die Rede gewesen«, schnappte er. »Ich werde mich hüten so etwas zu sagen —«

»Stimmt es, daß dieser Bengtson in seinem Atelier geschlafen hat, während der Alarm losging?«

»Das ist eben die Frage. Wenn er den ganzen Alarm überschlafen hat, dann sollte man annehmen, daß ihn sein Gewissen nicht sehr gedrückt hat. Wenn er sich aber nur schlafend stellte, dann ist das sehr verdächtig. Sehr —«

Sanders wartete mit der Füllfeder in der Luft.

»Skimpy schwört ja, er hat geschlafen. Sie hat ihn erst aus dem Schlaf geboxt, wie sie sich vor der Schießerei und dem Klingeln erschreckte —«

»Wir bringen in der Abendausgabe ein Bild der kleinen Dame.«

»Ich werde Ihnen etwas sagen«, fuhr Philipp fort. »Die haben heute nacht noch den Jungen durch ein Verhör dritten Grades genommen. Sie wissen ja auch, was das heißt.«

Sanders nickte ehrfurchtsvoll. Zuweilen sprachen Leute, die durch den dritten Grad gegangen waren später einmal davon, so wie Leute, die vergast waren, vom Krieg sprechen.

»Der Junge hat den Mund nicht aufgemacht. Er hat den Mund nicht aufgemacht. Wissen Sie, das hat mir imponiert. Ich habe ihn immer für einen verwöhnten, unzuverlässigen Bengel gehalten. Aber wer durch den dritten Grad geht, ohne zu mucksen, der hat Mum in den Knochen. Ich habe ihn heute um neun noch einmal gesehen. Sie lassen ihn nicht schlafen, wissen Sie, und er war fast blind von dem grellen Licht, das sie da in seine Augen geschossen haben. Der Polizeichef dachte, daß *ich* etwas aus ihm herauskriegen könnte. Aber er redet nicht — er versucht überhaupt nicht zu sagen, daß er unschuldig ist. Wissen Sie, was er gesagt hat? »Ich war ein Idiot, und es geschieht mir recht.« Ich hätte alles andere von dem Bengel erwartet —«

Sanders stand auf, holte die Whiskyflasche und goß beide Gläser neu ein. Philipp trank. »Das hat sich übrigens nur auf sein Privatleben bezogen — das mit dem Idioten —« sagte er. Sein Arm begann jetzt heftig zu schmerzen. Er war in einer Art Trance gewesen, all die Zeit seit ein Uhr nachts. Er nahm das Glas nochmals und trank es leer. Sanders schenkte gleich wieder ein.

»Ich kann also schreiben, daß Sie Bengtson nicht für den Schuldigen halten?« sagte er mit gezückter Feder.

»Das habe ich nicht gesagt —« murmelte Philipp, den sanftere Nebel einzuhüllen begannen. »Aber passen Sie einmal auf — können Sie den Mund halten, wenn ich Ihnen etwas anvertraue? Verstehen Sie, das ist nicht für die Zeitung. Es ist mehr — ein Tip — wie beim Rennen — ich möchte Ihnen zeigen, daß der alte Philipp mehr weiß als die ganze Polizei, Chef und alles samt ihrem dritten Grad. Ich bin noch nicht sicher, ob Bengtson unschuldig ist. Aber ich weiß, wer schuldig ist.«

»Wer?« rief der Journalist aufgeregt.

»Sch — Sch —« machte Philipp. »Ich habe nichts gesagt. Ich will Ihnen nur zeigen, was saubere Detektivarbeit ist. Da ist ein Täfelchen an jedem Schlüsselbund, nicht? Nun passen Sie einmal auf — das Täfelchen an dem Bund, den sie bei Big Bill gefunden haben, hat nach Parfum gerochen. Was sagen Sie nun?«

Sanders sagte gar nichts. Der Papierblock in seiner Hand vibrierte, denn er hatte Jagdfieber.

»Die Schlüssel müssen in der Handtasche von einer Frau gelegen haben, wo sich das kleine Schildchen mit dem Parfum vollsaufen konnte. Nun will ich Ihnen noch etwas sagen: ich kenne das Mädchen, das dieses Parfum benützt. Es ist eine von unsern Verkäuferinnen — und wenn sie Big Paw nicht mürbe kriegen, so daß er alles ausquatscht, dann werde ich es der Polizei erzählen müssen.«

Philipp lehnte sich in seinen Stuhl zurück, als er dies gesagt hatte und legte seine Füße auf den Tisch. Er hatte ganz verdammte Schmerzen im Arm, aber er war so glücklich, wie er in vielen Jahren nicht gewesen war. Sanders' Feder raste über den Block.

»Hat man das Mädel verhaftet?« fragte er ohne aufzuschauen.

»Na hören Sie mal — aus Ihnen wäre kein Detektiv geworden. Solange das Mädel ins Zentral kommt und ich sie beobachten kann, so lange ist alles gut. Wenn sie erst im Kittchen sitzt, dann erzählt sie einen Haufen Lügen, und wir erfahren nichts. So lange sie frei herumläuft, braucht man ihr nur nachzugehen, um das Nest aufzustöbern, in dem der Rest der Bande sitzt. Ist das einfach?«

Sanders schrieb dies auf, murmelte, daß er es ganz einfach finde. Plötzlich nahm Philipp seine Füße vom Tisch und saß kerzengerade. Dann entspannte er und lächelte entschuldigend. »Ich habe die Schießerei noch in den Ohren«, sagte er. »So oft eine Tür zufällt, höre ich einen Schuß.«

»Vielleicht haben Sie etwas Fieber — von dem Arm —« schlug Sanders vor. »Ich kriege kein Fieber«, sagte Philipp energisch.

»Heute versuche ich nur die aktuellsten Sachen aus Ihnen heraus zu kriegen, aber Sie verstehen ja, daß wir zehn Fortsetzungen zu schreiben haben. Morgen müssen Sie mir mehr über sich erzählen, Kindheit, Studien und so weiter. Eine richtige Biographie. ›Der Mann, der Big Bill zur Strecke brachte‹, verstehen Sie. Wie, sagten Sie, sieht das Mädel aus, das sie im Verdacht haben?«

Philipp schüttelte sich und lachte gutmütig bei dieser plötzlichen Attacke. »Nein — so einfach kriegen Sie mich nicht. Ich höre nichts, ich sehe nichts, ich rede nichts.« Er machte die Gebärde der drei Affen vom Tempel in Nikko.

»Schade«, sagte Sanders. »Der Chef hätte für so eine Information noch fünfhundert extra springen lassen, wie ich ihn kenne.«

Philipp war in tiefes Nachdenken verfallen. Ihm wollte Erik Bengtson nicht aus dem Sinn. Die entzündeten Augen, halb blind, halb irre vor Kopfschmerzen, die Ermattung in seinen Schultern, die Trauer in seiner Stimme. Der Junge war nicht schlecht. Der Junge hatte Courage. Der Junge hielt das Maul und ritt sich selbst hinein. Und das unvollendete Bild im Atelier mit den blau-grünen Wellen und dem orangefarbenen Segel und mit Lilian Smith im Vordergrund. Ein Idiot war er, aber es war Schwung in seinen Fehlern, das mußte man ihm lassen. »Wie? Was sagten Sie?« fragte er aus seinen Gedanken heraus. »Ob ich Ihr Telephon benützen darf — ich wollte den Chef fragen, ob er Ihnen einen Tausender geben würde, wenn Sie dem Evening Star Ihren Verdacht mitteilen —«

»Ich weiß sowieso nicht mehr, wo ich mit all dem Geld hin soll«, sagte Philipp. »Warten Sie zwei Tage, und wir werden sehen. Ich mache Ihnen einen andern Vorschlag.

Ich nehme Sie durchs Zentral — Sie photographieren zwölf Mädels, die Sie aussuchen. Ich werde Ihnen sagen, ob die Richtige darunter ist. Wie ist das?«

Sanders überlegte hart. Er sah Perspektiven. Das Journalistische an dem Vorschlag war nicht schlecht. Man konnte zwölf schöne Mädels photographieren und die Abonnenten raten lassen: Welche von diesen war Big Bills Liebchen? Noch bevor er mit seinen Überlegungen zu Ende war, schnarrte das Telephon. Automatisch hob er es auf und reichte es dann Philipp hinüber. »Das ist für Sie«, sagte er.

»Wie? Wo? Tot? Nein — ich komme —« schrie der Detektiv in das Hörrohr und stürzte schon davon. Sanders, mit der Selbstverständlichkeit des ehrgeizigen Reporters, raste ihm nach, durch den Flur, am Hydranten vorbei und zum Aufzug.

»Was ist passiert?« schrie er atemlos.

»Big Bills Bande — sie haben das Mädel stumm gemacht —« schrie der alte Detektiv zurück, und sie sausten hinunter in den dritten Stock.

Der alte Philipp saß mit zwei Polizeikommissaren in dem weißen Korridor des Krankenhauses. Der Reporter Sanders saß auf der nächsten Bank. Es roch nach frisch geöltem Linoleum und Philipps Arm schmerzte. Sie alle warteten darauf, daß die Patientin Lilian Smith vernehmungsfähig werden sollte.

»Was tun die hier?« fragte die Oberschwester, an den vier Männern vorbeigehend.

»Sie warten auf Nummer 14«, sagte die Stationsschwester, denn hier war jeder nur eine Nummer.

Lilian war ein bewußtloses Bündel, von dem Moment, da Madame Chalon sie auf dem Teppich der Ankleidekabine gefunden hatte, bis zu dem Moment, da sie auf den Operationstisch gehoben wurde. Für eine Sekunde hatte sie das Gefühl von grellem, schmerzenden Licht, dann bekam sie Narkose, sie hörte die Glocke im Pfandleihgeschäft anschlagen Ping-ping-ping. Man grub die Kugel aus ihrer Lunge, man machte sie zu, man karrte sie zurück in das Zimmer Nummer 14.

Abends kam sie zu Bewußtsein, man gab ihr eine Spritze, man kurbelte sie an, und dann konnte ein kurzes Verhör versucht werden. Die Schwester hielt ihre Hand an Lilians Puls, und die Männer mußten dicht am Bett sitzen, denn Lilian konnte nur tonlos hauchen.

Ob sie die Person kannte, von der sie angeschossen wurde?

Lilian überlegte das.

»Nein«, sagte sie dann. Sie sagte: Nein.

»Wirklich nicht?« fragte der Kommissar.

»Nein«.

»War es ein Mann?«

Lilian schob verneinend den Kopf auf dem Kissen hin und her.

»Eine Frau also?«

»Ja.«

»Wie sah sie aus?«

»Wie eine Kundschaft«, hauchte Lilian.

»Das ist keine Beschreibung — wie sah sie also aus?«

Lilian, deren Puls in der Hand der Schwester dünn und langsam ging, schilderte flüsternd eine Frau. Groß, schwarz und energisch, mit tiefer Stimme und einem Leberfleck auf der Wange. Eine Frau, die nicht die kleinste Ähnlichkeit mit Nina hatte. Die Schwester gab dem Kommissar ein Zeichen: Genug.

Draußen, auf dem weißen Krankenhauskorridor, sagte Philipp: »Das ist doch vollkommen klar. Sie wird nichts aussagen. Jemand von ihrer Bande hat geschossen. Die haben Angst gehabt, daß sie zu viel erzählt.«

»Klar«, sagte der Kommissar. Sanders machte schnelle Notizen in seinen Block, und dann gingen sie alle auf ein Glas Bier miteinander.

Philipp hatte so ein Gefühl, als würde er in seinem Leben niemals mehr zum Schlafen kommen. Er war seit fünfundzwanzig Stunden auf den Beinen, und in seinem Ellbogen klopfte etwas, das wie Blutvergiftung schmeckte ...

In Nummer 14 lag Lilian unbeweglich. Sie war zufrieden. Sie bekam noch eine Spritze und schlief, kam zu sich, verlor sich wieder, und als sie die Augen aufmachte, war es Tag. Sie war nicht völlig klar im Kopf, aber sie spürte, daß sie etwas richtig gemacht hatte. Das Starke ist noch stark in ihr, das Gute im Bösen, die Kraft im Wollen.

Nina hat geschossen — Lilian lächelt, wenn sie daran denkt. Verrücktes, kleines Aas, denkt sie. Wer hätte Nina so etwas zugetraut. Es war ein bißchen Respekt in dem Gedanken, eine sonderbare Verwandtheit, eine kleine, seltsame Zuneigung.

»Na, wie geht's heute?« fragte die Schwester und legte Lilian höher, denn Lilian sank immer wieder im Bett hinunter, was ein böses Zeichen war.

»Danke. Sehr gut. Danke«, hauchte Lilian.

Sie lag ganz zufrieden. Keine Schmerzen. Hier konnte ihr nichts geschehen. Niemand kam, um sie zu verhaften. Der Ventilator surrte, sie haben einen Ventilator neben dem Fenster. Draußen pendelte eine Efeuranke im Wind. Irgendwo ging dünn ein Radio.

Dann hörte sie die Glocke, die im Zentral zum Ladenschluß läutet.

Auf dem Korridor stand ein Mann. »Mein Name ist Sanders«, sagte er. »Ich bin vom Evening Star. Ich möchte ein Bild von Miß Smith für meine Zeitung. Das ist mein Photograph — Pratt — komm hierher, Pratt —«

»Niemand kann Miß Smith sehen —« sagte die Schwester. »Es steht nicht gut mit ihr.«

»Gefährlich?« fragte Sanders erschreckt, der eine gute Reportage dahinschwinden sah. Die Schwester zuckte die Schultern und ging auf lautlosen Gummisohlen davon. »Ich komme wieder«, sagte Sanders.

Aber er konnte Lilian erst nach drei Wochen sehen, zwei Tage nach dem Leichenbegängnis des alten Philipp. »Da ist dieser Hai vom Evening Star wieder —« sagte die Schwester.

»Lassen Sie ihn herein — warten Sie — geben Sie mir den Spiegel — und meine Tasche — sagen Sie ihm, er soll fünf Minuten warten —« sagte Lilian hastig. Die Schwester marschierte ärgerlich hinaus. Als Sanders eintrat, war Lilian effektvoll aufgebahrt, blaß mit dunkelroten Lippen und in einem teerosenfarbenen Nachthemd.

»Na, endlich«, sagte Sanders. »Ganz New York wartet

darauf, Ihr Bild zu sehen. Sie haben eine große Zukunft hinter sich und eine erfolgreiche Vergangenheit vor sich, Baby — glauben Sie Sanders, der viele Sterne hat aufgehen sehen —«

»Ich bin auf das Schlimmste gefaßt —« lächelte Lilian. Sanders zupfte sie zurecht, und Pratt polterte mit seinem Apparat durch die Tür. »Das ist Pratt«, sagte Sanders. »Und wir brauchen keine Retusche, Pratt, diesmal. Lassen Sie uns nur machen, Baby, wir werden Ihre Geschichte schon richtig aufziehen. Der Chef bietet Ihnen dreihundert Dollar für Ihre Erinnerungen an Big Bill — und das ist nur der Anfang. Was wollen Sie tun, wenn Sie aus dieser Hühnerfarm herauskommen?«

»Mein Ehrgeiz war immer schon die Bühne«, sagte Lilian prompt. Sogar unter der weißen Wolldecke mit dem Aufdruck des Spitalnamens konnte man sehen, wie schön ihre Hüften waren. »Ich möchte reich und berühmt werden — ich habe arme Eltern und zwei kleine Geschwister —«

Sanders stenographierte entzückt. Es war alles druckreif für den Evening Star. »Mein Kind«, sagte er feierlich, »heute fängt deine Karriere an. In drei Jahren wird man eine Zigarettensorte nach dir nennen.«

Das Blitzlicht puffte, und ein Faden weißen Rauchs verschwebte in der Luft, hoch unter dem weißlackierten Plafond des Krankenzimmers.

»Wer kommt jetzt dran?« fragte Mr. Crosby seinen Sekretär. Der Sekretär schaute seinen Stundenplan an und sagte: »Mrs. Bengtson, Mr. Crosby.«

Mr. Crosby stand auf und ging an den vier Kolossalfenstern seines Büros entlang. Vor allen vieren war dasselbe zu sehen: schwärzlicher Schnee, der in dichten Streifen vorbeitrieb, so daß New York aussah wie ein schlechter Zeitungsdruck mit grobem Raster. Die beiden River und die Hügel waren unsichtbar, und der Mittelwesten schickte Hilfeschreie, denn die hatten eine Überschwemmung wie jedes Jahr im März. Trotzdem war Mr. Crosby gut gelaunt, denn die Zentral-Aktien waren einen halben Punkt gestiegen, und sein Zucker war um 0,3 Prozent gefallen. »Lassen Sie Mrs. Bengtson hereinkommen«, sagte er.

Der Privatsekretär sagte in das Diktaphon: »Mrs. Bengtson kann hereinkommen.«

Im Vorzimmer saßen drei Damen, gewöhnliche Sekretärinnen, bereit, die Botschaften aus dem Allerheiligsten aufzunehmen. Eine von ihnen stand auf und rief in den Warteraum: »Mrs. Bengtson.« Sie hatte eine Stimme wie ranzige Mayonnaise. Nina stand auf und trat ein.

Ihre Knie waren noch ein wenig schwer, denn der kleine Erik hatte über neun Pfund gewogen und achtundzwanzig Stunden gebraucht, um anzukommen. Aber sie hätte auch ohnedies wacklige Knie gehabt, als sie vor den Gewaltigen trat. Sie trug ihren dunkelblauen Mantel, und die Komteß hatte ihr weiße Handschuhe geliehen, die etwas zu groß waren.

»Das ist Mrs. Bengtson, Mr. Crosby —« sagte der Sekretär und bot ihr einen unbehaglichen Stuhl gegenüber dem Haupt des Zentral an. »Guten Tag, Mrs. Bengtson«, sagte Mr. Crosby, ohne sie anzusehen. Er las in einem Bündel Papiere, die der Sekretär vor ihn hingelegt hatte. Als er fertig war, seufzte er laut auf, wandelte wieder an den vier verschneiten Glaswänden vorbei und kehrte hinter seinen riesigen Schreibtisch zurück.

»Sie haben sich darum beworben, wieder bei uns eingestellt zu werden, Mrs. Bengtson«, sagte er und sah plötzlich Nina an, so daß sie jede der zwölf Sommersprossen auf ihrem Gesicht spürte.

»Ja — das ist richtig, Mr. Crosby«, sagte sie bereitwillig und kam an die Kante ihres Stuhles vor. »Mrs. Bradley hat mir erzählt, daß sechzig neue Verkäuferinnen im Zentral eingestellt werden sollen —«

»Mrs. Bradley? Mrs. Bradley?« sagte Mr. Crosby mit zusammengekniffenen Augen in den Papieren forschend.

»Sie arbeitet ja nicht mehr im Zentral, seit Skimpy das Geld vom alten Philipp geerbt hat, aber sie vermietet Zimmer an Zentral-Leute, und da hört sie alle die Neuigkeiten —«

Mr. Crosby schnitt die verwirrenden Erklärungen mit einer Handbewegung ab. »Ich habe Sie herkommen lassen, weil mein Freund Thorpe mir Ihrethalben aus Paris geschrieben hat«, sagte er.

Nina errötete. »Er scheint eine ganze Menge von Ihnen zu halten —« setzte Mr. Crosby hinzu. An dem dankbaren Lachen des Sekretärs erkannte Nina, daß das Oberhaupt einen Witz gemacht hatte. Sie lächelte dünn. Sie hatte zu viel Angst. Guter, lieber Steve, der sie auf seiner zweiten, verspäteten Hochzeitsreise, die wahrlich kein Spaß für ihn sein mochte, nicht vergaß.

»Jawohl, Mr. Crosby«, sagte sie gehorsam.

»Thorpe schreibt mir da, daß ich auch Ihren Mann

wieder einstellen soll. Sie werden selbst begreifen, daß das ganz unmöglich ist«, sagte Mr. Crosby.

»Jawohl, Mr. Crosby«, murmelte Nina mit trockener Kehle.

»Wenn unserer tapferer Philipp nicht da gewesen wäre, dann hätte das Zentral Hunderttausende verloren, durch die Unachtsamkeit Ihres Mannes. Ich sage Unachtsamkeit — da man ihm nichts Schlimmeres beweisen konnte.«

Nina schaute ihre Handschuhe an. »Mein Mann hat schwer bezahlt für seine Fehler«, sagte sie. »Er hat sich auch sehr geändert, seit er aus der Untersuchungshaft entlassen worden ist.«

Mr. Crosby räusperte sich ungeduldig. Er wünschte keine private Psychologie zu hören.

»Genug«, sagte er und schob die Papiere seinem Sekretär zu. »Meinem Freund Thorpe zuliebe — und da ihre Akten bezeugen, daß Sie eine zuverlässige Verkäuferin sind — wird Ihnen Ihre alte Stellung zurückgegeben. Sie können sich dann gleich im Glas- und Porzellan-Department melden — man wird Ihnen dort alles Weitere sagen. Ihr Mann soll sehen, wo er bleibt.«

»Der malt. Der wird noch einmal sehr berühmt —« konnte Nina sich nicht enthalten zu sagen. Sie wäre erstickt, wenn sie es hinuntergeschluckt hätte. Mr. Crosby sah ungeduldig aus, aber er kniff die Augen ein, was seine Form des Lächelns war. »Wer kommt jetzt dran?« fragte er seinen Sekretär.

»Madame Chalon — Gehaltserhöhung —« antwortete der junge Mann. Nina sah, daß sie verabschiedet war. Sie hatte das Herz voll und wußte nicht, wie sie es sagen sollte. »Danke, Mr. Crosby —« sagte Sie. »Ich bin so froh — nämlich — wenn man erst mal im Zentral gearbeitet hat — dann geht man durchs Feuer für die alte Bude — wenn wir auch immer schimpfen —«

Mit Schrecken hörte sie, wie Mr. Crosby in ein lautes

krächzendes Gelächter ausbrach, das bald in den dicken Husten eines chronischen Bronchialkatarrhs überging.

Nina ging an den drei Sekretärinnen im äußeren Raum vorbei, an den Leuten, die im Wartezimmer saßen, vorbei, an den Tafeln: »Es wird um Ruhe ersucht« vorbei und zum Lift.

In der Glas- und Pozrellan-Abteilung wußte man es schon, denn Neuigkeiten haben im Zentral eine merkwürdige Art, sich drahtlos oder durch Telepathie zu verbreiten. Mr. Berg war ehrlich erfreut, und Miß Drivot tat wenigstens so. »Wissen Sie schon, daß man uns fünfzig Cent von sechzehn Dollar abzieht? Das ist das letzte. Altersversorgung sagen sie. Spinat sage ich«, teilte sie Nina mit. Nina streichelte verstohlen die glatte kühle Oberfläche einer blauen Glasvase. »Haben Sie schon geluncht? Nein? Dann eilen Sie sich, Sie können nachher gleich anfangen«, sagte Mr. Berg. »Ob wir Sie brauchen können? Das glaube ich. Wir haben Räumungsverkauf, wir sollen allen englischen Import loswerden, zweiundsechzig Service für zwölf, von dem Rest nicht zu reden.«

»Glas und Porzellan hat einen großen Aufschwung genommen, seit Sie nicht da waren —« sagte Miß Drivot als Trumpf. Es klirrte im Hintergrund und eine von den neuen Verkäuferinnen hatte eine Obstschüssel zerbrochen. »Heilige Vorsehung —« sagte Mr. Berg und trabte zum Unglücksort.

Die Komteß wartete mit ihrem unmöglichen Ford an der Westseite, dort wo stand »Parken verboten«. Sie hatte einen Polizisten in ein Gespräch verwickelt, und er gab ihr bereitwillig lächelnd einen Bericht über die Komplexe seines jüngeren Bruders. Nina stieg ein. »Ich hab's gschafft, Mutz«, sagte sie. Die Gräfin redete ihrer Maschine gut zu und nach einiger Zeit setzte sich der Wagen in Bewegung, in den zerfließenden Schneespuren dahinschlitternd. »Wo ist Erik?« fragte Nina. »Er wartet auf uns bei Rivoldi. Ich lade euch auf eine Flasche Chianti ein.«

»Ich darf nicht trinken, ich muß gleich nachher anfangen zu arbeiten.«

»Glücklich?« fragte die Gräfin, und der Wagen zickzackte gefährlich, weil sie Nina anschaute.

»Ja — wenn's nicht wegen dem kleine Erik wäre.«

»Mrs. Bradley und Skimpy geben acht auf ihn. Und du kannst ihn noch immer zweimal stillen, morgens und abends —«

»Ja — das ist wahr —«

»Und Erik ist ein Meister im Falten von Windeln und Mischen von Flaschen, das mußt du zugeben —«

»Ja —« sagte Nina träumerisch lächelnd.

»Erik hat dich sehr lieb, Nina«, sagte die Gräfin. Sie kamen nur langsam voran durch den Schnee und den Mittagsverkehr. Nina antwortete nicht.

»Ich hätte nie geglaubt, daß es bei ihm einmal so tief gehen würde.«

»Nein?« fragte Nina.

»Weißt du, Nina, eines habe ich gelernt da draußen in Lansdale«, sagte die Gräfin und bog mit einer kühnen Kurve in den engen Parkplatz von Rivoldis ein. »Der Mensch ist eine subtile Maschine. Subtil und fehlerhaft. Es ist ganz gut und schön von Vollkommenheit zu träumen. der vollkommene Mensch — die vollkommene Ehe — der vollkommene Charakter. Das gibt es in Wirklichkeit gar nicht. Fehler sind Sicherheitsventile — das hab ich bei meinen armen Kerlen da draußen im Klappkasten gelernt.«

Nina überlegte dies eine Weile. Sie stiegen inzwischen aus, und die Gräfin hatte einen lauten Dialog mit dem Italiener am Parkplatz, bevor er ihr lachend und mit einer Verbeugung ihren Parkschein gab.

»Ich glaube, wenn man jemanden gern hat, dann hat man die Fehler genausogern wie alles andere«, sagte Nina zuletzt, als sie schon die Tür öffneten und Rivoldis rauchverhängte Räume betraten. Erik saß in der Ecke, über die Tischplatte gebeugt, und zeichnete eifrig. Als er die beiden Frauen erblickte, wischte er es schnell mit dem Daumen wieder aus. Nina setzte sich, und da sie nach und nach gelernt hatte, seine Kritzeleien zu entziffern, erkannte sie, daß es sich um eine Spatzenfamilie mit offenen Schnäbeln gehandelt hatte. Die Gräfin rieb sich die Hände und bestellte.

»Nina springt in die Bresche — bis du dein erstes Bild verkaufst —« sagte sie zu Erik. »Das wird nicht lang dauern«, sagte Erik und suchte unterm Tisch nach Ninas Hand. Sie hatte noch die großen Handschuhe an, und er begann verwundert an den leeren Fingerspitzen zu zupfen. Die Gräfin warf ihr indessen einen Blick des stummen Einverständnisses zu. Männer sind eine schwache Rasse — wir müssen ihnen helfen, so gut es geht — dies war es ungefähr, was er ausdrückte. Sie hatten in Lansdale lange und grundlegende Gespräche über dieses Thema gehabt.

Der Chianti erschien mit der Suppe und dem Käseständer. Der Kellner sah aus, als wäre er verliebt in die Gräfin, und er hatte einen Tomatenfleck auf seiner weißen Schürze.

»Ich werde versuchen, das zu malen, was ich dachte, wie sie mich ins Verhör dritten Grades nahmen«, sagte Erik plötzlich. Es war zum ersten Male, daß er davon sprach.

»Was hast du gedacht, Junge?« fragte die Gräfin.

»Nina — das hab ich gedacht. Die ganze Zeit: Nina — Nina — Nina —«

Sie alle schwiegen für einen Augenblick.

»Nun paßt auf, daß nicht wieder etwas passiert — denn ich kann nur einmal im Jahr Urlaub verlangen —« sagte die Gräfin dann und schenkte ihnen den dunklen Wein in die Gläser.

Sieh da, fünf Minuten vor sechs stolperte die Frau wieder in die Glas- und Porzellan-Abteilung — die Frau, der alles zu teuer war. Sie marschierte an den zwölf Tischen vorbei, die man für den Räumungsverkauf arrangiert hatte und landete bei ihrem Rosenservice.

Nina beeilte sich, sie zu bedienen.

»Interessiert sich die Dame noch für das Service?« fragte Nina. »Es ist herabgesetzt worden. Es kostet nur mehr neun Dollar fünfundsiebzig.«

Die Frau rechnet, ihre Lippen bewegen sich. Es ist sechs Uhr, die Glocke klingelt. Die Frau beginnt zu strahlen.

»Ich nehme es«, sagte sie.

»Ich muß die Dame nur aufmerksam machen: zwei Tassen haben einen Sprung«, sagte Nina und klang die beiden Tassen gegeneinander — es gab einen getrübten Ton.

»Das macht nichts«, sagte die Dame. »Gesprungene Sachen halten am längsten.«

Erica Fischer
Jenseits der Träume

Frauen um Vierzig

Die Frau um Vierzig – Mode- und Kosmetikindustrie, Frauenjournale, populäre Ratgeber preisen die erfolgreiche, unabhängige lebenserfahrene Frau. Alle Türen stehen ihr offen – sofern sie nur will.
Für die meisten Frauen aber ist der Neubeginn die bittere Notwendigkeit, wieder von vorn anzufangen. Was ist von ihren Träumen geblieben? Eine gescheiterte Ehe, die Leere, nachdem die Kinder erwachsen geworden sind. Kehren sie in den Beruf zurück oder suchen sie einen neuen Partner, so haben sie mit eingefahrenen Verhaltensweisen und mangelndem Selbstbewußtsein zu kämpfen – Folgen der jahrelangen Unterordnung.
Erica Fischer hat mit vielen Frauen gesprochen; es entstanden »Momentaufnahmen von verschiedenartigen Lebenssituationen und Lösungsversuchen«.

Kiepenheuer & Witsch

Katherine Mansfield

Sämtliche Erzählungen

in zwei Bänden

Herausgegeben, ins Deutsche übertragen und mit einem biographischen Essay von Elisabeth Schnack.
In einer Schmuckkassette.
1000 Seiten.

Es gibt nur wenige Autoren, die das Beste ihres Werkes in Erzählungen ausgedrückt haben. Katherine Mansfield gehört zu ihnen. Seit sie 19jährig ihre erste Erzählung schrieb, ist sie – nach kurzen Umwegen über Romanfragmente und Gedichte – immer wieder auf ihre eigentliche Ausdrucksform, die Erzählung, zurückgekommen. Als sie mit 34 Jahren starb, hatte sie ein Œuvre von beinahe 90 größeren und kleineren Erzählungen geschaffen, die hier zum ersten Mal vollständig in deutscher Übersetzung vorliegen.

k&w
Kiepenheuer & Witsch

**Richard Adams
Der eiserne Wolf**
Phantastische Märchen.
Originaltitel:
The Unbroken Web.
Aus dem Englischen
von Gerda Ebelt-Bean.
Mit Illustrationen von
Jennifer Campbell und
Yvonne Gilbert.
KiWi 32
208 Seiten.

Richard Adams, der berühmte Autor von *Unten am Fluß (Watership down)*, hat die für ihn schönsten Tiermärchen, -mythen und -sagen aus aller Welt gesammelt und neu erzählt. Alle diese Märchen handeln von mythischen, archetypischen Beziehungen zwischen Mensch und Tier. Ihre Bedeutung hat Adams so schillernd und undurchdringbar gelassen, wie er sie vorgefunden hat. Aber die neue Dramaturgie und sprachliche Frische, die er ihnen gegeben hat, macht diese Märchen, die vorher nur wenigen Kennern bekannt waren, einem großen Leserkreis interessant und reizvoll.

 Paperbackreihe bei Kiepenheuer & Witsch

**Wilfried Erdmann
Tausend Tage Robinson**
Das Abenteuer einer
Weltumseglung.
KiWi 34
230 Seiten.
Mit 30 schwarzweiß-
und 30 farbigen Fotos,
Karten und Tabellen.

Wilfried Erdmann, der erste Deutsche, der 1966 allein die Welt umsegelte, berichtet hier über eine Weltumsegelung zu zweit: die ebenso romantische wie entbehrungsreiche Hochzeitsreise mit seiner Frau Astrid. 1011 Tage war die knapp 9 Meter lange *Kathena II* das Zuhause der beiden, das hieß wohnen, schlafen, kochen in einem Raum, der nicht größer als das Innere eines VW-Busses war. Dafür hatten sie nicht nur die Meere, sondern auch ganze Inseln für sich allein, auf denen sie das erlebten, wovon andere nur träumen: die Robinsonade eines paradiesisch einfachen Lebens. Traumstationen wurden ihre Aufenthalte auf den Inseln der Südsee, auf Tahiti, Samoa, Tatuhiva, den Kokos- und Fidschiinseln.

Paperbackreihe bei Kiepenheuer & Witsch